박태원 소설세계

김봉진

국학자료원

책머리에

한 작가를 연구하는 일은 어떤 일인가.

한 작가의 삶을 조망하면서 그의 행적을 추려 그 의미를 파악하고자 하는 일은 그 삶의 가치를 드러내는 일이 될 것이다. 10여년 전에 박태원이라는 한 작가에 대해 탐구하고 고심하면서 또 다른 한편으로는 빨리 이 굴레에서 벗어나고자 했던 기억이 떠오른다. 내가 박태원이라는 작가에 대해 탐구하기로 했던 것은 그 당시 탐구하고 있던 다른 한 작가에 대한 글이 제대로 인정을 받지 못하고 있을 때 이를 벗어나고자 한 행위였다. 이미 200여 명이 넘는 연구자들에 의해 나름대로 분석되었고 연구되었던 그 작가에 대한 탐구 대열에 나도 끼여들어 몇 편의 연구논문을 발표하였고 내 나름대로 그의 삶을 전체적으로 정리해 보았지만 여러 가지 갈등을 겪으면서 결국에는 포기하고 말았었다. 그 무렵 나는 우연히 아직까지 남들이 제대로 연구하지 않고 있던 월북작가들에 대해서 생각했고, 소설가인 박태원을 떠올렸다.『소설가 구보씨의 일일』과『천변풍경』의 작가로서 인정받았지만, 월북 이후 전혀 다른 길을 걸어간 작가 박태원의 문학세계에 대한 탐색도 재미있겠다는 생각이 들었다. 이렇게 막연한 호기심으로 시작했던 연구도 본격적으로 하기 시작하면서 여러 가지 예상치 않았던 어려움이 생겨났다. 가장 큰 어려움은 얕은 나의 지적 수준이었다. 적용할 마땅한 이론이 없어 고민하다가 발견한 슈탄젤의 이론은 논리적으로는 이해가 가면서도 감성적으로는 와 닿지가 않아서 무척이나 고민하면서 제대로 적용하지도 못하고 그저 가져다 놓은 수준에서 머무르고 말았다. 그런 한편 작품이 앞서지 못하고 항상 이론만이 앞서야만 하는 우리의 문학 연구 풍토에 대한 실망과 한숨도 곁들여졌다.

그런 인식 탓이었을까. 나는 박사학위를 받고 한동안 방황을 했다. 원고청탁도 거절하고 두세 해 동안은 그저 모든 걸 잊고자 하는 마음으로 시간을 보냈다. 그 무렵 내가 살던 곳은 바로 도봉산 자락이어서 나는 힘들고 가슴이 답답하면 시간을 가리지 않고 집을 나서서 산길을 오르곤 했다. 내가 가슴에 아픔을 안고 살아가는 사람들이 많다는 것을 새삼스럽게 다시 느끼게 된 그 날도 난 습관처럼 집을 나서서 바로 뒷산을 올라갔었다. 이미 산길은 어스름해져 곧 어둠이 몰려오는 시각이었다.

어두워지는 도봉산자락. 곧 어두워질 것이라는 것을 알면서도 바로 집 옆이니까 하는 마음으로 나는 어스름해지는 산길을 올라간 것이다. 30여분쯤 오르다보면 야트막한 정상이 나타나고 나는 산 중턱인 그곳에서 잠간씩 쉬었다가 내려오곤 했다. 그 날도 그곳에서 잠깐 쉬고, 어두운 산길을 홀로 내려오고 있었다. 서너 해 동안이나 다니던 길이었지만 이미 어둠이 깔린 산자락은 또 다른 공포감을 불러 일으켰다. 바람이 불 때마다 펄럭거리는 비닐이나 옷자락들이 어두워지는 산길에서 다시 보니 그날 따라 갑자기 나를 섬짓하게 하고 무섭게 했다. 나는 가끔씩 들리던 약수터도 들리지 않고 바삐 걸어 내려와 바로 가까이 마을의 불빛이 보이는 곳에 와서야 비로소 안도의 숨을 내쉬었다. 그때 저 멀리 어둠 속에 움직이는 물체가 있어서 순간 긴장하였다. 나는 긴장한 채 움직이는 물체를 주시하면서 천천히 산길을 내려왔다. 어느 정도 거리가 가까이 되었을 때 움직이는 물체는 등산복을 완전히 갖춰 입고 모자까지 풀 눌러쓴 채 산을 오르고 있는 등산객임을 알 수 있었다. 어두워져 가는 산길을 어둠에 쫓겨 내려오던 나는 우뚝 서서 한참 그를 바라보았다. 그는 얼마나 가슴에 깊은 슬픔을 갖고 살기에 이처럼 어두워져 가는 산길을 오르고 있을까. 이 밤에 산에 올라 무엇을 할 것인가. 외로움이 얼마나 절절하기에 그는 혼자 이 어두운 밤에 산길을 오르고 있는 것인가. 나는 내 옆을 지나쳐 그저 새까만 어둠뿐인 산길을 올라가는 그를 한없이 바라보았다. 이미 주위는 어둠이 짙게 깔려 바로 눈앞도 분간하기 힘들었다. 눈앞에 마을의 불빛이 반짝이는데도 아직 무서움과 두려움을 느끼던 나는 그 사내의 깊은 슬픔을 헤아려 보기에는 너무나 막막함을 느꼈다. 한때 포항 해변가 공장의 전기로 앞에 앉아 1500도가 넘는 온도를 이겨내지 못하고 끓어 넘치는 쇳물을 보면서 느꼈던 막막함과 두려움과는 다른 또 다른 두려움이 나를 감싸안았다. 그리고 문득 이 아픔과 괴로움에서 벗어나 새롭게 나를 드러낼 수 있는 길은 다만 글을 써서 남기는 일 뿐이라는 생각을 다시금 절실하게 하였다.

　글을 한 편도 쓰지 않고 보낸 두세 해 동안의 삶은 그 동안 쌓여왔던 정신적인 분노를 누그러뜨려 놓기도 하였지만, 헛된 시간을 보낸 아쉬움과 허전함이 더 크게 다가왔다. 그래서 다시 글을 쓰기 시작하면서도 박태원을 멀리하고 그와 동시대를 살아갔던 다른 작가들인 김동인·채만식·이 상·김유정 같은 작가들이 남긴 삶의 흔적들에 대해 다시 살펴보고 탐구하였었다. 이제 다시 박태원에 대해 쓴 논문을 책으로 출판하게 되면서 박태원을 탐구하던 시절에 미진하다고 생각했던 부분들에 대한 생각이 떠올랐다. 박사논문을 쓸 때 박태원의 번역소설과 역사소설에 대해 좀더 구체적으로 분석할 필요를 느꼈지만 시간이 없어서 미루어 놓았었다. 그 당시 번역소설과 역사소설 작품들을 분석하기 위해 며칠동안 국립도서관을 분주하게 다니면서 신문과 잡지를 빌려서 자료들을 복사해놓았지만 시간에 쫓겨 제대로 분석하지는 못하였었다. 그래서 시간이 날 때 구체적으로 분석을 해보아야겠다고 생각했지만 마음뿐이었고 이제까지 정작 해놓은 것은 없었다. 그때 복사해 놓은 자료들은 아직도 내 책장에서 그저 먼지만 뒤집어쓰고 있었고 시간에 쫓기는 것은 지금도 마찬가지였다. 그래서 이번에 책 출간을 앞두고 우선 역사소설인 『임진왜란』을 먼저 급하게 읽고 나름대로 분석하였다. 박사학위 논문에 이 글을 덧붙이고 앞의 논문에서 박태원 작품목록을 떼어내어 뒤에 붙이고 보니, 분량에 있어서 뒷부분이 앞부분과 균형이 맞지 않았지만 다른 작가들에 대해 연구한 글을 덧붙이고 싶지는 않았다. 그래서 박태원에 대해 연구한 글로만 편집하여 '박태원 소설세계'라는 이름으로 세상에 내놓는다.

　책으로 내놓으면서 생각해보니 학문세계에 다시 발을 디딘 이후 그동안 많은 분들의 도움을 받으면서 지냈다는 생각이 든다. 그분들께 보답하는 길은 더욱더 열심히 노력하여 많은 업적을 남기는 일일 것이다. 이번에 책을 내는데 있어 항상 가까이 있으면서 나의 게으름에 대해 질책하는 벗 육근웅 시인에게 마음으로 고마움을 느끼며, 아울러 이렇게 아담한 책으로 묶어주신 국학자료원의 정찬용 사장님과 여러 편집부원들에게도 고마움을 표한다.

4334년(서기 2001년) 4월에

김 봉 진

차 례

책머리에   3

제1부 박태원 소설세계

1. 머리말   11
   1) 문제의 제기 11
   2) 연구사 검토 및 연구 방법 13

2. 서술의 내면화와 식민지 지식인의 삶   19
   1) 초기 단편소설과 모더니즘의 실험 20
   2) 서술의 내면화와 서술자의 배제 26
   3) 식민지세대 지식인의 삶과 자의식 표출 40

3. 서술의 외면화와 도시 생태의 재현   61
   1) 첫 장편소설 「川邊風景」 전후의 작품 세계 62
   2) 서술의 외면화와 서술자의 등장 66

4. 해방 직후의 사회변천과 역사의식의 구현   102
   1) 해방 직후의 역사소설과 그 변모 105
   2) 역사소설의 선택과 작가주석적 서술 111
   3) 주어진 세계와 인간의 문제 123

5. 월북 이후의 작품 활동과 사회주의 리얼리즘의 지향   134

　　1) 월북 이후의 작품 활동과 사회주의 리얼리즘 …………………… 136

　　2) 사회주의 리얼리즘과 역사소설의 만남 ……………………… 144

　　3) 변천하는 시대와 작가의 눈 …………………………………… 161

6. 작품세계의 이행과정과 미학적 특질   175

7. 맺음말   185

■ 참고문헌   188

제2부 『임진왜란』 연구

1. 머리말   195

2. 인물 유형   202

　　1) 긍정적 인물형 ………………………………………………… 203

　　2) 부정적 인물형 ………………………………………………… 205

　　3) 중간자적 인물형 ……………………………………………… 209

3. 사건 서술을 통해본 작가의식   213

　　1) 삶의 교훈 추구 ………………………………………………… 213

　　2) 역사적 진실 제시 ……………………………………………… 219

　　3) 사실주의 문학 추구 …………………………………………… 222

4. 맺음말   225

■ 박태원 작품 연보   228

　　1) 소설 …………………………………………………………… 228

　　2) 번역 소설 ……………………………………………………… 230

　　3) 시 ……………………………………………………………… 230

　　4) 평론·수필·동화 기타 ………………………………………… 231

■ 색인   235

제1부

박태원 소설세계

1. 머리말

1) 문제의 제기

박태원(朴泰遠)[1]은 생애를 통해서 끊임 없는 실험과 탐구 의식, 그리고 여러 단계에 걸친 작품 세계의 변모 양상을 드러낸 작가였다. 초기 단편소설이 지향했던 모더니즘 세계로부터 월북 후 사회주의 리얼리즘의 선택에 이르기까지, 이 작가의 세계 인식과 문학적 취향은 엄청난 변화의 도정을 보여준다. 이러한 극단적 변모 양상과 그 변화의 거리는 어떻게 해석될 수 있을까? 그리고, 이 작가의 내부에 일고 있는 이러한 변화의 선은 우리 문학사의 전체적인 흐름에 비추어 볼 때 어떤 의미를 지닐 수 있는 것인가? 본 연구는 이상과 같은 물음에서 출발하여 박태원이라는 한 작가의 전체상을 규명하고, 그 실체가 무엇인가를 밝히는

---

1) 1910. 1. 6.(음력 1909. 12. 7) 서울에서 출생. 兒名은 點星, 9세 때 泰遠으로 개명. 京城第一公立高等普通學校(현 경기고교)와 동경 법정대학 수학. 데뷔 당시에는 泊太苑이라는 필명을 사용했으나, 후에는 주로 夢甫나 丘甫 등을 사용했다. 1950년에 월북, 그 곳에서 작품활동을 하다가 1986. 7. 10. 타계.(중앙일보, 1986. 7. 14) 1920년대 후반에 시와 소설 작품을 더러 발표했으나, 1930년 동아일보에 단편소설 「寂滅」(2. 5.~3. 1)을 발표하면서부터 본격적인 활동을 펴기 시작했다.

데 주력했다. 아울러서, 이 작가가 우리 문학사에서 차지하는 위상과 그 한계를 밝히고자 했다. 이러한 연구는 전환기 사회의 특징을 비교적 두드러지게 드러낸 이 땅의 사회·문화적 조건과 문학의 관련 양상을 파헤치고, 나아가 식민지 후기 사회에서 분단 시대로 이어지는 이러한 역사적 상황 속에서 산출된 문학의 몇 가지 일반적 특징들을 이해하는 데 도움을 줄 것으로 기대된다.

박태원의 소설은 이런 점에서 볼 때 유익한 분석의 대상으로 선택될 수 있다. 주지하는 바와 같이, 이 작가는 모더니즘 운동의 선구를 이룸으로써 처음부터 주목받은 바 있다. 모더니즘 비평가인 최재서(崔載瑞)가 그를 높이 평가했는가 하면, 막시즘 비평가인 임화(林和)는 그와 반대로 신랄하게 비판했다. 이렇듯 상반된 비평가들의 반응에서도 드러나는 바와 같이, 이 작가는 문학의 미학적 특질과 그 가치를 대단히 중시한 사람이었음을 알 수 있다. 이러한 그가 분단 상황에 이르러서는 북한으로 넘어가 사회주의 리얼리즘을 지향하기에 이르렀다. 초기 단편소설을 대표하는 「小說家 仇甫氏의 一日」이나 첫 장편소설인 「川邊風景」과 비교해 보면, 이 작가가 월북하여 생애의 마지막 단계에서 남긴 「갑오 농민 전쟁」은 우선 표면적으로 볼 때 동일한 제작자의 문학 유산으로 볼 수 없을 만큼 판이하게 다른 것이다. 극단적인 양상을 띠고 있는 양자의 차이점과 그 변모의 자취를 검토하지 않고서는 이 작가의 전체상을 정확하게 파악할 수 없다. 우리는 여기서 몇 가지의 파생적인 물음을 제기할 수 있다. 즉, 이 작가가 보인 이러한 다양한 실험과 탐구 의식이 그 내부에서 필연성을 지니고 나타난 것인가? 아니면, 사회·정치적 변화(즉, 문학 외적 상황)가 우발적으로 작가의 사상적 굴절과 문학 취향의 개조를 강요하게 된 것인가? 그리고, 그러한 변모 과정은 박태원이라는 한 작가의 문학적 생애에 비추어 볼 때 의미있는 성숙의 결과인가? 반대로, 자기 모순에 떨어지고 만 것인가? 등 이와 같은 물음[2]들에 충실히 접근하기 위해서는, 서술 구조와 기법, 주제 등 여러 측면에서 끊임없는 변화의 선을 그어나간 그의 작품 세계의 이행 과정을 면밀히 검토해 보아야 할 것이다. 이런 점을 감안해서, 여기에서는 그의 작품 세계를 몇 시기로 구분하고 대표작 중심으로 분석해 보았다. 그리고, 각 시기의 작품들이 전체적으로 형성하는 연계 관계를 추적해 보았다.

2) 연구사 검토 및 연구 방법

기존의 연구 성과를 검토해 보면, 박태원의 소설은 여러 가지 다각적인 관점에서 조명되어 왔다. 시기별로 나누어서 논의의 양상과 특징을 간추려 보면 다음과 같다.

첫째, 모더니즘 문학운동이 우리 문단의 주류를 형성하고 있었던 1930년대 후반기의 경우, 박태원의 「川邊風景」은 김기진, 최재서, 임화, 김남천, 안회남, 박종화, 김문집, 이태준 등[3] 주요 비평가와 작가를 통

---

2) 아직까지 이러한 변모가 규명되지 않았기 때문에 박태원의 월북은 단순히 '의문의 北行' 정도로 언급되어 왔다(권영민, 「모더니스트 朴泰遠. 의문의 北行」, 『月刊 京鄉』, 1988. 12 참조).

3) 朴泰遠의 소설에 대한 그 당시의 주요 평가를 보면 다음과 같다.
金八峯, 「朝鮮文學의 現在와 水準」, 『新東亞』, 1934. 1.
崔載瑞, 「리얼리즘의 擴大와 深化 - '川邊風景'과 '날개'에 관하여 - 」, 『朝鮮日報』, 1936. 10. 31.~11. 7.
林 和, 「世態小說論」, 『東亞日報』, 1938. 3.
金南天, 「世態·風俗·描寫·其他」, 『批判』, 1938. 5.
安懷南, 「作家 朴泰遠論」, 『文章』 창간호, 1939. 2.
朴鍾和, 「'川邊風景'을 읽고」, 『博文』 통권 6호, 1939. 3.
金文輯, 「戲作者 朴泰遠」, 『朝鮮文學』, 1939. 5.
李泰俊, 「'小說家 仇甫氏의 一日'에」, 『三千里』, 1940. 7.

해 다양한 반응을 일으켰다. 그 중, 특히 주목할 만한 것은 최재서의 글 「리얼리즘의 확대와 심화—'천변 풍경'과 '날개'에 관하여」와 임화의 글 「世態小說論」이었다. 모더니스트 비평가인 최재서는 「川邊風景」을 가리켜, 종래의 리얼리즘 소설을 극복한 전위적인 작품이라고 보고 그 새로움을 높이 평가하는 한편, 이 작품에는 '카메라의 눈'이라는 영화 기법에 의해 소설의 공간성과 작가의 부재의식이 두드러지게 드러나 있다고 지적했다. 반면, 임화는 막시스트 비평가답게 이 작품을 세태소설이라 규정하고 사상성의 결여를 비판했다. 이렇듯 부정적인 반응을 보이는 가운데서도, 그는 이 작품이 지닌 특징으로 공간적 세부 묘사와 느린 템포의 전개 등을 지적한 바 있는데, 이는 박태원 소설의 기본 성격을 이해하는 데 도움을 준다.

둘째, 1960~70년대의 경우, 박태원의 초기 소설에 대한 부분적인 연구가 시작되었다. 백철과 김시태는 구인회 동인의 한 사람으로서 모더니즘 문학운동에 앞장선 이 작가의 문학사적 위상을 높이 평가했으며[4], 김현은 「川邊風景」의 작품세계를 해설하는 가운데서 이 작품이야말로 서민층의 부침을 통해 일제하 닫힌 사회의 붕괴양상을 드러낸 것이라 지적하는 한편, 문체상의 특징을 비교적 섬세하게 분석해 보여주었다.[5] 이재선은 「川邊風景」이 30년대 도시소설의 선구를 이룬 것이라 보고, 도시적 삶의 양상을 생생하게 재현한 이 작품의 모더니티를 강조했다.[6]

셋째, 1980년대에 들어와서는 월북 작가의 해금에 따라 박태원에 대한 연구가 보다 활발하게 전개되었다. 월북작가의 작품에 대한 새로운

---

4) 白 鐵, 「九人會와 九甫의 모더니티」, 『東亞春秋』, 1963. 4.
　　金時泰, 「九人會 研究」, 제주대 논문집 7집, 1975.
5) 金允植·김 현, 『韓國文學史』, 民音社, 1973, 197쪽.
6) 이재선, 「한국현대소설사」, 홍성사, 1979, 335~339쪽.

평가와 함께 박태원의 월북 이후 작품에 대한 논의가 보다 구체적으로 진행되면서 우리 문학사에서 차지하는 그의 문학적인 위상도 새롭게 재정립되어 왔다. 이 시기의 언급[7]은 크게 두 가지 경향을 나타냈다. 하나는 박태원의 모더니즘 소설에 대한 인식의 폭을 넓히려는 것이고, 또 하나는 그의 월북 후 문학 활동을 조명하려는 것이다.

　전자의 경우로는 이강언, 서준섭, 최혜실 등 소장 학자들이 우리나라 모더니즘 소설의 양식과 기법의 탐구에 주목했다. 「한국 모더니즘 문학 연구」에서, 서준섭은 구인회의 모더니즘을 집단과의 분리를 경험하고 있던 소시민적인 지식인의 자의식 문학으로 보았다. 그러한 경향을 나타낸 대표적인 소설가의 한 사람으로 그는 박태원을 들면서, 그의 심경소설은 작가의 자의식과 문학적인 실험정신의 결합으로 이루어진 결과라고 언급했다. 최혜실은 「韓國 모더니즘 小說 硏究」에서 박태원의 「小說家 仇甫氏의 一日」에 대해 고현학(考現學)적인 창작방법으로 승차와 산책을 테마로 해서 쓰여진 것으로 보았다. 그는 이 작품을 고독과 행복의 대립양상을 리듬구조를 통해 제시하고 있는 점에 의미를 부여하면서, 형식의 측면에서 인물의 내부로 순수의식이 전환되는 양상을 보여주고 있다고 지적했다.

---

7) 李康彦, 「1930年代 모더니즘 小說 硏究」, 영남대 박사학위 논문, 1987.
　　金英淑, 「朴泰遠 小說 硏究」, 서울대 석사학위 논문, 1988.
　　姜惠媛, 「朴泰遠 小說의 敍述構造 分析」, 이대 석사학위 논문, 1988.
　　金重河, 「朴泰遠論 試攷」, 『世界의 文學』 49호, 1988 가을호.
　　徐俊燮, 『한국 모더니즘 문학 연구』, 一志社, 1988.
　　李在銑, 「사회주의 역사소설과 그 한계」, 『文學思想』, 1989. 6.
　　鄭賢淑, 「朴泰遠小說硏究」, 이대 박사학위 논문, 1990.
　　金允植, 「갑오농민전쟁論」, 『동서문학』, 1990. 1.
　　명형대, 「1930년대 한국 모더니즘 소설의 공간구조 연구」, 부산대 박사학위 논문, 1991.
　　崔惠實, 『韓國 모더니즘 小說 硏究』, 民知社, 1992.

후자의 경우에 있어서는 비로소 연구가 시작되는 단계에 있기 때문에, 주로 작품을 소개하고 해설하는 단계에 머물고 있다. 그 중, 이재선과 김윤식의 글이 돋보인다.

「사회주의 역사소설과 그 한계」에서, 이재선은 대하 역사소설 「갑오 농민 전쟁」의 문학적 특질과 그 의미를 밝히고 있다. 즉, 그는 이 작품이 역사의 형성력으로서의 민중 역량의 결집을 형상화하고 있다는 점에 주목하면서, 동학의 민중적인 각성이나 사회적인 저항운동 그리고 외세로부터의 자주의식을 프롤레타리아 혁명과 노동계층의 계급투쟁 및 주체적 반제국주의로서 받아들임으로써 과거의 역사적 사실을 계급주의 세계관의 틀에 짜 맞춘 것이라고 그 한계를 지적했다.

김윤식은 「갑오 농민 전쟁論」에서 이 작품이 월북 이전의 미완성 장편소설 「群像」과 월북 이후에 쓴 장편소설 「계명산천은 밝아오느냐」의 연장선상에서 제작된 것이라고 보고, 이 작품을 그 두 작품과의 관련성 속에서 해석하고 있다. 즉, 계급주의 사상에 입각해서 쓴 것이지만 이 작품에는 모더니즘 문학의 잔재도 부분적으로 산견된다는 것이다.

본 연구에서는 이상에서 예시한 바와 같은 기존의 연구 성과를 폭넓게 섭렵하는 한편, 그를 바탕으로 하여 박태원의 문학 유산을 전체적으로 세밀히 검토하려고 한다. 아울러서, 모더니즘으로 출발한 그의 작품 세계가 월북 후 사회주의 리얼리즘에 이르기까지 여러 단계의 굴절을 거쳐 어떻게 변모하고 있는지 그 이행 과정을 살피고자 한다. 즉, 그가 보여준 문학상의 양극적인 태도인 모더니즘과 리얼리즘의 문학적 특질은 무엇이며, 이러한 양극적 태도로의 작가적 변모를 가능하게 한 문학 내적 필연성은 무엇인가를 작품 안에서 탐구하고자 한다. 따라서 본고는 박태원의 각 시기별 특성을 극명하게 드러내 주는 대표작을 대상으로 하여 그를 새롭게 바라보고자 하는 입론을 유지하게 될 것이며, 이것을 바탕으로 하여 기왕의 논의에 새로운 해석을 보태고자 한다.

　　논의의 편의상, 박태원의 작품세계를 4시기로 구분하고, 각 시기별 특성을 규명하고자 한다.

　　제1기는 1930년 「寂滅」 발표 이후부터 중편소설 「川邊風景」 이전까지의 5, 6년간에 해당한다. 이 시기에 쓰인 초기 모더니즘 작품으로는 단편소설 「寂滅」, 「疲勞」, 「小說家 仇甫氏의 一日」, 「距離」 등을 들 수 있겠는데, 여기서는 특히 미적 완결성이 높은 「小說家 仇甫氏의 一日」 을 집중적으로 분석하기로 한다. 그 시대의 지식인의 삶을 주요 제재로 선택한 초기 모더니즘 소설이 주제와 기법의 면에서 어떻게 당대성을 획득하고 있는가를 밝히고자 한다.

　　제2기는 「川邊風景」이 중편소설의 형식으로 발표되었다가 장편소설로 개작되기까지의 기간에 해당한다. 이 시기의 작품으로는 장편소설 「川邊風景」을 비롯해서 단편소설 「聖誕祭」, 「골목안」 등을 들 수 있다. 이른바 세태소설로 알려진 장편소설 「川邊風景」을 분석한 다음, 도시 서민층의 일상적 삶과 그 생태가 어떻게 구현되어 있는가를 살피고자 한다. 그리고, 이 작품이 초기 모더니즘 계열의 단편소설들과 비교해 볼 때 어떤 점에서 다르고 또 공통점을 지니고 있는가를 살피고자 한다.

　　제3기는 1945년 해방 후부터 1950년 월북하기까지의 기간에 해당한다. 이 시기에는 주로 역사소설의 장르가 선택되었는데, 「壬辰倭亂」과 「群像」은 완성을 보지 못했으므로 유일한 완성작인 「洪吉童傳」을 분석의 텍스트로 선택하고, 이 작가의 경우, 역사의식의 실체가 무엇인가를 확인하고자 한다. 나아가, 그의 역사소설이 종래의 모더니즘 문학과 도시 취향에 비교해 볼 때 어떤 차이점을 드러내는가를 살피고자 한다.

　　제4기는 1950년 월북 이후부터 1986년 작고할 때까지의 기간으로 상정했다. 이 시기에 쓰여진 작품 중에서는 역사소설 「계명산천은 밝아 오느냐」와 「갑오 농민 전쟁」 두 편을 꼽을 수 있겠는데, 특히 「갑오 농민 전쟁」은 작가가 월북한 뒤 본격적으로 북한 나름의 독특한 사회주의 리얼리즘의 세계관을 기조로 하고 있다는 점과 그의 마지막 작품이어서 주목된다. 「계명산천은 밝아오느냐」는 「갑오 농민 전쟁」의 전편에 해당하는 작품으로, 「갑오 농민 전쟁」과의 연관성을 더듬어볼 필요가 있다. 이 곳에서는 「갑오 농민 전쟁」을 집중적으로 분석하고, 월북 이후 그의 작품세계가 어떻게 변모되고 있는가를 알아보려고 한다. 그리고, 이 시기의 문학적 변신이 그의 생애에 있어 어떤 의의와 한계를 안고 있는가를 밝히려 한다.

분석의 텍스트로는 『小說家 仇甫氏의 一日』(文章社, 1938)과 『川邊風景』(博文出版社, 1947), 『洪吉童傳』(朝鮮金融組合聯合會, 1947), 『갑오 농민 전쟁』(깊은샘, 1989)을 택했다. 그 밖에, 단행본으로 출간되지 못한 작품들은 신문과 잡지 연재분을 활용하기도 했다.

결국 본고는 박태원이 모더니즘과 리얼리즘이라는 대립되는 문학 태도를, 시기를 달리하여 선택하였음을 인정하는 가운데 논의를 진행시키고자 한다. 이러한 논의가 진행되었을 경우 박태원을 단순히 1930년대 모더니즘 작가로만 평가하고 있는 일면적이며 기형적인 문학사적 평가를 수정할 수 있을 것으로 기대된다. 아울러 모더니즘에서 리얼리즘으로 이행해 간 작가가 흔히 발견되지 않는다는 점에서, 이러한 변모의 축이 무엇인가가 명확히 밝혀줌으로써 박태원 문학의 독자성을 추출할 수 있을 것으로 기대한다. 이러한 논의의 과정 없이 박태원을 1930년대의 모더니스트 정도로 간단히 취급하는 것은 결국 문학사적 오류에 머물게 될 공산이 크며, 한 작가의 총체적 세계를 훼손할 위험을 안고 있다. 따라서 본고는 박태원의 작품 세계의 변화의 축을 하나의 논리로 집약함으로써 박태원 소설의 핵심과 소설미학을 찾아 나서고자 한다.

2. 서술의 내면화와 식민지 지식인의 삶
—「小說家 仇甫氏의 一日」

박태원의 본격적인 작품 활동은 단편소설 「寂滅」(동아일보, 1930. 2. 5~3. 1) 이후로 봄이 타당할 듯하다. 그 후, 이 작가는 「수염」, 「누이」, 「疲勞」, 「小說家 仇甫氏의 一日」, 「顚末」 등 주목할 만한 작품들을 내놓았는데, 1930년대 전반기에 발표된 이 일련의 초기 단편소설 작품들은 동시기의 젊은 세대 작가들이 표방한 모더니즘 문학운동의 선구를 이룬 것으로서 문학사상 중요한 의의를 지닌다. 그 중에서도 특히 「小說家 仇甫氏의 一日」은 그의 초기 소설을 대표하는 것일 뿐 아니라, 이 시기 모더니즘 소설의 독특한 세계 인식과 새로운 문학적 감수성을 제시한 것으로 높이 평가할 만하다.

그의 초기 모더니즘 소설은 주제와 기법의 어느 면에서 보나 전년대의 리얼리즘 소설과는 판이하게 다른 점들을 지니고 있다. 그 새로움과 문학사적 의의는 구체적으로 어떻게 지적될 수 있을까? 이 장에서는 이러한 물음에 입각하여 박태원 문학의 출발점이면서 동시에 이 시기 모더니즘 소설의 한 표상을 이룬 작품으로 「小說家 仇甫氏의 一日」을 선택하고, 그 서술 구조와 기법 및 주제를 면밀히 분석하려고 한다. 그리고, 그것이 이 작품의 생성 배경을 이룬 동시대의 역사적 조건 즉, 식민지 후기 사회의 정신적 분위기와 어떤 상관성을 맺고 있는가를 아울러 살펴보고자 한다.

이상과 같은 연구를 수행하기 위한 기초 작업으로서 이 자리에서는 먼저 이 작가가 동시기에 쓴 여타 작품들의 일반적 경향과 특징부터 검토해 보기로 한다. 「寂滅」 이후, 이 작가는 새로운 모더니즘 소설을 지향하기 위해 끊임없는 실험과 탐구의 도정을 밟아왔는데, 이러한 모든 노력의 결과로 나온 「小說家 仇甫氏의 一日」을 이해하기 위해서는 그 밑거름이 된 동시기의 다른 많은 작품들을 참고로 살펴봄이 유익하리라고 믿는다.

1) 초기 단편소설과 모더니즘의 실험

초기 단편소설 작품들은 주로 방황의 주제를 다루고 있다. 그의 첫 데뷔작으로 볼 수 있는 「寂滅」에서부터 이러한 일면이 잘 나타난다. 이 작품은 1인칭 액자소설의 형식을 취하고 있다. 작가는 외부 액자의 서술자를 다음과 같이[1] 제시하고 있다.

> 어대로갈가 —
> 나는 두어발자옥 발은편으로 걸어갓다. 그리고다시돌처서서
> 서너발자옥 왼편으로 걸어갓다. 그때—
> 째마츰 한강나가는 『쩌스』가 왓다.
> — 저놈을 타? 말아? 탄대야 어대로가누? 그러타고쏙 타지말
> 라는 리유야 업지 안혼가? 하 하……

여기서 주목할 점은 1인칭 서술자인 '나'의 행태에 있다. 즉, 이 인물

---

1) 박태원, 「寂滅」, 『東亞日報』, 1930. 2. 6(연재 2회).

은 뚜렷한 목표나 방향 감각이 없이 도심지의 거리를 헤매고 있는데, 그의 작품 속에 자주 사용되는 산책의 모티프는 이러한 방황의 주제를 패턴화하고 있는 것으로 볼 수 있다. 참고 삼아, 외부 액자의 경개를 보기로 한다.

소설가인 '나'는 소설 작품을 제작하기 위해 고심했으나 2주일 동안 한 줄도 쓰지 못한 채 쩔쩔매다가, 드디어 밤 9시 경에 산책을 나선다. '좋은 자극'과 '알맞는 엽기 취미'를 얻기 위해서다. 이 인물은 일정한 행선지를 정하지 않은 상태에서 어디든 무작정 돌아다닌다. 그러다가, 한 기이한 사나이를 우연히 세 번씩이나 만나게 된다. 결국, 그는 이 사나이를 집으로 데리고 와서 직접 그로부터 기이한 생애의 내력을 듣는다. 이튿날 아침 6시에 그 사나이와 헤어진 뒤부터, 그는 그 사나이의 모습이 떠오를 때마다 그리워하던 중, 신문에서 그 사나이의 자살 기사를 읽고서는, 묘소로 찾아가 그 사나이의 명복을 빌며 추모한다는 것으로 되어 있다.

총 연재 23회 중에서 외부 액자는 9회로 제시되어 있다. 즉, 도입 액자 1~7회, 결구 액자 22~23회로 설정되어 있다. 일반적으로 이야기의 틀에 해당하는 도입 및 결구 액자 부분은 짧은 편인데, 이 작품의 경우, 외부 액자의 비중이 상당히 큰 것으로 나타나 있다. 그리고, 서술자인 '나'는 단순히 내부 이야기를 이끌어 내거나 전개하는 데 만족하지 않고, 내부 액자 속에 깊이 침투한다. 뿐만 아니라, 자신의 의식과 관찰·사고·연상을 통해서 바라보기 때문에, 경험 자아의 눈에 비친 내부 액자의 대상을 주관화한다. 그러므로, 이 작품에서는 '나'의 서술 자아와 함께 경험 자아가 똑같이 중요한 역할과 기능을 맡고 있다고 하겠다.

'나'의 산책 과정과 내부 의식은 그러므로 이 작품의 주제를 파악하는 데 빠뜨릴 수 없는 핵심적인 요소가 되고 있다. 내부 삽화에 이르기 전에 외부 삽화만 보더라도, 이 작품의 기본 주제인 방황과 좌절의 의미는 '나'의 산책을 통해서 어느 정도 독자가 파악할 수 있도록 유도되고 있다. '나'는 집에서 나간 뒤에 광교 → 종로 네거리 → 파고다 공원 → 본정 입구를 헤매다가 다시 집으로 돌아오고 있는데, 이러한 공간 이동을 통해서 구현된 이 인물의 행태는 한 마디로 말해서 한 지식 청년의 방황 심리를 겉으로 드러내 보여준 것이다. 거리에서 카페, 다시 거리에서 카페로, 또는 앉았다가 걷고 또 걷는 이런 무의미한 행위(일상성)의 반복 자체가 권태로운 것이며, 그것이 곧 방황의 동기를 이루고 있다. 산책 도중에 끊임없이 꼬리를 물고 나타나는 '나'의 내적 독백은 이와 같은 인물의 성격과 심리를 잘 말해주고 있다. 갈 곳도 없으면서 버스를 탈까 말까 우왕좌왕하다가 결국은 이런 모순 심리에 빠진 자신을 발견하고 자조적인 웃음을 터뜨리는 이 인물은 무위의 삶을 영위하는 1930년대 '고등 룸펜'(실직 지식인 군상을 가리키는 말)의 내면 세계를 보여주는 것이다. 이 작품 속에는 이러한 인물의 성격을 드러내는 내적 독백이 자주 사용되고 있다.

> ① 어대로갈가 ―
> 　앗가도 말하얏지만 내주머니 속에는 돈 ― 이십삼원사십오전
> ― 이 들어잇다.
> 　어대로갈가 ―
> 　더간대야 덜간대야 오분씩은 틀리지안는 내팔뚝시계는 열시
> 이십칠분전에서재각어리고잇다.
> 　어대로갈가 ―2)

> ② ―오전이라니 오전이라니 동소문에서 한강까지쏘는동대문
> 에서 악박골까지 오전이라니…… 이야말로틀림업시 세계일로
> 갑싼『뻐스』다.3)

---

2) 박태원, 「寂滅」, 『東亞日報』, 1930. 2. 6.

이와 같은 예시 문장들만 보아도 곧 알 수 있는 바와 같이, 서술자 '나'는 현실 감각을 잃은 비일상적 인물이다. 무의미한 말을 되풀이해서 반복하는 음송벽이라든가 양가치 현상 등은 심리적 콤플렉스를 형상화하는 데 기여하고 있다.

내부 액자의 주인공(즉, '나'의 관찰 대상)으로 설정된 그 '기이한' 사나이는 관찰자인 '나'의 또 하나 분신과 같은 존재다. 그러니까 '나'는 '그'를 통해서 자신의 내부에 감추어진 그 어떤 것들을 발견하게 되는 것이다. 이런 점에서, 양자는 많은 동질성을 공유하고 있다. '그'의 정신질환과 방황, 그리고 죽음으로 끝나는 좌절과 실의의 모습은 바로 환상적으로 도달한 '나' 자신의 자화상이기도 하다.

이 작가가 처음 손댄 몇 편의 작품은 1인칭 액자 소설의 형식을 취하고 있는데, 그것은 한결같이 관찰의 주체인 '나'가 그 대상이 되는 '그'를 통해서 자기 자신을 응시하는 것으로 되어 있다. 「疲勞」, 「顚末」, 「距離」 등, 1인칭 주인공 시점으로 쓰여진 일련의 작품들은 내부 액자를 생략해 버린 형태로서 서술자 '나'가 자신의 이야기를 직접적으로 제시하고 있는 경우에 해당한다. 이 단계에 이르면, 서술이 그만큼 내면화되고 인물에 대한 주관적 분석이 더욱 강화되고 있음을 보게 된다. 이렇듯 서술 상황은 바뀌고 있지만, 주제상에서는 이전의 작품들과 크게 달라진 것이 없다.

> ① 어느 틈엔가 나는 버스를 타고 있었다. 나의 타고 있는 버스는 노량진을 향하여 달려가고 있었다. 그러나 물론 나는 노량진을 가기 위하여서 버스를 타고 있는 것은 아니었다. 그렇다고 노량진 이외의 아무 곳을 가기 위하여서 탄 것도 아니었다.[4]

---

3) 박태원, 「寂滅」, 『東亞日報』, 1930. 2. 6.
4) 박태원, 「疲勞」, 『小說家仇甫氏의 一日』, 文章社, 1938, 70쪽.

② 나는 눈꼽만한 안심도 가질 수 없는 이 시대와 이 인심을 생
각하며, 동요하는 버스 위에 간신히 몸의 중심을 지탱하고 있었
다. 나는 내가 분명히 틈을 비집고 나간다는 — 오직 그만한 수
고를 아끼어 그대로 '인생의 한강 철교'로 향한다는 사실을 생
각하고, 또 다시 아무리 싫어도 그곳에 인생에 피곤한 내 자신
을 발견하지 않을 수 없었다. 그러나 내가 설혹 청춘의 기력을
가지고 그 곤란을 뚫고 나가 이 버스에서 내릴 수 있었더라도,
내가 구할 수 있었던 것은, 구경, 그 한 접시 십오 전짜리 라이
스카레에 지나지 않았을 것이 아닌가?……

　　나는 잠깐 이런 것을 생각하며 나의 의지에 배반하여, 자꾸
다른 방향으로 달려가고 있는 버스 위에 무표정한 얼굴을 하고
서 있었다.5)

③ 거리 위에서 나는 언제든 갈 곳을 몰라한다. 내가 아무런 볼
일도 갖는 일 없이 그냥 찾아가 만나 줄 벗이란 다섯 손가락에
도 차지 못 하였고, 물론 같은 이를 매일같이 찾아보는 수는 없
었다. 나는 내가 너무 자주 그들을 찾아 그들이 나의 심방을 불
쾌하게 할 것을 겁하고, 또 마주 대하여서는 그들이 내게 어떠
한 생각을 하고 있는가 그것이 언제든 염려되어, 만약 참말 나
의 심방이 그들에게 우울을 주는 일이 있다면, 그것은 단순한
나의 심방에 말미암은 것이 아니라, 나의 그러한 비굴하고 또
자신없는……6)

　　①과 ②는 「疲勞」에서 인용한 것이고, ③은 「距離」에서 인용한 것이
다. 이 두 작품은 모두 소설가를 주인공으로 설정하고 있는데, ①에서
는 무기력한 주인공이 「寂滅」의 '나'와 같이 정처없이 버스를 타고 거
리를 헤매고 있으며, ②에서는 만원 버스에서 밀집한 사람들의 틈을 비

---

5) 박태원, 「疲勞」, 앞 책, 73쪽.
6) 박태원, 「距離」, 앞 책, 118쪽.

집고 내릴 엄두도 내지 못한 채 반대 방향으로 밀려가고 있다. ③에서는, 할 일 없이 떠도는 주인공이 어느 친구의 집을 방문하고 싶지만 그쪽 눈치를 보느라고 찾아 나설 수도 없는 복잡한 심리를 제시하고 있다.

1920년대 작가들도 방황하는 지식인의 모습을 즐겨 다룬 일이 있다. 현진건의 「술 勸하는 社會」나 「貧妻」 등이 그 좋은 예가 될 것이다. 그런데, 작가주석적 서술 상황으로 쓰여진 1920년대 리얼리즘 계열의 소설 작품들이 외적 사건을 중심으로 하여 지식인의 고뇌와 갈등을 묘사한 것이라면, 박태원의 소설 작품들은 그러한 전통적 플롯을 해체하고 지식인의 내부에 꿈틀거리는 복잡한 충동의 움직임을 심리분석적 방법으로 파헤치고 있다. 따라서, 겉으로 보면 이렇다 할만한 외적 사건이 하나도 일어나지 않는다. 그리고, 이 작가가 제시하는 인물들은 삶의 의지나 목표를 상실하고 무의미하게 떠돌고 있다. 가령, 현진건의 소설에는 가난하지만 정신적 의지로 현실을 극복하고자 하는 인물들이 등장하고 있다면, 박태원의 경우에는 삶의 의지 자체를 잃어버린 자들이 무의미한 삶을 권태롭게 반추하고 있다는 점에서 판이하게 구분된다.

이상과 같은 관점에서 볼 때, 박태원의 초기 모더니즘 소설은 다음과 같은 몇 가지 특징을 지니고 있다.

첫째, 무위의 삶을 영위하는 1930년대 고등 룸펜의 내면 세계를 다루고 있다.

둘째, 이 작가가 제시한 인물들은 현실 감각을 잃은 비일상적 인물로 제시되고 있다.

셋째, 주로 방황의 주제를 다루고 있다.

넷째, 1인칭 서술 상황[7]으로 이루어져 있으며, 경험 자아의 가능성을

---

7) F.K.STANZEL, 김정신 옮김, 『소설의 이론』, 문학과 비평사, 1990, 19쪽.
   슈탄젤은 서술체를 일인칭 서술상황과 작가적 서술상황, 그리고 인물적

극대화하고 있다.

이 시기의 대표작으로 알려진 「小說家 仇甫氏의 一日」은 이러한 몇 가지 특징을 종합하고 주제와 기법 면에서 심화시켰다는 점에서 주목된다. 다음에서 이 작품을 보다 심층적으로 분석해 보이기로 한다.

2) 서술의 내면화와 서술자의 배제

1934년에 발표된 박태원의 「小說家 仇甫氏의 一日」[8]은 지식인인 소설가 구보가 하루동안 거리를 산책하며 느낀 생각을 그대로 기록하고 있는 작품이다. 인물적 서술상황[9]으로 되어 있는 이 작품은 초기에 쓰여진 다른 작품들과 마찬가지로 주인공인 '구보'라는 인물의 행태에 주안점이 놓여지고 있다. 이 인물은 뚜렷한 목표나 방향 감각이 없이 도심지의 거리를 헤매고 있는데, 이런 패턴화한 방황의 모티프를 통해 주제를 드러내고 있다.

이 작품은 서두에서 어머니가 등장하고 결말에서 주인공이 어머니를 연상하는 점에 있어서 액자소설의 형태가 해체되어 가는 모습을 띠고 있다. 내부액자로는 주인공인 구보가 경성 도심지의 방황 즉, 도심 순례 과정에서 그의 의식을 거쳐 나타난 당대 사회의 모습을 보여주는 것이 된다. 먼저 첫 장에서 부인물인 어머니가 반성자—인물[10]로 등장하

서술상황으로 구분하고 있다. 일인칭 서술 상황의 특징은 서술의 중개성이 전적으로 소설의 인물이라는 허구적 영역 안에 속한다는 것이다.

8) 이 작품은 원래 朝鮮中央日報 1934년 8월 1일부터 동년 9월 19일까지 연재된 중편 소설로, 1938년 12월 7일 文章社에서 펴낸 작품집 『小說家 仇甫氏의 一日』에 재수록되어 있다.

9) F.K.STANZEL, 앞 책, 19쪽. 인물적 서술상황에서는 중개 서술자가 반성자에 의해 대치된다.

면서 그의 눈을 통해 주인공인 구보가 묘사되고, 이어 구보라는 식민지 지식인의 내면의식을 통해 당대의 삶을 조명하고 있다. 따라서 경험 자아가 극대화되어 나타나고 있다. 주인공인 '구보'의 의식이나 관찰 및 회상 또는 연상 등을 통해 제시되는 여러 모습들은 경험 자아의 눈에 비친 당대 사회의 모습을 주관화하여 보여준다. 여기에서 부인물인 어머니는 구보에 대한 정보를 제시해주는 역할을 한다. 즉, 어머니는 아들에 대해 생각하면서 그에 대한 정보를 제시하고 있는데, 자유간접문체11)에 의해 부드럽고 쉽게 진행된다.

> 어머니는 다시 비누질을 하며, 대체, 그애는, 매일, 어딜, 그렇게, 가는, 겐가, 하고 그런것을 생각하여 본다.
> 직업과 안해를 갖지않은, 스물여섯살짜리 아들은, 늙은 어머니에게는 왼갖 종류의, 근심, 걱정꺼리었다. 우선, 낮에 한번 집을 나서면, 아들은 밤 늦게나되어 돌아왔다.
> 늙고, 쇠약한 어머니는, 자리도 깔지 않고, 맨바닥에가, 팔을 괴고 누어, 아들을 기다리다가 곧잘 잠이 든다. 편안 하지 못한 잠은, 두시간식 세시간식 계속될수 없다. 잠깐 잠이 들었다, 깰 때마다, 어머니는 고개를 들어 아들의 방을 바라보고, 그리고, 기둥에 걸린 시계를 치어다본다.
> 자정 —그리 늦지는 않았다. 이제 아들은 돌아올께다. 어머니는 아들이 어서 돌아와지라 빌며, 또 어느틈엔가 꼬빡 잠이 든다.12)

---

10) F.K.STANZEL, 앞 책, 19쪽. 반성자—인물은 소설 속에서 생각하고 느끼고 지각하는 인물인데, 서술자처럼 독자에게 말하지 않는다. 독자는 이 반성자—인물의 눈을 통해 다른 인물들을 보게 되어, 중개성(간접성) 위에 직접성이라는 환상이 포개진다.

11) F.K.STANZEL, 앞 책, 27쪽. 자유간접문체는 직접화법과 간접화법을 결합한 형태로서, 자유간접화법으로도 불린다.

12) 朴泰遠, 『小說家 仇甫氏의 一日』, 文章社, 1938, 222쪽. 이하 같은 작품의

이 부분에서는 인물적 서술 상황과 함께 작가적 서술 상황이 이루어지고 있다. 위에서 나타나는 자유간접문체는 작가적 서술 상황에서 인물적 서술 상황으로 전이될 때 나타나는[13] 표현이다. 반성자―인물인 어머니는 독자에게 직접 서술하고 있지 않기 때문에 구보에 대한 객관적인 정보를 다 제시할 수가 없다. 따라서 외부 시점[14]으로 구보에 대한 객관적인 정보를 독자에게 직접 제공하고 있는 것이다. 구보에 대한 이러한 객관적인 정보는 이 작품에서 당대 현실에 대한 구보의 비판적인 인식이 독자에게 긍정적으로 작용하도록 도와주는 역할을 한다.

이 작품의 주인공인 구보는 반성자―인물로서, 3인칭 내부시점으로 제시되고 있다. 이것은 그의 초기 소설이 1인칭 부인물 시점이나, 1인칭 주인공 시점으로 서술되고 있는 것에서 변화되고 있음을 말해준다. 구보는 자신의 의식 속에서 외부 세계의 사건을 반영하고, 지각하고, 느끼고 기록하고는 있으나, 서술자처럼 독자에게 이야기를 전달, 즉 서술하지는 않는다. 독자는 이때 구보의 의식 속에 투영된 사건과 반응들을 구보의 의식 속에서 직접 통찰에 의해 찾아내게 된다.[15] 이 경우에 작품 내에서 직접적으로 서술(narrative)을 행하는 자가 없기 때문에, 전달(presentation)은 직접적인 것처럼 보이게 되는 효과를 나타낸다. 따라서 구보의 눈에 비친 당대 사회의 병든 현상들이 독자들에게 구체적으로 전달된다. 이러한 효과는 구보가 지식인으로서 직업을 가지지 않고 의미없이 행동하며 살아가는 태도에 대해 독자의 긍정적인 반응을 유도한다.

인용은 인용문 끝에 해당 쪽수만 표시함.

13) F.K.STANZEL, 앞 책, 277쪽.

14) 외부 시점은 작가적 서술 상황으로 된 부분에서 나타난다. 위의 부분에서 '직업과 안해를 갖지않은 [……중략……] 늦게나되어 돌아왔다'는 부분은 작가적 서술 상황으로 이루어진 부분이다.

15) F.K.STANZEL, 앞 책, 216쪽.

　구보가 그의 의식을 통해 보여주는 식민지 사회의 문제점 제시는 1920~30년대 리얼리즘 작가들의 현실 제시와는 다른 새로운 방식이다. 1920~30년대 리얼리즘 작가들은 당대 현실과 대결하다가 갈등을 일으키는 인물들을 형상화함으로써 인물들의 구체적인 행위가 직접 드러나게 된다. 그러나 이 작품에서는 구보가 반성자―인물로서 제시되고 있기 때문에 그러한 행위가 구체적으로 드러나 있지를 않고, 다만 당대 현실이 지식인인 구보의 내면의식에 반영되어 비추어 보일 뿐이다. 이러한 작가의 표현방식은 이 작품에서 주로 연상 기법과 몽타쥬 기법 및 새로운 문장 표현으로 나타나고 있는데, 이 경우 이들 기법들은 매우 효과적으로 사용된다. 이러한 기법들은 사실 단지 스타일상의 장치만은 아니며, 그 자체가 작품의 서술 방식이나 인물 묘사를 지배하는 구성원리[16]로서 설정되어 있기 때문이다.

　이 작품에서 가장 많이 사용되고 있는 방법은 연상(聯想)인데, 장면제시의 한 기법이다.[17] 경험과 기억이라는 내적 세계 속에 있는 사건의 시간적 연속과 질서를 나타내는 연상은 과학과 상식에 익숙해져 있는 사건들의 엄격한 논리적 질서와 진행을 파괴함으로써 나타나는 무질서

16) 루카치는 『우리시대의 리얼리즘』, 문학예술연구회 옮김, 인간사, 1986, 19쪽에서 이 부분을 다음과 같이 설명하고 있다.
　　"그러면 예술작품의 스타일을 결정하는 것은 무엇인가? 예술가의 의도가 어떻게 형식을 결정하는가?(물론 여기서는 작품에 실현된 의도 를 말하며 이것이 반드시 작가의 의식적인 의도와 일치할 필요는 없다). 우리의 관심을 끄는 것은 형식주의적인 의미에서 스타일상의 '기법들' 사이의 구분이 아니다. 중요한 것은 바로 한 작가의 작품의 근간이 되는 세계관(weltanschauung) 내지 이데올로기다. 그리고 그것은 그의 '의도'를 구성하는 이 세계관을 재현하기 위한 작가의 시도이며 한 작품의 스타일의 기초가 되는 구성원리이다. 이렇게 볼 때 스타일은 더 이상 형식적인 범주일 수가 없다. 오히려 그것은 내용에 뿌리박고 있으며 일정한 내용의 일정한 형식인 것이다."
17) F.K.STANZEL, 앞 책, 215쪽.

의 상징이다.[18] 기억 속에 있는 사물들간의 연상은 자연계의 사물들과는 달리 통일적이고 일관성 있는 질서를 구성하지 않으며, 동적 상호침투라는 성질을 나타낸다.[19] 기억 속의 사건들이 띠고 있는 그 상호침투성은 매우 규칙적인 하나의 시간적 연속으로 뚜렷이 나타나는데[20], 문학적으로는 이것이 자유연상과 내적 독백이라는 수법의 배경이 되는 이미지의 논리이다.

박태원은 연상 기법을 통해 구보라는 인물이 가지고 있는 기본적인 성격과 식민지 지식인으로서의 시대 대응 양상을 구체적으로 드러내 보여주고 있다. 여기에서 나타나는 연상은 크게 세 가지 종류로 구별지어 볼 수 있다. 첫째는 신체적인 자극에 의해 일어나는 연상이고, 둘째는 상황의 자극에 의해 일어나는 연상이며, 셋째는 무의식적으로 일어나는 연상이다.

신체적인 자극에 의해 일어나는 연상들은 머리와 귀와 눈 등을 통해 나타나는 심리적 병리 현상과 관련을 맺고 있다. 신체적인 연상은 이 작품에서 구보라는 인물이 일종의 심리적 병리 현상에 시달리고 있음을 나타낸다. 이러한 병리 현상은 기본적으로 불만족스러운 외부 세계에 대한 구보의 심리적인 질환으로 설명될 수 있다. 상황의 자극에 의해 촉발되는 연상은 주로 외부 세계에 대한 구보의 내면적 반응을 보여주는 데 초점이 맞춰진다. 이와 같은 외부 세계에 대한 구보의 내면적 반응을 연결시켜 보여주는 연상들은 이 작품에서 당대를 살아가는 구보라는 인물의 대응 방식을 드러내는 역할을 하고 있다. 그리고 무의식

---

18) Hans Meyerhoff, 金埈五 옮김, 『文學과 時間現象學』, 心象社, 1979, 56쪽.

19) Hans Meyerhoff, 앞 책, 55쪽.

20) Hans Meyerhoff, 앞 책, 55쪽. 기억 속의 사건들은 객관적이며 역사적인 準據體에서 관찰해 볼 때는 비록 왜곡되고 무질서한 것이지만 인과율에 따라 사건 A가 사건 B의 뒤를 잇는 것처럼 서로 질서정연하게 繼起하고 있다.

적이거나 돌발적인 연상은 작품 속에서 필연적인 과정이 없이 제시된다. 대체로 작가의 의도적인 연상의 제시로서 볼 수 있는 이 연상은 작가가 구보의 의식을 구체적으로 드러내려고 할 때 주로 사용되고 있다. 이러한 세 가지 연상 방법 중에서 작가가 주로 중점을 두어 서술하고 있는 것은 첫 번째인 신체적인 반사작용에 따라 일어나는 연상과 세 번째인 돌발적이거나 무의식적인 연상이다. 박태원은 이 두 가지 연상 방법을 적절하게 사용하여 작품의 주인물인 구보라는 인물의 특성과 그가 당대를 살아 나가는 방식을 구체화시키고 있다.

　서술 기법에서 또 하나 특징적으로 드러나는 것은 박태원이 영상예술에서 자주 사용하고 있는 몽타쥬 기법(montage technique)을 소설 묘사에 도입하여 우리 문학의 표현 방식을 한 단계 더 높여놓고 있다는 점이다. 영상 예술에서 사용되는 몽타쥬 기법들은 영상들을 재빨리 연결시키거나, 하나의 영상에 다른 영상을 중첩시키거나, 하나의 영상에 촛점을 맞추어두고 그 주위를 관련이 있는 영상으로 에워싸거나 하는 방식을 의미[21]한다. 이 기법이 소설에서 응용될 때는 주로 시간 몽타쥬(time-montage)나, 공간 몽타쥬(space-montage)의 두 가지로 나타난다.[22] 시간 몽타쥬는 주제가 공간에 고정되어 있고, 작중인물의 의식이 시간 속에서 변화하는 기법이다. 즉, 어느 한 시점의 영상과 관념을 또 다른 시점의 영상과 관념에 겹쳐놓은 방법으로 사용된다. 공간 몽타쥬는 시간이 고정되어 있고, 공간적인 요소만이 변화되는 방법을 말한다. 이 작품에서는 이 중 주로 시간 몽타쥬 방식을 많이 사용하면서 부분적으로 공간 몽타쥬 방식을 병용(竝用)하는 방법을 채택하고 있다. 이 작품에서 구보가 현실에서 행동하면서 추억에 빠져있는 장면은 시간 몽타쥬와

---

21) 로버트 험프리, 이우건·유기룡 옮김, 『現代小說과 意識의 흐름』, 형설출판사, 1984, 90쪽.
22) 로버트 험프리, 앞 책, 91쪽.

공간 몽타쥬가 결합되어 나타나고 있다.

> 　어서 옵쇼. 설렁탕 두그릇만 주ー. 仇甫가 노오트를 내어놓
> 고, 自己의 失禮에 가까운 尋訪에 對한 辯解를 하였을 때, 女子
> 는, 瞬間에, 얼굴이 붉어졌었다. 모르는 男子에게 鄭重한 人事를
> 받은까닭만은 아닐께다. 어제 어디갔었니. 吉屋信子. 仇甫는 문
> 득 그런것들을 생각해내고, 女子모르게 빙그레 웃었다. 맞은편
> 에 앉아, 벗은 수까락든손을 멈추고, 빠안히 仇甫를 발아보았
> 다. 그눈은, 무슨 생각을 하고 있느냐, 물었는지도 모른다. 仇甫
> 는 생각의 秘密을 감초기 爲하여 意味없이 웃어보였다. 좀 올러
> 오세요. 女子는 그렇게 말하였었다. 말로는 泰然하게, 그러면서
> 도 그의 볼은 亦是 處女다웁게 붉어졌다. (270쪽)

이처럼 이 작품에서는 현재와 과거를 번갈아 제시함으로써 과거의
현재화, 또는 현재의 과거화를 바라는 구보의 심리를 드러내고 있다.
현재의 시간과 과거의 시간을 계속 교차시켜 감으로써 차츰차츰 현실
과 과거를 하나의 장면으로 인식시켜가고 있는 것이다. 구보는 친구와
이야기하거나, 함께 걸어가거나, 또는 함께 식사를 하면서 지난날 한
여자와의 추억에 빠져 있는데, 그러한 상황은 이처럼 주로 시간 몽타쥬
와 공간 몽타쥬의 결합을 통하여 제시되고 있다. 즉, 이 작품에서는 구
보의 현실인식과 추억을 교차시킴으로써 현실의 암울한 상황에서 벗어
나고 싶은 지식인의 심리상태를 표현하고 있는 것이다. 이러한 기법의
효과는 인간의 내면생활과 외면생활을 동시에 나타낼 수 있다는 점에
있다. 인물적 서술상황에서 이처럼 허구적 인물의 의식 속에서 나타나
는 사건의 반추는 장면제시에 속한다.[23] 여기에서 구보가 동경에서 사
귄 한 여인과의 첫사랑에 대한 반추는 장면제시로서, 독자에게 비중개

---

23) F.K.STANZEL, 앞 책, 215쪽.

성의 환상을 불러 일으키고 있다. 이같이 과거와 현재를 교차시킨 표현은 연대기적(年代記的) 시간환(時間環)의 수법 또는 시간전위(時間轉位)의 기법인데, 과거를 현재와 별개의 것으로 느끼는 것이 아니라 그 속에 포함되고 그 속에 삼투되어 있는 것으로 느끼게 된다.[24]

박태원은 이러한 표현기법에서 더 나아가 과거의 시간과 현재의 시간을 현실에서 하나의 시간으로 결합시켜 과거와 현재를 동시에 나타내 보여주고 있다.

> 女子는 聰明하였다. 그들이 武藏野館앞에서 自動車를 나렸을 때, 그러나 仇甫는 暫時 그곳에 우뚝 서있을수밖에 없었다. 그것은 뒤에서 나리는 女子를 기다리기 위하여서가 아니다. 그의 앞에 外國婦人이 빙그레 웃으며 서있었던 까닭이다. 仇甫의 英語敎師는 男女를 번갈아보고, 새로이 意味深長한 웃음을 웃고 오늘 幸福을 비오, 그리고 제길을 걸었다. 그것에는 或은 三十獨身女의 젊은 男女에게 對한 빈정거림이 있었는지도 모른다. <u>仇甫는 少年과같이 이마와 코잔등이에 無數한 땀방울을 깨달았다.</u> 그래 仇甫는 바지 주머니에서 手巾을 끄내어 그것을 씻지않으면 안되었다. 여름 저녁에 먹은 한그릇의 설렁탕은 그렇게도 더웠다. (271쪽)

윗글에서 밑줄 친 부분은 현실과 추억이 결합된 부분이다. 구보의 이마와 콧잔등이에 맺힌 무수한 땀방울은 여자와 함께 자동차에서 내렸을 때 갑자기 마주친 외국인 노처녀 영어선생 때문(과거)이기도 하고, 여름날 저녁에 먹은 한 그릇의 설렁탕이 너무 뜨거웠기 때문(현재)이기도 하다. 이와 같이 현실과 추억을 결합시켜 표현함으로써 현실과 과거가 동시에 똑같이 표현되는 장면적 현상을 제시하고 있다.[25] 과거와 현

---

24) A.A.Mendilow, 최상규 옮김, 『時間과 小說』, 대방출판사, 1983, 115쪽.

실을 결합시켜 동시적으로 표현하는 이같은 방식은 과거와 현재의 시간개념을 무력화시키면서 장면이동을 자연스럽게 하도록 도와주는 효과를 나타낸다.

박태원은 새로운 표현방식을 통해 우리말에 대한 새로운 인식과 강렬한 애정을 드러내고 있다. 이 점은 그의 작품 곳곳에서 문체를 통하여 직접적으로 드러나며, 평론을 통해서도 끊임없이 강조되고 있다.[26] 우리말 사전조차 없던 상황에서 그가 우리말에 기울인 정성— 즉, 우리말의 올바른 사용을 주장하고 또 이를 창작을 통해서 실천한 행위는 결국 우리말에 대한 그의 끊임없는 애정이 뒷받침되고 있음을 나타내는 것이다. 그가 일본에서 공부했음에도 불구하고 끝까지 일본어로 쓴 작품이 한 편도 없었다는 점[27]은 작가의 이러한 태도를 증명하는 것이라고 할 수 있다.

정밀한 세부묘사를 통해 보여주고 있는 그의 새로운 문장 표현방식은 이 작품에서 네 가지 형태로 제시되고 있다. 첫째는 자유간접화법의 사용이다. 둘째는 단정을 회피하는 문장 표현이다. 셋째는 쉼표를 이용한 긴 문장의 사용[28]이며, 넷째로는 독특한 소제목의 사용이다.

---

25) 장면제시는 비중개성의 환상 즉 긴 대화와 문맥과, 그에 따른 행위에의 비인격화한 짧은 언급을 환기시킬 수 있는 현상과, 허구적 인물의 의식 내의 사건의 반추도 환기시킬 수 있는 현상 두 개를 다 감쌀 수 있다 (F.K.STANZEL, 앞 책, 215쪽).

26) 朴泰遠은 평론에 있어서도 문체론이라고 할 정도로 1930년대에 문체에 대한 많은 글을 발표하고 있다. 그 중 대표적인 글을 들면 다음과 같다.
「評論家에게」, 『每日申報』, 1933. 9. 21.
「三月創作評」, 『朝鮮中央日報』, 1934. 3. 26.~31.
「創作餘錄」, 『朝鮮中央日報』, 1934. 12. 17.~31.
「作家, 作品 槪觀」, 『朝鮮中央日報』, 1935. 1. 28.~2. 13.

27) 현재까지 조사된 바로는 1940년 8월에 「길은 어둡고」가 일본어로 번역된 것이 있을 뿐이다(『문학과 비평』, 1990년 가을호에 실린 「일본어로 표기된 한국인 작품목록」 참조).

첫 번째로 제시한 자유간접화법은 직접화법과 간접화법의 중간형태를 띤 문장으로, 반성자—인물의 생각을 직접 전달하는 효과를 내고 있다. 자유간접화법은 발언자를 규정하고 발언자에게 일정한 언어 자질과 태도를 부여하기 위하여 사용되는데, 독자로 하여금 탈선적인 언어 사용이나 용납할 수 없는 태도나 거짓말까지도 작품이나 내포작가[29]의 신빙성을 무너뜨리지 않고 그 의미를 알아차릴 수 있게 해 준다.[30]

> ① 그러나 돌아와, 채 어머니가 무어라고 말할 수 있기 전에, 입 때 안 주무셨세요, 어서 주무세요, 그리고 자리옷으로 갈아 입고는 책상 앞에 앉아 원고지를 펴 놓는다. (224쪽)

> ② 집에 돌아가 어머니에게 오늘 전차에서 그 색씨를 만났죠 하면, 어머니는 응당 반색을 하고, 그리고, '그래서 그래서', 뒤를 캐어 물을 게다. 그가 만약 오직 그뿐이라고만 말한다면, 어머니는 실망하고, 그리고 그를 주변머리 없다고 책할지도 모른다. 그러나 누가 그 일을 알고, 그리고 아들을 拙하다고라도 말한다면, 어머니는 내 아들이 원체 얌전해서⋯⋯그렇게 변호할게다. (234쪽)

위의 두 예문은 이 작품의 앞부분에서 인용한 것인데, 자유간접화법으로 표현되고 있다. 자유간접화법은 인물의 간접적인 내적 독백을 표

---

28) 金允植·김현, 앞 책, 197쪽. 이 글에서 김현은 박태원 작품의 긴 문장 속에서의 쉼표 사용은 문장에 감각적 탄력성을 부여하고 있음을 지적하고 있다.

29) Wayne C. Booth, 최상규 옮김, 『小說의 修辭學』, 새문사, 1985, 193쪽. 내포작가는 '실제의 작가'와는 언제나 구별되는데, '실제의 작가'는 작품을 창조하는 동안에 보다 더 우수한 변형, 하나의 '제2의 자아(내포작가)'를 만들어내는 사람이다.

30) S.Rimmon-Kenan, 최상규 옮김, 『小說의 詩學』, 문학과 지성사, 1985, 167쪽.

현하는데 편리한 수단이라고 할 수 있는데, 여기에서는 주로 구보가 주변 인물과의 대화를 상상하거나 간접적으로 표현하는 데에 사용되고 있다.

두 번째로 그의 작품에 나타나는 특징은 단정을 피하는 문장 표현이다. 이 작품에서는 구보가 당대의 현실에서 느끼는 불안정한 심리를 '~을지도 모른다'는 표현을 통해 구체적으로 드러내 보여주고 있다. 이러한 표현의 예를 몇 개 들면 다음과 같다.

> "여자는, 그러나, 남자의 변심을 깨닫지 못하였을지도 모른다. 또, 설혹, 그가 알수있었드라도, 역시, 그수밖에 없었을지도 모른다." (263쪽)

> "「누구」가, 혹은, 특정한 인물일지도 모른다. 벗은 혹은, 구보와 이제 행동을 가치 할수없을지도 모른다." (266쪽)

> "어쩌면, 이제, 구보는 명랑하여질수 있을지도 모른다." (278쪽)

> "까닭에 그가 항상 그렇게도 구하여 마지 않는것은, 왼갖 의미로서의 자극이었는지도 모른다." (286~287쪽)

가능성만을 드러내는 이러한 표현은 자신의 믿음을 한정하는 표현[31]인데, 이 작품에서는 구보가 현실적 삶에 대해 의미를 두지 않고 있음을 드러내는데 주로 사용하고 있다.

세 번째로 긴 문장과 쉼표의 적절한 활용을 들 수 있다. 박태원은 한 문장 한 문장마다 나름대로 정확하게 그 의미를 표현하고 있으며, 쉼표

---

31) Roger Fowler, 김정신 옮김, 「言語學과 小說」, 문학과 지성사, 1985, 63쪽.

를 비롯한 여러 가지 문장표현의 보조수단을 적절하게 사용하여 문맥
의 의미를 새롭게 제시하고 있다. 긴 문장과 쉼표의 사용은 그의 소설
에서 빈번하게 나타나는 특질의 하나이다. 이 작품은 반성자―인물로
제시된 구보의 심리변화를 구체적으로 드러내 보여주고 있기 때문에
쉼표와 함께 사용되는 긴 문장이 효과적이다. 무작위로 추출해 본 이
작품에서의 다음 구절들은 이 점에서 적절한 예가 된다.

> 그런 때 옆에서 무슨 말이든 하면, 아들은 언제든 불쾌한 표
> 정을 지었다. 그것은 어머니의 마음을 아프게 한다. 그래, 어머
> 니는 가까스로, 늦었으니 어서 자거라, 그걸랑 낼 쓰구……한마
> 디를 하고서 아들의 방을 나온다. (224쪽)

> "그럼 네 아주멈이나 해주렴."
> 아들은, 아니에요, 넉넉해요. 갖다끊으세요. 그리고 돈을 내
> 놓았다.
> 어머니는, 얼마를 주저한다. 그러나, 마침내, 그는 가장 자랑
> 스러이 돈을 집어들고, 애애 옷감 바꾸러나가자, 아재비가 치마
> 허라구 돈을 주었다. 네 아재비가…… 그렇게 건넌방에서 재봉
> 틀을 놀리고 있던 맏며누리를 신기하게 놀래어준다. (226쪽)

> 昇降機가 나려와 서고, 문이 열려지고, 닫혀지고, 그리고 젊
> 은 內外는 壽男이나 福童이와 더부러 仇甫의 視野를 벗어났다.
> 仇甫는 다시 밖으로 나오며, 自己는 어데가 幸福을 찾을가 생
> 각한다. 발 가는대로, 그는 어느틈엔가 安全地帶에 가 서서, 自
> 己의 두손을 나려다 보았다. 한손의 短杖과 또 한손의 호册과―
> 勿論仇甫는 거기에서 幸福을 찾을수는 없다. (231쪽)

아들에 대한 어머니의 애달픈 마음과 아들의 무뚝뚝한 행동을 대비
시키면서 어머니의 안타까운 마음을 제시할 때나, 아들을 자랑스럽게

느낄 때의 어머니의 모습, 또는 시간과 공간의 변화를 나타내는데 쉼표를 사용하여 상황을 구체적으로 묘사하고 있다. 시간의 흐름 속에서 승강기가 내려오고, 그리고 문이 열려지고, 닫혀지고 하는 변화의 과정을 쉼표의 적절한 사용과 함께 표현해 줌으로써 읽어가면서 함께 시간의 흐름과 공간의 변화를 인식하도록 하고 있다.

대체로 이 작품에서는 ① 강조 ② 주체와 객체의 구분 ③ 지문과 대화의 구분이나 자유간접화법의 표지 역할 ④ 의식과 행동의 구분이 필요할 때 쉼표를 사용하고 있다. 쉼표와 긴 문장을 이용하여 긍정적이고도 관찰자적인 측면에서 한 개인의 심리를 구체적으로 묘사하고 있는 그의 초기 소설들은 인간의 존재에 대한 구체적인 탐구의 과정을 보여준다고 할 수 있다. 현대소설에 들어올수록 이러한 심리묘사가 빈번해지는 까닭도 인간의 實存이나 존재 이유에 대한 근원적인 탐구의 결과에 따라 나타난 현상일 것이다. 쉼표를 적절히 사용하여 한 문장으로 한 작품이 이루어진다던가(「芳蘭莊主人」), 천자 이상이 한 문장으로 된 귀절들이 많이 나오는 그의 초기 작품들(「陣痛」 등)을 통해 알 수 있듯이, 박태원은 주로 쉼표와 긴 문장의 기능을 극대화시켜 사용함으로써 작중 인물의 심리 묘사를 하고 있다.

쉼표의 적절한 사용은 또 한편으로 작중 인물의 우유부단한 마음을 표현하는 데에서도 상당한 효과를 나타내고 있다. 특히 인물의 심리변화를 쉼표를 사용하여 긴 문장을 통해 제시함으로써 인물들의 미묘한 감정까지도 그대로 드러내 보여주고 있다.

> 仇甫가, 女子편으로 눈을 주었을때, 그러나, 女子는 자리에서
> 일어나 洋傘을 들고 車가 東大門앞에 停留하기를 기다리어 나려
> 갔다. 仇甫의 마음은 또 한번 動搖하여, 窓넘어로 女子가 清凉里
> 行 電車를 기다리느라, 그곳 安全地帶로가 서는것을 보았을때,

그는 자기도 車에서 곧나리고싶은 衝動을 느꼈다. 그러나, 女子
가 淸凉里行 電車속에서 自己를 또한번 發見하고, 그리고 自己
가 일도없건만, 오직 女子와의 사이에 어떠한 機會를 엿보기 위
하여 그 車를 탄것에 틀림없다는것을 눈치챌때, 女子는 그러한
自己를 얼마나 淺薄하게 생각할까. 그래, 仇甫가 망살거리는 동
안, 電車는 달리고, 그들의 사이는 멀어졌다. 마침내 女子의 모
양이 完全히 그의 視野에서 떠났을때, 仇甫는 갑자기, 아차, 하
고 뉘우친다. (236~237쪽)

　　구보가 결혼상대자로 한번 만난 아가씨를 우연히 전차 속에서 보고
따라갈까 말까 망설이며 갈등을 느끼는 심리상태가 쉼표의 적절한 사
용에 의해 더욱 명확하게 드러나고 있다. 일반적으로 긴 문장이 많이
사용된 글월은 읽는 사람들에게 생각하도록 만들어 줌으로써 정적인
분위기를 만들어내며, 짧은 문장을 많이 사용한 글월은 읽는 이에게 행
동감을 느끼도록 해줌으로써 동적인 분위기를 만들어낸다. 글월의 길
이가 가져다주는 이러한 효과는 비교적 긴 문장을 많이 사용했던 박태
원 작품의 글월과 동시대 다른 작가들의 작품에 나타난 글월32)을 비교
해 보면 그 특징이 뚜렷하게 드러난다.
　　네 번째로 이 작품에서 보여주는 문체의 특질은 독특한 소제목의 사
용이다. 그는 이 작품에서 각 장의 첫 단락 첫 귀절을 소제목으로 사용
하고 있다. 이것은 그의 초기작품들의 보편적인 특성으로 볼 수 있다.
그의 초기작품 중에서 「길은 어둡고」, 「陣痛」 등에서는 각 장의 첫 귀
절을 그대로 소제목으로 사용하고 있으며, 「딱한 사람들」과 같은 작품
에서는 수식 등을 소제목으로 사용33)하고 있다. 「길은 어둡고」, 「陣痛」

---

32) 金相泰, 『文體의 理論과 解析』, 새문사, 1984, 176~256쪽.

33) 이 작품에서 사용된 소제목들은 '5-2=3', '5-2=2+1' 등으로 이들 수식
　　들은 그 장에서 다루는 내용을 암시하고 있다.

등에서 사용된 독특한 소제목들은 독립적인 각 장으로서의 시작을 알려주면서, 동시에 앞 장과의 연결이 자연스럽게 이루어지도록 도와주는 효과를 자아내고 있다. 또한 「딱한 사람들」에서 소제목으로 사용된 수식 등은 독자들에게 전달하고자 하는 의미를 수식을 통해 암시함으로써 호기심을 자아내는 효과를 가져오고 있다.

이상에서 살펴본 것처럼 이 작품은 인물적 서술 상황으로 이루어져 있으며, 3인칭 내부시점으로 제시되고 있다. 그리고 반성자―인물인 구보의 눈과 의식을 통해 당대 사회를 조명하고 있다. 따라서 경험 자아가 두드러지게 나타나고 있다. 액자소설이 해체되는 형식을 띠고 있는 것으로 볼 수 있는 이 작품은 연상과 몽타쥬 기법, 그리고 자유간접화법이나 단정을 회피하는 표현과 쉼표를 이용한 긴 문장 등을 통해 새로운 표현기법을 선보이고 있는 것이다.

3) 식민지세대 지식인의 삶과 자의식 표출

「小說家 仇甫氏의 一日」은 반성자―인물인 구보의 의식을 중심으로 당대 사회의 모습을 통해 주제를 드러내고 있다. 이러한 드러내기 방식은 크게 두 가지 양상을 통해 제시된다. 첫째는 구보 자신의 성격을 통해서 제시되고 있다. 둘째는 그의 도심순례 과정에서 보여지는 당대 사회현실과 그 속에서 살아가는 사람들에 대한 그의 인식을 통해서 제시되고 있다.

이 작품의 주인물인 구보는 동경까지 가서 공부하고 온 당대의 지식인이다. 그는 남보다 유리한 외형적 조건에도 불구하고, 스물 여섯살이 되도록 특정한 직업이 없으며, 아직 결혼도 하지 않고 있다. 그리고 그는 이러한 자신의 상황을 개선해 보려고 하는 의욕도 별달리 보이지 않

고 있다. 그가 하고 있는 일이라고는 오직 해가 중천에 뜬 다음에야 일
어나서 밤늦도록 아무런 목적없이 거리를 방황하는 것뿐이다. 구보의
이러한 태도는 그가 당대 사회에 적응하지 못하고 소외당하고 있음을
의미한다. 즉, 이 작품에서 이러한 인물을 주인물로 내세우고 있다는
것은 작가가 당대 사회를 부정적으로 인식하고 있음을 드러낸다.

　박태원의 초기소설에는 주인물로 소설가가 흔히 등장하고 있는데[34]
구보도 역시 소설가로 되어 있다. 소설가는 당대 사회를 다른 계층보다
더 정확히 볼 수 있는 지식인 계층에 속한다. 구보가 당대의 지식인이
라는 점과 결혼과 취직이라는 주위의 기대에 따르지 않는다는 점은 당
대 현실에 대한 비판의식을 드러내는데 긍정적으로 작용하고 있다. 이
작품에서 구보는 아무런 목적도 갖지 않고 시내를 헤매고 있다. 작품의
곳곳에서 제시되고 있는 구보의 행위는 이를 잘 보여준다.

　　그의 일 있는 듯싶게 꾸미는 걸음걸이는 그곳에서 멈추어진
　다. 그는 어딜 갈까 생각하여 본다. 모두가 그의 갈 곳이었다.
　한 군데라 그가 갈 곳은 없었다. (29쪽)

　　그는 종로 네거리를 바라보고 걷는다. 구보는 종로 네거리에
　아무런 사무도 갖지 않는다. 처음에 그가 아무렇게나 내어 놓았
　던 바른발이 공교롭게도 왼편으로 쏠렸기 때문에 지나지 않는
　다. (31쪽)

　도심지에서 아무런 목적없이 방황을 하고 있다는 것은 그가 당대 사
회에서 소외되어 있으며 현실에 만족하지 못하고 있음을 나타낸다. 따
라서 그의 방황은 이러한 현실과 적절한 거리를 유지하면서 불만족스

---

34) 그의 초기 작품에서 「寂滅」에서의 '나', 「疲勞」에서의 '나', 「距離」에서의
　'나' 등 주인물들이 모두 소설가로 제시되고 있다.

러운 현실을 드러내 보여주는 기능을·하고 있다.

　인물적 서술상황으로 된 이 작품에서 구보는 반성자—인물로서 서술이 아니라 묘사를 통하여 그의 성격이 제시되고 있다. 구보의 성격은 두 가지 양식을 통해서 제시된다. 하나는 그 자신이 갖는 신체적인 병리현상이고, 다른 하나는 그의 현실 대응태도이다. 신체적인 병리현상은 귀와 눈, 머리 등 신체의 가장 중요한 부위의 심리적인 질환을 통해서 표현되고 있다.

> 　仇甫는, 자기의 왼편귀 機能에 스스로 疑惑을 갖는다. 病院의 젊은 助手는 決코 익숙하지못한 솜씨로 그의 귓속을 살피고, 그리고 大膽하게도 그안이 몹시 不潔한 까닭外에 아무 異狀이 없다고 宣言하였었다. 한 덩어리의 『귀지』를 갖기보다는 차라리 四日週間35) 治療를 要하는 中耳炎을 앓고싶다, 생각하는 仇甫는, 그의 宣言에 無限한 屈辱을 느끼며, 그래도 每日 神經質하게 귀안을 掃除하였었다.
> 　그러나, 仇甫는 多幸하게도 中耳疾患을 가진듯싶었다. 어느 기회에 그는 醫學辭典을 뒤적거려 보고, 그리고 별 까닭도 없이 자기는 中耳加答兒에 걸렸다고 혼자 생각하였다. 辭典에 依하면 中耳加答兒에는 急性及慢性이 있고, 慢性中耳加答兒는 또다시 이를 慢性乾性 及 慢性濕性의 二者로 나눈다 하였는데, 자기의 耳疾은 그 慢性濕性의 中耳加答兒에 틀림없다고 仇甫는 작정하고 있었다. (229쪽)

　구보는 여러 가지 신체의 결함으로 인해 발생하는 통증을 호소하고 있는데, 이 통증은 대부분 심리적인 원인에서 발발하고 있다. 위의 인용 부분에서 나오는 중이가답아(tympanitis catarrh)라는 병은 이 경우 대

---

35) ‘四週日間’의 誤字로 보임.

표적이라고 할 수 있다. 여기서 이야기하고 있는 중이가답아는 의학상으로 감기 증세에 의해 발생하는 귀앓이[36]인데, 심리적으로는 바람직하지 못한 외부의 끊임없는 자극으로 인해 견디지 못한 내부가 탈을 일으키는 병[37]으로 볼 수 있다. 귀는 일차적으로 소리를 듣는 기능을 가지고 있다. 그런데 구보는 그 귀가 본래의 기능을 제대로 하고 있지 못하다고 생각한다. 이것은 기본적으로 귀 자체의 이상이 생겨서라기보다는, 구보 스스로가 그 기능을 의심하고 있기 때문이다.

소리라는 것은 일단 외부 세계의 소음 즉, 외부 세계 그 자체라고 할 수 있다. 따라서 심리적으로 귀의 이상을 느낀다는 것은 외부 세계를 바람직하지 못한 것으로 상정하고 스스로 단절 또는 거부하는 심리적 자세를 가지고 있음을 의미한다.[38] 구보 자신은 중이가답아의 원인이 심리적인 곳에 있다는 것을 잘 알고 있다.[39] 따라서 그는 오른쪽 귀마저 왼쪽 귀의 난청보충 때문에 이상이 생길까봐 염려하고 있다. 자신의 심리적 병리현상을 일으키게 하는 외적 상황이 전혀 변화될 여지가 없을 때, 그의 귀는 본래 자신의 기능을 제대로 발휘할 수 없는 상태가 지속되게 된다.

구보가 상당히 심각하게 생각하고 있는 귀의 통증은 기본적으로 구보라는 인물이 세계를 자신과 절연된 상태로 파악할 때 발생한다. 이러

---

36) 신기철·신용철 편저, 『새우리말 큰사전』 II, 三省出版社, 1978, 3094쪽.

37) 심리학에서는 이러한 현상을 '防禦機製(defense mechanism)'이라는 용어를 사용하여 설명하고 있다. Calvin S. Hall, 최혜란 옮김, 『프로이트 心理學入門』, 學一出版社, 1985, 117~119쪽.

38) 여기에서 '왼편 귀'에 이상이 있다고 하는 점도 눈여겨보아야 할 부분이다. 古語에서 외다는 '나쁘다, 그르다'의 뜻을 가지고 있는데, 왼쪽 귀는 나쁜 소리를 듣는 귀로 해석할 수도 있기 때문이다.

39) 구보를 진단했던 병원의 젊은 조수가 그의 귀에 이상이 없다고 말했음에도 불구하고, 구보 스스로 사주일간 치료를 요하는 중이염을 앓고싶다고 생각하는 것은 병의 원인이 심리적인 것임을 말해준다.

한 병리적인 증상이 일시적인 현상으로 그치는 것이 아니라 만성적이라는 것은 그가 현실 상황의 변화를 거의 불가능한 것으로 판단하고 있기 때문이다. 이와 같은 것은 귀의 이상을 통해서 뿐만 아니라 머리와 눈의 통증을 통해서도 제시되고 있다.

> 한낮의 거리 우에서 仇甫는 갑자기 激烈한 두통을 느낀다. 비록 食慾은 왕성하드라도, 잠은 잘 오드라도, 그것은 역시 神經衰弱에 틀림 없었다. (228쪽)

> 仇甫는, 이렇게 대낮에도 조금의 自信을 가질수없는 自己의 視力을 咀呪한다. 그의 코우에 걸려있는 二十四度의 眼鏡은 그의 近視를 도아 주었으나, 그의 網膜에 나타나 있는 無數한 盲點을 除去하는 재주는 없었다. [……중략……] 제自身 强度의 眼鏡을 쓰고 있던 醫師는, 白墨을 가져, 그 우에 容恕없이 無數한 盲點을 찾아 내였었다. (230~231쪽)

'코우에 걸려있는 이십사도의 안경'은 세계를 보는 눈으로서의 그의 지식을 상징한다. 이처럼 그는 현실을 명확하게 인식할 수 있는 안목을 갖추고는 있으나, 이러한 지식이 '무수한 맹점'으로 제시되고 있는 부정적인 외부세계를 변화시킬 수는 없음을 나타내고 있다. '한낮의 거리 우에서' 느끼는 '격렬한 두통'도 현실에 대한 구보의 인식을 보여주고 있다. 즉 당대 현실의 모습 자체가 구보에게는 통증을 가져다주고 있는 것이다. 그러나, 구보는 이처럼 만성적인 통증을 주는 외부 세계에 대해 직접적으로 대응하지는 않고 있다.

당대 현실에 대해 그가 취하는 태도는 신문기자를 하고 있는 벗을 만나는 장면에서 상징적으로 표현되고 있다. 구보가 신문기자인 벗과의 대화에 권태를 느끼고 느닷없이 꺼내는 다섯 개의 임금(林檎) 이야기는 이 점에서 매우 중요한 의미를 지니고 있다.

<blockquote>

어느틈엔가, 仇甫는 그話題에 倦怠를 깨닫고, 그리고 저도모르게 『다섯개의 林檎』問題를 풀려들었다. 자기가 完全히 所有한 다섯개의 林檎을 대체 어떠한 順次로 먹어야만 마땅할것인가. 그것에는 爲先세가지의 方法이 있을께다. 그中 맛있는놈부터 次例로 먹어가는法. 그것은, 언제든, 그中에맛있는 놈을 먹고있다는 기쁨을 우리에게 줄께다. 그러나 그것은 或은 그結果가 悲慘하지나 않을까. 이와 反對로, 그中맛없는놈부터 次例로 먹어가는法. 그것은 漸入佳境, 그러한뜻을 가지고 있으나, 뒤집어 생각하면, 사람은 그方法으로는 恒常 그 中맛없는놈만 먹지 않으면 안되는 셈이다. 또 計劃없이 아무거나 집어먹는法. 그것은……. (260~261쪽)

</blockquote>

이 부분은 만성적인 통증을 주는 외부 세계에 대해 구보가 선택한 방법이 무엇인가를 드러내는 구절이다. '자기가 완전히 소유한' 다섯 개의 임금(林檎)이란 다시 말해 자기 마음대로 어떻게 할 수 있는 것으로, 스스로의 심리적인 태도를 의미한다. 여기에서는 근본적으로 수용할 수 없는 현실에 대하여 어떤 자세를 취해야 할 것인지가 문제가 된다. 구보가 선택하고 있는 '계획없이 아무거나 집어먹는 법'은 그가 기본적으로 어떠한 인물인가를 정확하게 드러내는 역할을 한다.

'그 중 맛있는 놈부터 차례로 먹어가는 법'은 자신의 세속적 욕망을 따른다는 것을 의미한다. 이 때는 '그 결과가 비참'해진다는 것을 감수해야만 한다. 즉, 자신이 가지고 있는 지식인으로서의 고뇌를 포기했을 때 이러한 선택이 가능해지는데, 이것은 스스로를 부정하는 결과가 되어버려, 구보로서는 결코 쉽게 선택할 수 없는 방법이 된다. '그 중 맛없는 놈부터 차례로 먹어가는 법'도 이 점에서는 마찬가지다. 이 방법은 맛있는 것을 먹고 싶은 자신의 욕망을 잠시 스스로 억제 내지는 포기하는 것을 의미하는데, 이것은 점차 상황이 나아져 간다는 것을 전제로 한다. 즉, '점입가경'이 될 수 있어야 하는데, 현실적으로 그에게 주어진 상황은 점입가경이 아니라, '그 방법으로는 항상 그 중 맛없는 놈만 먹지않으면 안되는' 것으로 인식된다.

이 두 가지 방법은 각기 부정적인 외부 세계에 대해 식민지 지식인이 선택할 수 있었던 두 가지 길을 상징하고 있다. 전자는 자신이 가지고 있는 지식인으로서의 비판 의식을 포기하고 자신의 세속적 욕망에 충실하게 따르는 것을 의미하고, 후자는 바람직한 미래를 추구하기 위해 현실적인 욕망을 당분간 자제하는 것을 의미한다. 구보에게 있어 이 두 가지 방법은 그가 살아가는 방식과는 맞지 않아 선택할 수 없다. 구보는 자신의 비판 의식을 포기하고 세속적 욕망에 따르지도, 그렇다고 전혀 개선될 여지가 없는 상황을 변혁시켜 보려고 노력할 자신도 없다. 따라서 그는 제3의 방식, 즉 '현실에 의미를 두지 않는 방법'을 선택하게 된다. 이러한 측면에서 그의 방황은 병든 현실을 드러내는 역할을 하게 된다.

구보의 방황을 통한 잘못된 현실 제시는 크게 두 가지 양상으로 구체화된다. 첫 번째는 구보의 순례를 통하여 불만족한 현실을 독자에게 객관적으로 드러내는 방식이고, 두 번째는 그 속에서 살아가는 인물들과의 만남을 통하여 암시하는 방법이다. 전자에서는 특히 그 현실에 대한 구보의 심리적 반응이 겉으로 드러나고 있어, 잘못된 현실을 보여주는 것이 무엇을 의미하고 있는지를 명확하게 해 준다.

구보의 도심 순례는 주로 1930년대 초의 서울 도심이라는 시대적·공간적 배경 속에서 이루어지고 있다. 구보는 집을 나와 광교 ⇒ 종로 네거리 ⇒ 화신상회(이후 전차를 타고 경성운동장과 대학병원을 지나 조선은행 앞까지 와서 하차) ⇒ 다방 ① ⇒ 경성역 ⇒ 조선은행 ⇒ 다방

② ⇒ 종로 네거리 ⇒ 茶寮(다방 ③) ⇒ 대창옥 ⇒ 광화문 ⇒ 다방 ④ ⇒ 조선호텔 ⇒ 경성 우체국 ⇒ 낙원정의 어느 카페(다방 ⑤) 등을 거쳐 다시 자신의 집으로 돌아오는 일련의 순례를 행한다.

이 도심 순례 일정에서 하나의 중심점으로 작용하는 것은 '다방'40)이다. 15군데의 순례 일정 중 5군데가 '다방'으로 설정되어 있어 중간 기착지의 역할과 함께 방황의 의미를 드러내주는 역할을 하고 있다. 즉, 이 작품에서 제시된 '다방'은 단순히 피로에 지친 순례자의 휴식처로서 그 의미가 한정되는 것이 아니라, 구보의 도심 순례라는 공간 이동에 일정한 단락짓기 역할을 해주고 있다. 구보의 순례 일정을 따라가면서 그 의미를 추출해 보도록 하자.

'다방 ①'에 오기까지 구보는 집을 나와 광교를 통해 종로 네거리를 거쳐 화신상회에 다다른다. 이후 전차를 타고 경성운동장과 대학병원을 거쳐 조선은행 앞까지 와서 하차하여, 곧바로 '다방 ①'에 안착하고 있다. '다방 ①'에 오기까지의 구보의 행동은 한 마디로 무목적(無目的)·무관심(無關心)으로 이야기될 수 있다. 다른 이들이 모두 나름대로의 목적과 목표를 가지고 바쁘게 움직이고 있을 때, 그만은 유독 아무런 목적과 목표를 찾지 못하고 방황하고 있다. 그의 방황에는 아무런 행위의 의미가 담겨져 있지 않다. 이 과정에서 그는 오직 자신의 심리적 병리 상태만을 확인하고 있을 뿐이다. 여기서 나타나고 있는 구보의 심리적 병리 상태는 격렬한 두통과, 그로 인한 신경쇠약, 만성 중이가답아, 근시 등으로 나타나며, 이 모두는 결코 받아들일 수 없는 현실세계에 대한 거부반응의 일종으로 해석될 수 있다.

이 작품에서 '다방 ①'까지의 공간 이동이 순례로서 이야기 될 수 있는 것은, 이 과정 속에서 구보가 '고독'과 '행복'이라는 말로 자신의 바

---

40) 茶寮와 카페도 다방과 그 기능이 같기 때문에 다방의 범주에 들어간다.

램을 드러내고 있다는 것 때문이다. 그가 추구하는 '행복'은 문맥상 '타인과의 어울림'을 의미하며, 반대로 '고독'은 '타인에게서의 소외'를 뜻하는 것으로 볼 수 있다. 구보는 스스로가 고독한 존재임을 알고 있으며, 이를 탈피하여 행복을 찾을 수 있기를 소망하고 있다. 따라서 그의 순례는 기본적으로 행복찾기로 설명할 수 있다. 그리고 '다방 ①'까지의 순례는 아직 타인과의 어울림이 제대로 이루어지지 않고 있는 현실을 그리고 있는 것이라고 요약할 수 있다. '다방 ①'에서 어떤 사나이와의 어색한 마주침은 이 점에서 상징적이다.

> 그 사나이와 仇甫는, 일찌기, 인사를 한일이 있었다. 그러나, 그것은 交巧로웁게 어두운 거리에서이었다. 한벗이 그를 紹介하였다. 말씀은 많이 들었읍니다, 하고 그는 말하였었다. 事實 그는 仇甫의이름과 또 얼굴을 前부터 알고있었던것임에 틀림없었다. 그러나 仇甫는, 仇甫는 그를 몰랐다. 몰른채 어두은 곳에서 그대로 헤여저버린 仇甫는 뒤에 그를 만나도, 그를 그라고 알아내지 못하였다. [……중략……] 마침내 仇甫가 그를 그라고 알아낼수 있었을때, 그것은 그의 마음에 暗影을 주었다. 그뒤부터 仇甫는 그 사나이와 視線이 마주치면, 亦是 唐慌하게, 그리고 不安하게 고개를 돌리는수밖에 없었다. 그것은 사람의 마음을 憂鬱하게 하여놓는다. (244쪽)

몇 번이나 마주친 사람을 제대로 알아보지 못하고, 이로 인해 서로가 서로에게 불편한 감정을 느끼게 되는 과정을 그리고 있는 이 부분은 인간 상호간의 의미있는 만남이 제대로 이루어지지 못하는 현실을 상징적으로 드러낸다고 할 수 있다. 이 작품에서는 이처럼 구보와 의미있는 만남을 가지지 못하고 있는 이들, 다시 말해 구보가 적극적으로 만날 의사를 표시하고 있지 않은 이들을 '벗 아닌 벗'으로 표현하여 이러한 상징성을 강화하고 있다.

'다방 ②'까지의 순례는 타인에게서의 소외를 좀 더 구체화하고 있는 것으로 보인다. 이 단계의 순례에서 가장 인상깊은 장면은 '다방 ①'에서 나와 경성역을 둘러보는 모습을 그린 부분이다. 이 부분에서 그려지고 있는 것은 보통학교 시절의 옛 동무와의 우연한 재회와 어색한 작별, 경성역 이등대합실의 무표정한 군중, 병든 환자의 모습이다. 이 장면에서 드러나는 것은 도시 군중의 서로가 서로에게서 소외된 모습이다.

> 그러나 오히려 孤獨은 그곳[二等待合室 : 인용자]에 있었다. 仇甫가 한옆에 끼어 앉을수도 없게스리 사람들은 그곳에 빽빽하게 모여있어도, 그들의 누구에게서도 人間本來의 溫情을 찾을수는 없었다. 그네들은 거의 옆에사람에게 한마디 말을 건네는 일도 없이, 오직 자기네들 事務에 바빴고, 그리고 間或말을 건네도, 그것은 자기네가 타고갈 列車의 時刻이나 그러한것에 지나지 않았다. 그네들의 同僚가 아닌 사람에게 그네들은 便所에 다녀올 동안의 그네들 짐을 付託하는일조차 없었다. 남을 決코 믿지않는 그네들의 눈은 보기에 딱하고 또 가엾었다. (249~250쪽)

여기에서 그려지고 있는 모든 인물은 서로가 서로에게서 철저하게 소외되고 있다. 이 소외의 원인은 크게 두 가지로 설정되어 있다. 하나는 인간들 상호간의 믿음의 부재(不在)이며, 다른 하나는 감시의 눈초리[41]와 금광 부로커로 상징되어 있는 불안한 시대상황이다. 구보는 이

___
41) 이 작품에서는 이 부분을 다음과 같이 표현하고 있다.
　"仇甫는 이 조고만 事件에 문득, 興味를 느끼고, 그리고 그의 『大學 노-트』를 펴들었다. 그러나 그가 門옆에 기대어섰는 캡쓰고 린네르 즈메에리 양복 입은 사나이의, 그 왼갓 사람에게 疑惑을 갖는 두눈을 發見하였을때,

러한 소외의 확인을 '우울'과 '피로'라는 말로 표현하고 있다. 이 '우울'
과 '피로'는 타인에게서의 소외가 자신 뿐만이 아니라, 동시대를 살아
가는 모든 이에게 동시다발적으로 일어나고 있음을 확인할 때 발생한
다. 즉, '다방 ②'까지의 순례는 '다방 ①'까지의 순례에서 구보가 보여
주었던 소외의 양상을 개인의 차원에서 동시대의 보편적 소외라는 차
원으로 확산시켜주는 역할을 한다. 구보는 이 우울과 피로를 탈출하기
위해 벗을 만날 작정을 한다.

> 그러나, 문득, 仇甫는 이러한 때, 이렇게 제몸을 혼자두어 두
> 는것에 危險을 느낀다. 누구든 좋았다. 벗과, 벗과 가치있을때,
> 仇甫는 얼마쯤 明朗할수 있었다. 或은, 明朗을 假裝할수 있었다.
> [……중략……] 仇甫는 그에게 부디 茶房으로 와주기를 請하고,
> 그리고 잠깐 또 할말을 생각하다가, 저편에서 電話를 끊어 버릴
> 것을 念慮하여, 唐慌하게 덤붙여 말했다.
> "꼭좀, 곧좀, 오ㅡ." (256쪽)

이 장면에서 구보는 이제까지의 순례를 통해 재삼 확인한 우울과 피
로에서 탈출하기 위해 필사적인 모습을 보인다. 그는 벗을 통해 '명랑'
을 찾고자 한다. 물론 이 '명랑'은 앞에서 행복이라고 표현했던 타인과
의 어울림을 나타낸다. 그러나, 이러한 구보의 필사적인 몸부림도 결국
헛수고가 되고 만다. '다방 ②'에서의 신문사 벗과의 만남은 구보에게
명랑을 찾게 해 주는 것이 아니라, 소외를 거듭 확인시켜 줌으로써 오
히려 '분노'를 느끼게 된다.

신문사 벗이 나타나기 전에 서술되어 있는 강아지를 어르는 장면은
벗과의 만남이 어떤 결과로 나타날 것인지를 미리 예감하게 해 주는 부
분이다. 구보는 아무에게도 관심을 얻지 못해 고독에 빠져 있는 것으로

仇甫는 또다시 憂鬱속에 그곳을 떠나지 않으면 안된다."(251쪽)

보이는 강아지에게 묘한 동질감을 느낀다. 그러나, 강아지는 구보에게 아무런 관심도 보이지 않는다. 이것은 둘의 고독이 근본적으로 다른 것임을 암시한다. 이 때의 강아지는 그가 잠시 후 만날 '신문사 벗'과 동일 유형으로 암시되고 있다. 먹을 것을 찾아 갖은 박대를 견디고 있는 강아지나 생활을 위해 시인으로서의 지조를 팔고 있는 '신문사 벗'은 구보가 볼 때 근본적으로 동일한 존재일 수밖에 없다. 구보가 이들에게 느끼고 있는 감정은 복합적이다. 즉, '연민'과 '분노'가 동시에 발생한다. '연민'은 그들의 처지에 대한 이해에서 발생하는 것이지만, '분노'는 여전히 자신의 자의식이 이들의 행동을 용납할 수 없기 때문에 발생한다.

구보가 '다방 ②'에서 만난 신문사 벗과의 화제에 권태를 느끼고, 엉뚱하게 다섯 개의 임금(林檎)을 어떻게 먹어야 하는가라는 문제를 거론하는 것도 이 때문이다. 구보는 다섯 개의 임금(林檎)을 어떻게 먹어야 하는가라는 문제에 대해 '계획없이 아무거나 집어먹는 법'을 스스로의 해답으로 제시하고 있는데, 이것은 결국 불만족스러운 현실에 대해 최소한의 식민지 지식인으로서의 양심을 지켜나가겠다는 나름대로의 입장을 명확하게 밝힌 부분이라고 볼 수 있다. 그리고 이러한 입장 정립을 통해서만이 구보는 명랑을 찾을 수 있거나 또는 가장할 수 있게 된다. 즉, 구보는 이 새로운 화제에 의아해 하는 신문사 벗의 모습을 보면서 비로소 '오늘 처음으로 명랑한, 혹은 명랑을 가장한 웃음'을 웃게 된다. 따라서 '다방 ②'까지의 순례는 타인도 역시 소외되어 있음을 확인하고, 그 확인을 통하여 자기 나름의 삶의 태도 표명을 명확히 한다는 데 의미가 있다.

'다방 ②'에서 나와 '다방 ③(茶寮)과 ④'까지 이루어지는 세번째 순례에서는 이 점이 좀 더 명확히 표현된다. 이 부분에서는 세상살이에 지친 인물들의 군상[42]이 묘사되어 있다. 여기에서 구보는 그들이 근본적으로 '무지'하며 '위수로웁다'[43]고 판단한다. 이것은 그들이 모두 자신이 살아가고 있는 시대의 의미를 명확히 알지 못하고 있다는 데에서 기인한다. 최소한 구보에게는 이 무지에 빠지지 않을 지식과 지성이 있다. 그러나, 그 지식과 지성을 올바로 발휘할 결단이 구보에게는 아직 없다.

'다방 ④'에서 구보가 어느 생명보험회사의 외교원을 만나는 장면은 근본적으로는 무지하며 위태로우나, 당대에서 생활을 충실하게 영위하는 사람들에 대하여 그가 어떻게 반응하고 있는가를 단적으로 보여준다.

> 仇甫는 자기가 이러한 사나이와 接觸을 가지게 된 것에 至極
> 한 不快를 느끼며, 敬語를 使用하는것으로 그와 사이에 間隔을
> 두기로 하였다. (282쪽)

자신이 절대 인정하지 못하는 사람의 초청을 선뜻 거절하지 못하고, 의미없는 문답을 하면서도, '경어를 사용하는 것'으로 상대방과 자신을 구별지으려고 하는 행동은 사실 지극히 심약한 반응이라고 하지 않을 수 없다. 명백히 스스로가 인정할 수 없음에도 불구하고, 그는 어떤 계기[44]가 발생하기 전까지는, 선뜻 자리를 박차고 일어서지 못한다.

결국 이 세 번째 순례는 두 번째 순례 과정에서 드러난 구보 나름의 삶의 태도가 정당하다는 것을 확인하는 것이며, 동시에 그 태도의 정당성이 결단을 수반하지 못하기 때문에 겉으로 드러나는 것은 개인적인

---

42) 황혼을 타서 거리로 나선 노는 계집들, 술이 취해 어깨동무를 하고 愁心歌를 부르며 지나가는 술취한 청년들, 아버지의 사랑을 제대로 받지 못하고 자라는 어린 아이들 등이 이 장면에서 등장하고 있다.

43) 이 '危殊로웁다'는 표현은 국어사전에도 나오지 않은 낱말로서, '危殆로웁다'의 오식으로 여겨진다.

44) 이 작품에서는 만나기로 한 벗이 다방에 들어오는 것으로 되어 있다.

차원으로 그것도 지극히 미약하게 나타날 수 밖에 없음을 보여준다.

'다방 ④'를 나와 '다방 ⑤(낙원정의 어느 카페)'를 나오기까지 이루어지는 마지막 순례는 세 번째 순례에서 나타난 구보의 이중적인 삶의 자세가 나오게 된 원인을 왜곡된 현실의 묘사를 통하여 구체적으로 보여주는 역할을 한다. 이 부분은 다음과 같은 구절에서 단적으로 드러난다.

> 內容證明의 書留郵便. 이時代에는 조고만 한개의 茶寮를 經營하기도 수얼치 않았다. 석달밀린집세. 총총하던 별이 자취를 감추고 하늘이 흐렸다. 벗은 갑자기 휘파람을 분다. 가난한 小說家와, 가난한 詩人과 …… 어느틈엔가 仇甫는 그렇게도 苟且한 내나라를 생각하고 마음이 어두었다. (284쪽)

> 그들[카페 여급 : 인용자]의 이름에는 어인까닭인지 모다 『고』가 붙어있었다. 그것은 決코 高尙한 趣味가 아니었고, 그리고 때로 仇甫의 마음을 애닯게 한다. (287쪽)

구보는 조그만 한 개 다방조차 제대로 운영하지 못하는 벗의 처지, 이에 연상된 구차스럽게 변한 나라에 대한 인식을 통해 식민지 현실과 가난이 가져다 준 아픔을 새롭게 드러내고 있다. 구보는 이 마지막 도시순례를 통하여 당대 식민지 지식인들의 가난과 이름마저도 일본식으로 갈아 버리는 현실 속에서 자신을 포함하여 그 속에서 살아가는 모든 사람들을 모두 정신병자라고 진단[45]한다. 그리고 그 속에서 살아가는

---

45) 구보는 카페 여급들과 대화를 통해 당대를 살아가는 모든 이들을 일종의 정신병자라고 진단하고 있다. 작품 속에서 이 부분은 다음과 같이 서술되고 있다.
  "갑자기 仇甫는 왼갓사람을 모다 精神病者라 觀察하고싶은 强烈한 衝動을 느꼈다. 實로 多數의 精神病患者가 그안에 있었다. 意想奔逸症. 言語倒錯

모든 이들에게 구보는 '동정'과 '연민'을 보이고 있다. 따라서 구보의
이 마지막 순례는 그가 무지하며 위태롭다고만 느꼈던 사람들, 즉 당대
의 현실과 타협하면서 살아가고 있는 사람들에게까지 일정하게 이해의
폭을 넓히고 있는 모습을 그리고 있는 것으로 요약될 수 있다.

　이상 구보의 도심순례를 네 단계로 구분하여 살펴본 데서도 나타나
듯이, 도심순례가 진행될수록 당대 현실[46]에 대한 구보의 인식이 점차
넓혀져 감을 알 수 있다. 처음 순례를 행하게 되었을 때 그는 현실과의
단절 및 타인에게서의 소외에서 오는 일종의 심리적 질환에 시달리고
있었다. 따라서 그의 순례는 이 심리적 질환을 치료하기 위한 것으로
설명될 수 있다. 순례 과정을 통하여 그는 자신이 느끼고 있는 타인에
게서의 소외가 왜곡된 당대 사회에 기인하는 것임을 명확하게 인지하
고, 동시에 동시대인들이 모두 이런 타인에게서의 소외로 인한 각종 병
리적 현상에 시달리고 있음을 알게 된다. 이런 인식은 그가 이제 자신
만의 벽에서 탈출하여, 다른 이들과의 어울림을 긍정적으로 생각할 수
있게 해 주고 있다.

　구보의 도심순례를 통해 드러나는 의미는 당대 생활인들에 대한 부
정적 인식과 일상성에 의해 지배받고 있는 세계와 소외로서의 당대 사
회에 대한 인식[47]이라고 할 수 있다. 당대 생활인들에 대한 인식은 주

　　症. 誇大妄想症. 醜猥言語症. 女子淫亂症. 支離滅裂症. 嫉妬妄想症. 男子淫亂
　　症. 病的奇行症. 病的虛言欺騙症. 病的不德症. 病的浪費症……. 그리다가,
　　문득 仇甫는 그러한것에 興味를 느끼려는 自己가, 오직 그런 것에 興味를
　　갖는다는 것만으로도 이미 한것의 患者에 틀림없다, 깨닫고, 그리고 愉快
　　하게 웃었다."(288쪽)

46) 이 때의 '현실'은 여전히 靜的인 상태로 존재하고 있다. 또한 구보 자신도
　　도심순례를 통하여 현실을 변화시키려거나, 他人과의 의미있는 만남을
　　지속하려는 의도를 전혀 보이지 않고 있다. 구보의 도심순례는 오직 불
　　만족스러운 현실의 점차적 폭로에서 의미를 찾을 수 있을 뿐이다.

47) 퇴니스(F. Tönnies)는 역사적 발전이라는 면에서 사회는 게마인샤프트

로 벗 아닌 벗에 대한 그의 인식을 통해 드러내고 있고, 일상성에 의해 지배받고 있는 세계에 대한 인식과 소외로서의 당대 사회에 대한 인식은 신문사 벗과 경성역 대합실의 군중, 그리고 감시의 눈초리나 황금광 시대로 표현된 당대 사회의 병리적인 모습으로 제시되고 있다.

이 작품에서 구보가 '벗'으로 지칭하는 인물들은 대부분 물질적으로는 가난하지만 지적인 수준이 뛰어나거나 우월한 인물들로 되어 있다. 이들은 그가 '벗 아닌 벗'으로 지칭한 인물들이 대부분 물질적인 여유를 가지고 있으나 지적 능력이 없다는 점과 대비되어 제시된다. '벗 아닌 벗'들은 어색한 만남으로 서로간에 불쾌한 감정을 갖게 된 '그 사나이' 이외에도 '전당포집 둘째 아들'과 '어느 생명보험 회사의 외교원'을 들 수 있다. 이들은 모두 물질적으로는 풍족하나, 정신적으로는 빈곤한 인물들이라고 할 수 있는데, 구보는 이들에 대해 각각 '중학시대의 열등생'이라고 경멸하거나, 그들의 잘못된 언어 표현을 비웃으면서 의식적으로 경어를 사용하여 거리를 두려고 하는 태도를 나타낸다. 이들 '벗 아닌 벗'들은 당대 현실에서 자신의 인생을 즐기며 열심히 살아가는 인물들인데, 구보가 이들을 거부하거나 무시하는 태도를 나타낸다는 것은 그가 현실적 삶에 큰 의미를 두지 않고 있음을 말해준다.

구보는 당대 사회의 모습을 두 가지로 제시하고 있다. 하나는 인간들 상호간의 불신(믿음의 부재)이며, 다른 하나는 불안한 시대상황이다. 이러한 그의 인식은 당대 사회를 병든 사회로 보고 있음을 나타낸다. 즉, 그가 느끼는 소외의식은 당대 사회구조에서 발생하고 있음을 보여준다.

(Gemeinshaft)가 우월하던 시대에서 게젤샤프트(Gesellshaft)가 우월한 시대로 이행한 것으로 설명하고 있다. 파펜하임, 鄭文吉 옮김,『근대인의 소외』, 정음사, 1985, 84~87쪽. 여기에서 '게마인샤프트'는 개인과 사회가 서로 친밀하게 연관을 맺고 있는 공동체를 의미하며, '게젤샤프트'는 사람들이 자신의 이익을 추구하는 데만 관심을 두어 서로에게 疎外되는 사회를 의미한다.

　구보가 남대문을 '안에서 밖으로' 나가 본 경성역 삼등대합실의 무표정한 승객들과 병든 환자의 모습은 사회적 병리현상의 제시이다. 그가 자신의 병리현상을 통해 표현했던 당대 사회의 병든 모습은 그 자신만의 생각이 아님을 구체적인 사회 현실을 통해 제시하고 있는 것이다. 본래 서울의 사대문은 안과 밖의 경계선이었다. 따라서 남대문 안은 도시의 내부를 상징하고, 밖은 외부를 상징한다. 구보가 남대문을 '안에서 밖으로' 나가 사회를 본다는 것은 구체적인 사회 현실을 통해 당대의 병리적인 현상을 보여주고 있음을 나타낸다. 구보는 경성역에서 기차를 기다리는 승객들의 모습을 통해 도시 군중들의 서로간의 불신과 이로 인한 소외현상을 드러내고 있다. 즉, 사회 구조가 변해가는 현상을 인간들의 소외현상을 통해 제시하고 있는 것이다. 구보는 그가 밖에서 본 사회의 모습, 즉 정신보다도 물질이, 그리고 믿음보다는 불신이 더 자리잡아 가는 당대의 병든 현실을 '우울'과 '피로'라는 말로 표현하고 있다. 구보가 우울과 피로라는 말로 표현하고 있는 당대 사회의 모습은 인간들간의 믿음을 상실하게 하고 있으며, 감시의 눈초리와 '황금광 시대'로 상징되는 시대적 불안은 내일에 대한 전망을 하지 못하게 하고 있다. 또한 벗의 가난과 소복 입은 어느 40대 아녀자의 가난한 모습 등은 가난한 내 나라를 연상시켜 구보를 더욱 우울하고 피곤하게 만들어 주고 있다. 구보가 느끼는 '우울'과 '피로'는 타인에게서의 소외가 자신뿐만이 아니라, 동시대를 살아가는 모든 이에게 동시다발적으로 일어나고 있음을 확인할 때 발생한다.

　이처럼 구보는 순례 과정을 통하여 자신의 소외의식이 왜곡된 당대의 병든 사회구조에 기인하는 것임을 인식하면서 동시대를 살아가는 타인들도 각종 병리적 현상으로 소외당하고 있음을 알게 된다. 이런 인식은 구보에게 자신만의 세계에서 벗어나도록 해주고 있다. 구보가 이 작품의 끝에서 벗과 헤어지면서 마지막으로 말한 '창작 하겠오'라는 말은 자신의 길을 찾아가겠다는 말이면서, 한편으로는 타인과 어울려 살아가겠다는 의사표시라고 할 수 있다. 즉 그는 1930년대의 병든 세계를 방황하면서 동시대 소외된 인물들에 대한 이해를 넓혀감으로써 현실 사회로 복귀하고 있는 것이다.[48] 따라서 이 작품은 구보의 정신적인 질환과 방황을 통해 당대의 병든 모습을 드러내면서, 한 식민지 지식인이 삶의 의미를 찾아가고 있는 모습을 보여주고 있다고 할 수 있다. 즉, 1930년대의 불만족스러운 현실을 객관적으로 드러내 보여주는 구보의 정신적인 질환과 방황이 의미하는 것은 당대 '식민지 지식인의 좌절과 현실에의 복귀 과정'이다.

앞에서 살펴본 것처럼 이 작품에서는 특별한 사건이나 갈등이 나타나지 않는다. 이러한 작품 경향은 당대의 어떠한 소설에서도 찾아볼 수 없는 것으로, 기법 중심의 새로운 소설 양식을 박태원은 보여주고 있다. 이 새로운 경향은 주로 새로운 인물형의 제시와 독특한 세계 인식을 통해 나타나고 있는데, 이것은 기본적으로 이 작품이 모더니즘 소설로 창작되었다는 데서 기인한다. 즉, 이 작품에서 고정화된 병든 세계와 변혁의지를 상실한 인물의 제시는 바로 모더니즘적 세계인식을 드러내고 있다.

세계와 개인간의 문제를 구체적인 사건과 갈등을 통해 다루려고 했던 기존의 소설들과는 달리, 이 작품은 무의미한 행동 속에서 단지 비판적 의식만을 가지고 있는 새로운 인물형을 창조하고, 그 인물이 당대의 현실을 순례하는 과정을 통해서 당대 사회의 병든 모습을 그대로 보여주고 있다. 모더니즘 소설을 현대적인 상황에서의 인간의 삶을 주제로 하면서 그것을 새로운 기법으로 표현하려고 한 소설[49]이라고 정의

---

48) 이 작품에서 구보가 타인과의 이해를 넓혀가면서 동경에서의 첫사랑을 생각하는 것도 현실에 대한 구체적인 인식과 함께 현실에의 복귀의지를 드러내고 있는 점이라고 볼 수 있다.

한다면, 구보라는 식민지 지식인의 의식의 변화를 그의 행위를 따라 가면서 묘사하고 있는 이 작품은, 동시대의 문제가 무엇인지를 리얼리즘 소설과는 전혀 다른 새로운 각도로 제시한 한국적 모더니즘 소설의 첫 작품이면서 전형적인 작품이라고 할 수 있다.

그리고 반성자—인물로서의 구보의 모습은 이 작품이 모더니즘의 본질을 충실히 반영하고 있음을 증명하는 것이라고 할 수 있다. 즉, 그는 타인이나 외부 세계와의 유대가 단절된 채 자신의 내면 세계로만 침잠하는 경향을 보이고 있지만, 이러한 내면 세계로의 침잠은 침잠 그 자체를 위한 것이라기보다는, 궁극적으로는 외부 세계로의 복귀를 위한 것[50]으로 나타나고 있다. 구보는 외부 세계에 대해 직접적인 관심을 표출하지는 않고 있다. 그가 관심을 갖는 것은 오직 자신의 내면에 대한 성찰뿐이다. 그는 이러한 내적 성찰을 통해 자신의 정체성을 파악한 뒤, 비로소 성숙한 인간으로 외부 세계와의 관계, 즉 다른 사람과의 의미있는 인간관계를 재정립하게 된다. 앞에서 이제까지 살펴 본 구보의 도심순례는 바로 이 점에서 의미를 가진다고 할 수 있다.

이 작품에서 제시되고 있는 것처럼 구보는 불만족스러운 현실에 대응하여 직접적인 행위를 전혀 보여주지 않는다. 단지 그는 현실상황에 대해 심리적인 반응만을 할 뿐이다. 이는 구보가 지식인으로서의 비판의식을 상실하여 버렸기 때문이 아니라, 구체적인 행위를 통하여 현실을 변화시킬 수 없다는 뚜렷한 한계상황에 대한 인식 때문에 행위에 의미를 두지 않기 때문이다. 이처럼 구보는 1930년대의 상황에서 동시대 작품에서는 달리 예를 찾아볼 수 없는 특이한 인물형으로 제시되고 있다. 그가 보여주고자 한 것은 자기가 결코 수긍할 수 없는 현실에 대항

---

49) 金明烈, 「모더니즘의 양면성」, 『세계의 문학』, 1982 가을호, 30쪽.
50) 金明烈은 「모더니즘의 양면성」(앞 책, 30~46쪽)에서 이러한 것을 모더니즘이 내포하고 있는 가장 중요한 양면성으로 들고 있다.

하여 싸우는 것이 아니라, 자신이 가지고 있는 최소한의 식민지 지식인
으로서의 양심을 지키며 살아가는 일이다.

　1920∼30년의 당대 작가들이 그들 작품에서 식민지 지식인의 한계
상황을 다루는 것은 매우 보편적이었다. 이 때 그들은 대부분 불만족한
현실과 그에 대응하는 작중인물의 갈등과 고뇌를 직접적으로 형상화하
고 있다. 이러한 소제로 작품을 창작할 때, 작중인물은 주로 리얼리즘
계열 작가의 작품에서 나타나듯이, 현실과의 적극적 대응의 모습을 통
해 바람직한 새 시대의 모습을 그리려고 하거나, 아니면 현실과의 대응
에서 패배하여 좌절 또는 타협하는 모습으로 설정된다.[51] 이 경우에는
어느 쪽이던 현실과 인물은 일정한 외형적 갈등의 모습으로 드러나고
있다.

　따라서 구보라는 특이한 인물 설정은 우리 소설사에서 처음으로 제시
된 새로운 인물형[52]이라고 할 수 있다. 이러한 인물형은 날이 갈수록
더욱 거세어져 가는 일본 제국주의의 탄압을 염두에 둘 때, 구체적인 사
건을 통해 사회의 병리 현상과 그에 따른 개인의 갈등을 직접적으로 드
러내는 리얼리즘 소설들이 가질 수 없는 나름의 리얼리티를 이 작품이
가질 수 있는 직접적인 계기가 된다. 이런 점에서 구보는 서구의 대표적
인 모더니즘 소설인 제임스 조이스(James Joyce)의 「율리시즈(Ulysses)」에
등장하는 레오폴드 블룸이라는 인물형과 비슷한 모습을 보인다. 「율리
시즈」의 주인물로 등장하는 레오폴드 블룸도 박태원의 구보와 근본적
으로 동일한 인물이라고 할 수 있다. 이 두 인물은 모두 자신이 살아갈
수 밖에 없는 바깥 세계와 심리적으로 절연되어 있으며, 이 절연의 현
상은 양자에게 모두 심리적인 질환[53]을 초래한다. 그들은 모두 불만족

---

51) 조남현, 앞 책, 134∼182쪽.
52) 이와 비슷한 인물형이 李箱에 의해 1936년에 와서야 처음으로 반복되고
　　있다는 점을 생각해 볼 때, 그 선구적 의의는 더욱 살아난다.

스러운 세계에 대해서 강렬한 비판 의식을 가지고 있으나, 이런 불만을 현실에 적극적으로 개입하여 현실을 변모시키는 행위로까지는 연결하지 못하고 있다. 이처럼 현실을 인정하지도 못하면서도, 이를 현실 변혁 행위와 직접적으로 연결시키지 못할 때, 그들이 선택할 수 있는 것은 현실과의 적절한 거리를 유지하면서, 비판적으로 바라보는 것이 유일한 것이 된다. 따라서 제임스 조이스의 「율리시즈」에 등장하는 레오폴드 블룸이나 박태원의 「小說家 仇甫氏의 一日」의 구보의 방황은 불만족스러운 현실을 객관적으로 드러내 보여주는 행위로 인식할 수 있다.

---

53) 「율리시즈」에서 블룸은 '부부 관계의 오랜 단절'이라는 정신적 질환을 보이고 있으며, 「小說家 仇甫氏의 一日」에서의 구보는 '慢性 中耳加答 兒 (tympanitis catarrh)'와 頭痛 및 近視에 시달리고 있는 것으로 설정되어 있다.

3. 서술의 외면화와 도시 생태의 재현
―「川邊風景」

박태원은 한 곳에 안주하는 작가가 아니었다. 그는 끊임없는 실험과 탐구의식을 가지고 자신의 작품세계를 바꾸어 나갔는데, 이러한 변신 작업은 그의 첫 장편소설인 「川邊風景」에서 두드러지게 드러난다. 이 작품은 원래 두 편의 중편으로 썼다가 개작된 것이다. 첫 번째 중편소설은 역시 같은 제목으로 1936년 8월호부터 10월호까지 3개월 동안 『朝光』지에 발표되었고, 두 번째 중편소설은 「續 川邊風景」이란 제목으로 1937년 1월호부터 9월호까지 9개월 동안 『朝光』지에 계속 발표되었다. 작가는 이와 같은 중편소설로 쓴 두 편의 작품을 개작하여 한 편의 장편소설로 묶어놓은 것이다.

이 작품은 발표 당시부터 주목을 끌었을 뿐 아니라, 동시기의 비평가들로부터 다양한 반응을 일으키기도 했다. 연구사를 검토하는 자리에서 이미 지적한 바와 같이, 최재서는 종래의 낡은 리얼리즘 문학을 극복하고 새로운 진전을 보여 주었다는 점에서 높이 평가했고, 임화는 사소한 일상적 사물들을 다양하게 제시했을 뿐이어서 사상성이 결여된 것이라 비판했다. 이렇듯 상반된 두 비평가의 반응은 이 작품을 이해하는 데 있어 모두 유익한 자료로 선택될 수 있겠지만, 이 장에서는 우선 긍정적인 반응을 보인 최재서의 시각을 존중하면서 이 작품의 서술 구조와 주제를 살펴보기로 한다. 그리고, 이 작품이 쓰여진 1930년대 후반에 이르러서 박태원의 작품세계가 어떻게 변모하고 있는가를 검토해보기로 한다. 이러한 연구 작업은 훗날 이 작가가 역사소설의 장르를 선택하고, 나아가서는 사회주의 리얼리즘을 지향하기까지의 그의 문학적 생애를 전체적으로 이해하는데 도움을 줄 것으로 기대된다.

1) 첫 장편소설 「川邊風景」 전후의 작품 세계

1930년대 후반에 들어가면서 박태원은 자신의 관점을 도시에서 소외당하는 계층으로 넓혀가고 있다. 이 무렵 박태원은 도시의 세태풍속을 다룬 소설들을 많이 발표하고 있는데, 이들 작품 속에서는 도시 속에서 소외된 채 살아가는 인물들이 많이 제시되고 있다.

1930년대 세태풍속을 객관적으로 묘사한 작품으로는 「川邊風景」, 「聖誕祭」, 「골목안」, 「四季와 男妹」 등을 들 수 있다. 도시로의 이입에서 입구에 해당하는 천변에서 살아가는 사람들의 사소한 일상사나, 도시의 변두리인 가난한 동네의 골목안에 사는 사람들의 삶, 그리고 술집여급들의 삶을 통해 박태원은 1930년대 서민층의 부침을 세밀하게 그려 보이고 있다. 박태원은 이를 통해 1930년대의 고달픈 삶의 모습과 도시적 삶의 새로운 풍속도, 그리고 그 시대의 사회풍토를 조명하고 있다.

「聖誕祭」[1]는 카페여급으로 살아가는 영이의 삶을 통해 동생 순이와의 갈등과 형제애를 그리고 있다. 이 작품에서 카페여급인 영이의 의식을 통해 현실의 가난을 벗어나지 못하는 사람들의 고달픈 삶을 형제간의 갈등과 애정을 통해 제시하고 있다.

「골목안」[2]은 가난한 동네의 막다른 골목안에 사는 순이네 식구의 고 .

---

1) 朴泰遠, 『女性』 2권 12호, 1937. 12.

달픈 삶을 그리고 있는 작품이다. 이 작품에서 한 때는 '참말로 남부럽지 않게' 잘 살은 적도 있지만, 지금은 가난하게 살아가는 골목안의 아홉 가구 중의 일원으로 살아가는 순이네 집을 중심으로 벌어지는 사소한 일들이 제시되고 있다. 순이 아버지는 아들의 방탕과 불효로 인해 경제적으로 몰락하게 되어 딸은 여급으로, 자신은 세월없는 집주름[3] 영감으로 생활하면서 경제적인 몰락에 따라 정신까지도 파탄되어 가는 모습을 통해 물질중심의 가치세계가 자리잡아 가는 도시의 한 단면을 보여주고 있다.

　박태원은 이 무렵에 현실에서 제대로 적응하지 못하는 인물들의 한 단면을 구체적으로 드러낸 「旅館主人과 女俳優」[4]와 「炎天」[5]을 발표해 보지만, 그의 이러한 노력은 더 이상 계속되지 않는다. 식민지 상황에서 겪게되는 서민들의 삶을 형상화하고 있는 이들 작품들은 그 이전까지의 작품에 비해 식민지 상황에 대한 현실인식이 보다 구체화되어 나타나고 있다. 예술가로서 배우활동을 하고 있으나 극단의 물질적인 궁핍과 여관주인의 간계에 의해 몸을 팔게 될 위기에 몰린 한 여배우의 모습을 그린 「旅館主人과 女俳優」는 당대 사회의 궁핍이 예술가들에게 가하는 위협과 타락한 물질주의 사회의 한 단면을 제시하고 있다. 그리고 남수라는 순박하고 약간은 어리숙한 인물이 찻집을 경영하고자 하면서 경찰로 상징되는 지배층한테 겪게 되는 수난을 그리고 있는 작품 「炎天」은 구체적인 상황설정과 작가의 주관이 거의 드러나지 않는 객관적인 묘사를 통해 그 당시 서민들의 생존문제를 구체적으로 제기하

---

2) 朴泰遠, 『文章』 통권 6호, 1939. 7.
3) 집주름은 집의 매매를 알선하는 사람을 말한다. 같은 말로 집거간이라고
　도 한다.
4) 朴泰遠, 『白光』 통권 6호, 1937. 6.
5) 朴泰遠, 『療養村』 3권, 1938. 10.

고 있다.

1930년대 말부터 1945년 광복이 될 때까지 일제의 우리민족에 대한 탄압이 심했던 상황에서 작가인 박태원이 나아갈 수 있는 길은 굴종의 길과 타협의 길만이 남아있을 뿐이었다. 그는 이러한 갈림길에서 그 나름대로 찾아낸 새로운 길을 추구하고 있다. 그가 이 무렵 작품을 통해 보여준 것은 시대상황을 거의 의식하지 않는 남녀의 애정을 주제로 한 삶의 한 단면 제시이다. 이념과 사상을 배제한 이 시기의 그의 작품들은 이러한 타협의 덕분에 광복이 될 때까지 꾸준히 발표되었고, 또한 거의 유일하게 신문에 우리말로 작품을 연재할 수가 있었다. 주로 남녀 사이의 애정문제를 제시하고 있는 작품들을 통해 박태원은 자유연애사 상과 참된 사랑의 의미 그리고 물질적인 궁핍이 가져다준 젊은이들의 애정풍속을 통해 1930년대의 애정풍속도를 그려 보이고 있다.

1939년 4월 5일부터 『每日新報』에 연재한 단편소설 「明朗한 展望」[6] 과 1940년 1월부터 『文章』지에 연재하기 시작한 장편소설 「愛經」[7], 그리고 1940년 11월부터 「家庭の友」지에 연재되기 시작한 작품 「點景」[8] 과, 1941년 8월 1일부터 「每日新報」에 연재하기 시작한 장편소설 「女人盛裝」[9] 등은 그 당시의 시대상황을 전혀 드러내지 않고 젊은 연인들의 사랑만을 주제로 하여 쓰여진 작품들이다. 이들 작품 외에도 박태원은 「길은 어둡고」[10], 「悲凉」[11], 「陣痛」[12], 「報告」[13] 등의 작품들을 통해

---

6) 朴泰遠, 『每日新報』, 1939. 4. 5.~5. 21.
7) 朴泰遠, 『文章』 2권 1호~7호, 9호, 1940. 1.~9. 11.
8) 朴泰遠, 「家庭の友」, 1940. 11.~1941. 1.
9) 朴泰遠, 『每日新報』, 1941. 8. 1.~1942. 2. 9.
10) 朴泰遠, 『開闢』 2권 2호, 1935. 3.
11) 朴泰遠, 『中央』, 1936. 3.
12) 朴泰遠, 『女性』, 1936. 5.
13) 朴泰遠, 『女性』, 1936. 9.

1930년대 젊은이들의 새로운 사랑풍속도를 그려 보이고 있다. 작품 「明朗한 展望」과 「女人盛裝」이 부유한 상류층 젊은이들의 사랑 풍속을 그리고 있는데 비해 「悲凉」, 「陣痛」 등은 경제적으로 궁핍한 젊은 남녀들의 사랑 풍속을 그리고 있다. 그리고 「悲凉」, 「陣痛」 등이 맹목적인 사랑에 빠진 남자들의 심리나 감상적인 인도주의에 빠져 고통을 받는 남자들의 심리를 세밀하게 묘사하고 있음에 비해, 「길은 어둡고」에서는 한 때의 사랑을 믿음으로 지켜가고자 하는 여성의 심리를 섬세하게 묘사하고 있다.

인물 서술 상황으로 쓰여진 「尹初試의 上京」[14]과 일인칭서술상황으로 쓰여진 「報告」는 젊은 남녀의 사랑을 소재로 하고 있으면서, 공통적으로 여급을 주요 인물로 등장시키고 있다. 이 시기의 작품에 등장하고 있는 여급들은 비록 가난한 생활을 영위하고는 있지만 사랑하는 사람을 위해 자신을 희생하는 모습으로 그려지고 있다. 즉, 작가는 성실하고 희생적으로 삶을 살아가는 여급들의 모습을 긍정적으로 그려줌으로써 도시 하층민들의 삶에 대해 애정을 드러내고 있다.

이 무렵 점점 심해져 가는 일제의 탄압을 벗어나기 위해 박태원이 취한 또 하나의 방향은 외국작품의 번역이다. 주로 중국소설의 번역이 대부분인 이 시기의 그의 작업[15]은 탄압을 벗어나기 위한 하나의 시도로서, 다른 나라 작품의 번역을 통해 글쓰기[16] 훈련과 생활비를 보충하는 행위라고 할 수 있다. 대부분이 역사소설인 중국소설의 번역은 비록 탄

---

14) 朴泰遠, 『家庭の友』, 1939. 4.~6.

15) 박태원은 이 무렵 중국소설의 번역 이외에도 단편적으로는 영미계 소설 작품들을 번역하여 발표하고 있다. 박태원은 1930년대 초부터 영미계 소설작품들을 번역하여 신문에 연재하였고, 1941년 6월에는 미국작가 아놀드 프레데릭의 탐정소설을 번역하여 「巴里의 怪盜」라는 제목으로 朝光社에서 단행본으로 펴내기도 했다.

16) 金允植, 「한국대하소설연구 3」, 『동서문학』, 1990. 1, 191쪽.

압을 벗어나기 위한 하나의 돌파구로서 시도된 것이긴 하나, 그 과정을 통해 나타나고 있는 역사에 대한 그의 새로운 관심은 그의 문학적 영역을 그만큼 넓혀주고 있다.

번역소설과 애정소설을 제외하고, 이 시기에 쓰여진 그의 소설들이 갖는 특징은 소외계층에 대한 관심이라고 할 수 있다. 도시 변두리나 천변에 모여 살거나 또는 카페 여급이나 집주름 등 당대 사회에서 소외된 채 살아가는 서민들에 대한 그의 관심은 장편소설 「川邊風景」에 집약되어 나타나고 있다. 이 작품은 『朝光』지에 두 번에 나누어 연재된 소설로, 1930년대의 가난한 이들이 모여 살던 청계천변을 일정한 공간적 배경으로 하여, 동시대인들의 다양한 삶의 모습을 형상화한 작품이다. 먼저 이 작품의 서술구조를 살펴보고, 이어 그 주제가 무엇인지를 규명해 보고자 한다.

2) 서술의 외면화와 서술자의 등장

작품 「川邊風景」은 처음에 두 편의 중편으로 발표되었다가 나중에 부분적으로 개작하여 하나의 장편소설로 발표되었기 때문에 내용에 있어 약간의 변화를 보이고 있다. 즉, 단행본(장편)으로 발간된 작품은 두 편의 중편으로 나누어 발표되었을 때의 내용에 비해서 장편으로의 연속성과 계절의 흐름이 구체적으로 드러나고 있다.[17] 여기에서는 장편소설 「川邊風景」을 텍스트로 해서 분석해 보고자 한다.

작가적 서술 상황[18]으로 이루어져 있는 이 작품은 서술자가 인물들

---

17) 崔惠實, 「모더니즘 소설에 나타나는 空間性」, 『韓國現代長篇小說研究』, 삼지원, 1990, 153~155쪽.

18) F.K.STANZEL, 앞 책, 171쪽.

의 영역에 속해있지 않고 밖의 세계에 존재하고 있기 때문에 외부 시점이 우세하게 나타나고 있다. 양식에 있어서는 대부분의 인물들이 화자 -인물로 등장하고 있으나, 부분적으로 화자-인물의 반성자화도 나타나고 있다. 그리고 이 작품에서는 특정한 주인공이 설정되어 있지가 않기 때문에, 몇 몇 인물들을 두드러지게 제시하여 초점 맞추기를 하고 있다. 재현된 현실의 한 부분에 초점 맞추기는 서술의 중점으로 독자의 주의를 유도해주기 때문에 서술 시점이라는 수단에 의한 주제의 드러내기로 정의할 수 있다.[19] 이 작품에서 이러한 초점 맞추기의 대상이 되고 있는 인물들은 전직 사법서사인 민주사와 이발소 소년인 재봉이, 그리고 카페여급인 기미꼬와 하나꼬, 그리고 그들과 함께 생활하는 금순이 등이다. 이 작품에서 서술자는 자신의 전지자적 특권을 사용해서 전반부에서는 민주사의 내면세계와 재봉이의 외면관찰을 통해 도시 중산층의 타락한 삶과 하층민의 다양한 삶을 보여주고 있으며, 후반부에서는 기미꼬와 하나꼬 그리고 금순이의 내면세계를 통해 하층민 여성들의 성실한 삶과 따뜻한 인간애를 제시하고 있다. 즉 이 작품의 주요 인물들인 민주사와 재봉이, 기미꼬, 하나꼬, 금순이 등은 부분적으로 화자-인물이면서 반성자화 되어가고 있다. 이는 작가적 서술상황에서 인물적 서술상황으로 가려는 경향으로 볼 수 있다.[20]

　이 작품의 전체 구성을 살펴보면 주로 천변에서 살아가는 여러 인물들의 행위를 통해 서로 비슷한 사건이나 반대되는 사건들을 대비적으로 제시하여 독자들이 그 차이를 구체적으로 느낄 수 있도록 서술하고 있다. 사건들의 비교나 대조는 주로 행복과 불행의 모습으로 제시된다. 전체적으로는 제1절과 제2절이 이 작품의 도입부 역할을 하고 있으며 제50절은 마무리 역할을 하고 있다. 제1절과 제2절을 보면, 10여명이 넘

---

19) F.K.STANZEL, 앞 책, 173쪽.

20) F.K.STANZEL, 앞 책, 253쪽.

는 인물들이 직접 등장하여 천변 주변의 일들을 주로 대화를 통해 제시하고 있다. 이 때 제시되는 사건들은 신전집의 몰락 과정과 민주사의 타락한 생활, 카페여급인 기미꼬의 생활관, 이쁜이의 결혼, 포목점 주인의 허위의식, 한약국집 주인 영감과 아들의 연애 결혼, 귀돌어멈의 인생, 곰보 미장이 누이 형제의 행실 등 이 작품의 전체 줄거리를 형성하는 인물들의 모습과 근황이 제시된다. 이 때의 서술은 주로 대화가 중심을 이루는데, 재봉이가 화자—인물로 제시되면서 외부시점으로 서술자가 등장하고 있다. 그리고 마지막 절인 제50절에서는 그 전까지 제시되었던 일상사적인 일들을 정리해 주고 있다. 이쁜이의 이혼과 점룡이와 용돌이의 성실한 생활, 금순이 시아버지의 식당 경영, 재봉이의 희망찬 미래, 포목점 주인이 쓰고 다니는 중산모의 청개천 추락 등을 통해 이 작품에 등장했던 주요 인물들의 행적과 사건들이 외부시점인 서술자의 설명으로 마무리해 주고 있어서 결말로서의 역할을 하고 있다.

청계천변에 모여 사는 도시 하층민들의 대비되는 삶의 모습을 보여주고 있는 이 작품은 여러 인물들의 의식과 삶의 형태를 구체적으로 드러내기 위해 주로 장면 제시를 많이 사용하고 있다. 그와 함께 병치(juxtaposition)와 영화기법을 이용한 시점변이가 이루어지고 있다. 병치는 서로간의 의미가 비슷한 사건들을 제시하고자 할 때 사용되고 있다. 즉 이 작품에서는 비교되는 여러 사건들을 보여줄 때 시차를 무시하고 병치시켜 제시하고 있는데, 이것은 시간적 지속성을 깨트리고 공간적인 행위의 동시성을 추구하는 기법이 사용되고 있다는 것을 의미한다. 시간의 연속성을 해체하고 각 층 행위의 전후를 자르거나 병치시켜 동시성(同時性) 즉, 공간성을 획득하는 이 기법의 목적은 인물의 행위와 플롯이 지닌 시간적 지속의 원칙을 파괴하면서, 일상 어순이나 문법적 배열이 지닌 연속의 원리를 깨뜨리고 사건을 다각도로 살피고자 하는데 있다.[21] 이러한 공간화의 기법은 작품 내의 여러 곳에서 제시되고 있다.

> "이 자식이?"
> 무심코 손을 번쩍 들어 본 것이 잘못으로,
> "에쿠!"
> 그대로 백통전이 몇푼 땅에가 떨어진 것을, 부리나케 몸을 굽
> 혀 줏었으나, 한 푼은 분명히 개천 속에 빠진듯싶어, 암만을 되
> 푸리 헤어 보아도 오전이 축이 났다.
> [……중략……]
> 이편에서 잠깐 이러한 일이 있었을때, 하숙옥 문 앞에는 그
> 중년부인이 그저 떠나지 않고 오락가락하고 있었다.
> [……중략……]
> 그와 거의 같은 시각에 포목전주인은 이발소에서 머리를 깎
> 고 있었다.[22]

위의 예문에서 보듯이, 이발소 사환으로 일하는 재봉이가 호스로 물
을 뿌리다가 한약국집 사환인 창수에게 장난을 치자, 이에 화가 난 창
수가 손을 번쩍 들다 실수하여 백통전 한 푼을 개천에 빠트리는 장면
과, 몰락하여 강화도로 내려간 신전집 마누라가 바로 다섯 달 전까지만
해도 자신이 살던 옛집―현재의 하숙옥 앞에서 서성이는 장면, 포목점
주인이 이발소에서 머리를 깎고 있는 장면이 시차(時差)없이 병치되고

---

21) William Holtz는 "Spatial Form in Modern Literature; A Reconsideration"(「Critical
 Inquiry」, Vol.4, No.2)에서 현대문학이 공간적 형식을 수용하는 것은, "「마
 음의 눈」에 착점을 둔 시각적 재생이라는 뜻보다는 언어에 내재하고 있
 는 시간적 원리를 부정하고 사물을 시간의 지속성에서가 아니라 한순간
 에 총체성을 드러내는 것으로 파악하려는 시도를 뜻하는 것"이라고 설명
 한다(오세영, 『文學研究方法論』, 二友出版社, 1988, 77쪽. 재인용).
22) 朴泰遠, 『川邊風景』, 博文出版社, 1947, 218~223쪽. 이하 같은 책에서 인용
 할 경우에는 인용문 끝에 해당 쪽수만 표시함.

있다.

이처럼 시차없이 이루어지는 공간 병치 현상은 위의 예문뿐만 아니라, 다른 부분에서도 계속 일어나고 있다. 즉, 시골에서 올라온 창수가 한약국의 사환으로 취직하여 익숙지 않은 일 때문에 고생하는 장면(3절)을 그리면서, 같은 시간에 한약국집 안채에서는 행랑에 든 지 사흘이 못되는 만돌 어멈이 빨래를 잘못 삶아 새아씨와 안방마님한테 꾸지람을 듣고 부엌에서 애를 태우고 있는 장면(4절)이 이야기된다. 또한 이쁜이의 결혼(5절)과 신전집의 낙향(6절)이 동시에 병치되고 있으며, 한약국집 젊은 며느리가 친정 나들이를 하는 길에서 행복을 느끼고(29절), 여급 하나꼬(英伊)가 자신의 일터인 평화 카페로 향하는 길에서 행복을 느끼고 있는 것(30절)과 같은 시간, 민주사의 첩인 안성댁이 전문학교 운동선수와 온천에서 청춘을 즐기면서 행복해 하고 있는 장면(31절)과, 민주사가 강옥주의 집에서 마작을 하면서 인생을 즐기고 있는 모습(31절)이 시차없이 발생하고 있다.

이러한 공간화의 기법 즉, 병치는 등장인물들의 다양한 체험들을 동시에 발생하게 함으로써, 시간이 정지된 상태의 공간적 복합성, 혹은 구조적 배열을 이루고 있다. 이 공간적 복합성은 작품 속에 등장하는 타락한 인물들의 행태와 도시 하층민들의 성실한 삶의 모습들을 병치시키는 데에서 주로 발생하고 있어, 작품 속에 내포된 작가의 관점을 드러내는 역할을 담당한다. 이 작품은 이처럼 의미가 유사하거나 강렬한 대비를 이루는 모습을 보일 때 시차를 무시한 채, 이 모두를 공간적 배경만을 달리한 채 동시적으로 제시하고 있다. 이러한 공간적 형식은 영화적 기법을 소설에 도입한 것으로서 다양한 삶의 모습을 동시에 제시하는 데 그 의미가 있다.

이러한 공간적 형식의 기법은 제임스 조이스(James Joyce)의 「율리시즈(Ullyses)」에 드러난 것과 동일한 것으로 파악된다. 「율리시즈」도 「川

邊風景」과 마찬가지로 상이한 장소에서 일어나는 동시적인 행위들을 하나의 의미로 통합하고 있으며, 또 그 통합은 행위들의 전후를 커트, 병치시키는 데서 이루어지고 있다. 특히 「율리시즈」의 열 번째 장인 '방황하는 바위들(Wandering Rocks)'의 삽화들은 이 경우 대표적이다. 이 '방황하는 바위들'의 삽화는 더블린 시내의 여러 지역에서 일어나는 열여덟 장면으로 구성되어 있다. 제임스 조이스는 그 장면들이 거의 동시에 일어난다는 것을 나타내기 위해 그렇게 중요하지도 않은 사항을 서로 관련시키는 데 신경을 쓰고 있다. 이러한 사소하고 피상적인 세부묘사를 제외하고 나면, 각 장면 상호간에는 하등의 관련성도 없다.[23] 즉, 이 '방황하는 바위들' 장에서 그려지고 있는 이러한 동시적인 행위들은 인과관계에 놓여 있지 않고 단편들로 제시되어 전체 소설이 일종의 공간적 패턴의 관계성으로 구성되고 있다. 즉, 제임스 조이스는 「율리시즈」에서 더블린이라는 도시의 북적대는 삶을 시간적 계기성으로 진술하지 않고 공간적 동시성으로 제시[24]하고 있다.

위에서 인용한 것처럼 이 작품 역시 청계천변에 사는 여러 인물들의 삶을 공간적 형식을 통해 전체적으로 구조화시키고 있다는 점에서 기본적으로 제임스 조이스의 「율리시즈」와 동일한 공간적 형식을 사용하고 있다고 할 수 있다. 박태원에 있어 이러한 공간적 형식의 사용은 가진 자와 못 가진 자, 잘못된 삶을 살아가고 있는 자와 성실하게 삶을 영위하려고 하는 자를 병치시킴으로써 의미의 확산을 일정하게 제어하고 있는 것으로서, 서술행위의 반성자화 표현법[25]으로 볼 수 있다.

이 작품에서의 다양한 장면제시는 흔히 '카메라의 눈(kino-eye)'이라고

---

23) Robert Humphrey, 앞 책, 96쪽.

24) Joseph Frank, "Spatial Form in Modern Literature", Sewanee Review No.53(Spring, Summer, Autumn, 1945). (오세영, 앞 책, 84쪽 재인용).

25) F.K.STANZEL, 앞 책, 255쪽.

하는 영화 기법(cinematographic)을 차용하고 있다. 이러한 '카메라의 눈'
의 사용은 작가가 눈에 띄는 선택이나 배열보다 인생의 단편을 있는 그
대로 독자에게 전달하고자 하는데 그 일차적 목적이 있다. 즉, 이 작품
은 '카메라의 눈'이라는 영화 기법을 차용함으로써, 작자의 주관을 거
의 노출시키지 않고 독자에게 도시 하층민들이 살아가고 있는 생활상
을 있는 그대로 보여주고 있다. 최재서는 이 작품에 대해 영화 기법을
차용함으로써 선명하고 다각적인 도회 묘사에 성공하고 있음을 지적하
면서, 한편으로는 이야기의 일관성 부재와 작가 의식이 철저하지 못함
에 대해 비판26)하고 있다. 여기에서 비판적으로 언급되고 있는 것처럼,
시점의 변이(變移)는 별다른 의도 없이 단순 나열된 것으로 보기가 쉽
다. 따라서 여러 장면들이 단순 나열인지 아니면 어떠한 연관성을 가지
고 있는지를 알아보기 위해서는 이 작품에서 사용되고 있는 다양한 시
점의 변이를 구체적으로 살펴보아야 한다.

　이 작품에서 주로 나타나는 시점은 외부 시점이다. 이것은 작가적 서
술 상황에서 주로 쓰이는 시점27)인데, 서술자가 인물들의 세계 밖에 존
재하고 있을 때 사용된다. 즉, 서술자의 세계는 인물들의 세계와는 다
른 차원에 존재한다. 이 작품에서 이처럼 외부 시점을 씀으로 해서, 3인
칭 내부 시점에서 쓴 「小說家 仇甫氏의 一日」과 비교할 때 서술자
(narrator)의 입장도 변화를 일으키게 된다. 즉, 「小說家 仇甫氏의 一日」
에서의 서술자는 서술 상황이라는 측면에서 볼 때 일종의 반성자-인
물로서 스스로 관찰하고 느끼고 판단한 것을 독자에게 직접적으로 전
달하는 경험 자아(experiencing self)로서의 역할을 수행하게 되는 데 반하
여, 이 작품의 서술자는 이발소 사환 재봉이라는 화자-인물로서 나타
나기도 하지만, 전체적으로 볼 때 작가 자신이 서술자가 되는 서술 자

---

26) 崔載瑞, 「리아리즘의 擴大와 深化」, 『朝鮮日報』, 1936. 11. 6.
27) F.K.STANZEL, 앞 책, 18쪽.

아(narrating self)의 입장을 견지하고 있다는 점에서 차이를 보인다. 또한 작가가 앞서 발표했던 「小說家 仇甫氏의 一日」에서는 주인공인 구보가 반성자-인물로 제시되고 있기 때문에 자유간접화법이 많이 사용되는 데 비해, 이 작품에서는 전지적 작가 서술과 대화를 통해 사건이 제시되거나 진행되고 있기 때문에 직접화법이 많이 사용되고 있다. 따라서 독자들에게는 중개성이 배제된 채 직접 보여주는 것 같은 환상을 불러 일으킨다.

이 작품의 3인칭 외부 시점은 작중인물의 눈을 통한 보여주기와 작가의 직접적 개입이라는 두 가지 방법에 의해 변화를 보이게 된다. 작중 인물의 눈을 통해 보여주기는 주로 이발소 소년인 재봉이의 눈을 통해 천변 사람들의 다양한 삶을 묘사하고 있다. 재봉이는 이 작품에서 작가를 대신하는 관찰자로서 화자-인물로 제시되고 있지만, 부분적으로는 반성자화 되기도 한다. 이 작품에서 대부분의 사건들은 재봉이의 관찰에 의해 시작되고 그 결과가 드러나고 있다. 그는 2절에서 처음 등장하여 천변 주변의 여러 인물들의 상황과 처지를 드러내 제시하고 있는데, 특히 그의 순수함과 대비되어 도시적인 속성에 쉽게 물들어가는 창수의 변모와 포목점 주인의 중산모로 상징되는 중산층의 허위의식을 드러내주는 기능을 담당하고 있다.

작가의 직접적 개입은 주로 침입적 화자(侵入的 話者)[28]로서 나타난다. 즉, 외부 시점에서 전지적 작가가 서술자로 등장하고 있으면서 때로는 내부 시점으로 침입적 화자로서 작가가 직접 사건의 진행에 개입하고 있다. 이런 작가의 개입은 두 가지 방법으로 나타난다. 첫 번째는, 작가가 독자와 동질감을 표시하거나, 직접적으로 독자에게 작가의 의사를 표현하는 방식이고, 두 번째는 서술과정에서 전개될 내용을 암시

---

28) Norman Friedman, Point of View in Fiction : The Development of a Critical Concept(Philip Stevick(ed), 앞 책), 119~123쪽.

하거나, 전개되는 내용에 대한 작가의 주관적인 감상을 노출하는 방식
이다.

  첫 번째의 작가 개입은 주로 '우리는' 등의 표현이나, ( ) 속에서 작
가가 직접 독자에게 의견을 제시하는 방식으로 표현되고 있다.

> ……(그야, 외딸을 남을 주고난 그 뒤에, 홀어머니의 외로움
> 과 슬픔은 컸으나 그래도 아직 그것은 한개의 경사라 할밖에 없
> 을 것이다.)…… (77쪽)

> 봄철에 우리가 볼때 같이 임바네스에 중절모를 쓴 그러한 민
> 주사가 아니다. (158쪽)

> 신전집이 이 동리를 떠난 뒤에, 그들이 살던 집에 「하숙옥」
> 간판이 붙었다는 것은 이미 우리가 알고 있는 사실이다. (160
> 쪽)

> (우리는 「제십팔절」에서, 하룻날 저녁 대체 어찌 하여야 옳
> 을지를 모르는채 그 좁은 가슴을 태우고 있는 금순이를 뜻밖에
> 도 찾아온 손님이 하나 있었던 것을 알고 있다. 그것이 바로 이
> 끼미꼬였던 것이다)……. (230쪽)

> 우리는 언젠가, 이 강석주라는 자가, 자기와 함께 연초공장에
> 다니는 두 동무와 더부러, 「평화」카페에 나타난 일이 있던 것을
> 기억하고 있다. (409쪽)

  서술자가 등장인물들의 영역과 동일하지 않음을 나타내는 '우리는'
등의 표현은 한편으로는 독자와의 공감을 유도하면서 다른 한편으로는
이제까지의 작품 진행상황을 알려주는 기능을 하고 있다.

두 번째의 작가 개입은 사건의 전개양상에 대해 작가의 감정을 의도적으로 드러내거나 작가의 주관적인 생각을 제시하는 표현방식이다.

> 부귀라 하는 것이 우리에게 있어, 한 조각 뜬구름일진대, 혼인의 장하고, 또 장하지 못함을 어찌 그러한 것에서 상고하여 마땅하랴. (65쪽)

> 한가지 불행한 동무들과 함께, 서로 믿고, 의지 하고, 깊은 사랑과 따뜻한 정을 가져 나갈 때, 참말 「삶」의 기쁨은 샘과 같이 서로 서로의 가슴 속에 용솟음 칠것이다. (232쪽)

> 사람에게는 누구나 행복을 요구할 권리가 있을 것이요, 가난하고 보잘것 없는 집안에 태어났다는 것은 물론 개인의 죄과가 아니다.
> 더구나 젊고 또 아름다운 여자란 반드시 그 만한 「꿈」을 가져도 좋을 것이다. (293쪽)

이러한 표현은 작가의 주관적인 감정을 직접 서술자를 통해 드러낸 것으로서 의도적인 작가 개입이라고 할 수 있다. 이는 한편으로 작품 끝에 평을 붙였던 옛 우리나라 작품이나 중국작품의 영향을 받은 것으로도 보인다.

시점의 이러한 변이양상은 독자들에게 천변에서 살아가는 다양한 사람들의 삶의 형태를 구체적으로 드러내는데 매우 유용하게 사용되고 있다. 따라서 이 작품에서의 시점변이는 통일적 의식의 부재가 아니라 다층적인 삶의 제시로서 인식되어야 한다.

앞에서 제시된 도시 하층민들의 사소한 일상사들은 주로 빨래터와 이발소, 카페 등 세 군데의 주요 공간을 중심으로 이루어지고 있다.[29] 이 작품의 서술에 있어 이들 공간은 다음과 같은 기능을 하고 있다.

먼저 작품의 서두인 1절에서부터 묘사되고 있는 '빨래터'는 작품 전체의 기본적인 사건과 그 전개 방향 및 등장인물들의 성격을 드러내는 역할을 담당한다. 작가는 빨래터 장면에서 여러 동네 아낙네들을 등장시켜 그들의 대화를 통해 이 작품에 등장하는 인물들이 처한 상황을 객관적으로 독자들에게 전달하고 있다. 이와 함께 빨래터는 사건 진행의 보조적 장치로도 사용되고 있다. 즉, 빨래터는 이 작품에서 청계천변에 사는 도시 하층민들의 공동체적 삶의 핵심 공간이면서, 동시에 작가가 묘사나 설명으로 채 처리하지 못하는 사건의 발생 원인과 그 진행 과정을 독자에게 알려주어 독자의 궁금함을 해소시켜 주는 역할과 그를 통한 일정한 줄거리의 통일성 부여라는 중요한 역할을 수행하고 있다. 빨래터에서 주로 이야기되는 새로운 소식이란 신전집의 몰락, 만돌이 아버지의 아내 학대와 주색잡기, 이쁜이의 시집살이와 이쁜이 남편의 외도 등인데, 작가는 이처럼 주변에서 발생하는 일들을 동네 아녀자들의 대화를 통하여 제시함으로써, 자칫하면 산만한 세태 풍속의 나열로 끝나기 쉬운 삽화들에 일정한 통일성을 부여하고 있다.

2절에서 처음 나타나는 '이발소'는 작가가 사건을 서술하지 않고 묘사하는, 따라서 독자에게 제시하고 보여주는 역할을 하는 장소라는 점에서는 빨래터와 동일한 유형으로 볼 수 있다. 빨래터가 이미 발생한 등장 인물들의 객관적인 상황과 사건을 독자들에게 객관적으로 보여주고 있다면, 이발소는 그 지형적 특성[30]으로 인해 천변 주위에서 발생하

---

29) '빨래터'는 작품의 1절, 11절, 17절, 28절에서, '이발소'는 2절, 8절, 12절, 15절, 20절, 24절, 25절, 32절, 35절, 46절에서, '카페'는 13절, 21절, 27절, 30절, 32절, 34절, 37절, 40절,43절, 44절, 47절, 49절 등에서 각기 사건의 중심이 되는 의미 공간으로 설정되고 있다.

30) 작품 내에서 '이발소'는 민주사집, 평화카페, 한약국, 포목전집 등 주요 등장인물이 사는 장소를 마주보는 위치인 천변 북쪽에 자리잡고 있다. 이러한 위치 선정은 이발소 사환인 재봉이의 '내다보기'를 강화하는 역

는 사건을 그 즉시 보여줄 수 있다는 장점을 가진다. 따라서 이 작품에서 이발소는 빨래터와 사건 진행에 있어 상호 보완적인 기능을 하고 있다고 할 수 있다.

그러나, 빨래터 장면이 주로 동네 아낙네들의 이야기를 통해 사건을 보여주고 있는 반면에, 이발소 장면은 사환인 재봉이가 일종의 내포(內包)된 작가(Implied author)[31]의 역할을 수행하도록 설정하고, 그의 눈을 통해 이발소 창을 통해 천변의 풍경과 그 속에서 살아가고 있는 인물 및 사건을 그리고 있다는 점에서 약간의 차이를 보이고 있다. 이 때의 이발소 사환 재봉이는 서술 상황이라는 측면에서 볼 때, 주로 화자—인물로서 제시되고 있다.

작품에서 제시되고 있는 세 번째의 의미공간은 '카페'이다. 여기에서 카페는 빨래터 및 이발소와는 다른 역할을 하고 있다. 즉, 이발소의 건너편에 놓여 있다는 장소로서의 공간적 기능보다는 성실하게 살아가는 직업여성들의 삶의 터전으로서 인간애를 드러내는 장소로서의 기능을 하고 있다. 이는 한편으로 작가의 창작의도를 드러내는 공간으로서 제시되었다고 볼 수 있다.

이들 세 의미공간에서 가장 중요한 공간은 빨래터이다. 빨래터에 등장하는 동네 아낙네들은 주로 대화를 통해 천변에 살아가는 여러 인물들의 삶의 모습을 제시하고 있기 때문에, 언뜻 보기에는 작가가 최대한

할을 한다.

31) Wayne C.Booth, Distance and Point-of-View(Philip Stevick(ed), 「The Theory of the Novel」, London, Collier Macmillan Publishersm, 1967), 92쪽. 및 Seymour Chatmen, 「Story and Discourse」(Ithaca & London: Cornell University Press, 1978), 147~151쪽.

Narrative Text

실제 작가 Real author ⇒ | 내포작가→(화자)→(청자)→내포작가 | ⇒ 실제독자 Real reader

자신을 배제하고 상황을 객관적으로 드러내고 있는 것으로 보인다. 그러나, 사실 작가는 이 부분에서 말 그대로의 객관적 태도를 보여주지는 않는다. 독자는 이 장면에서 어느 정도 카메라 감독(작가)의 태도를 느끼게 된다. 이러한 점은 빨래터에 등장하여 이야기를 하는 동네 아낙네들이 자신들과 같거나 비슷한 처지에 놓인 사람들에게는 강한 애정을 표시하고, 반대로 자신들보다 살기가 좀 낮거나 방탕하고 잘못 살아가고 있는 이들에 대해서는 반감과 조롱을 보내는 데에서 잘 드러나고 있다. 전체적으로 이 작품에서는 많은 사건들이 빨래터를 중심으로 등장 인물들의 대화를 통해 발산되고, 작가의 서술에 의해 수렴되고 있다. 즉, 빨래터를 중심으로 사건이 전개되고, 작가 서술로 사건이 마무리된다.

박태원은 이 세 의미 공간을 중심으로 작가 자신의 전지적인 서술과 함께 등장 인물들의 눈을 통해서 사건을 드러내면서 등장 인물들의 대화를 많이 제시하고 있다. 이러한 사건 제시 방식은 일단 작가가 자신의 주관을 간접적으로 드러내면서, 다양한 사건들을 제시할 수 있는 잇점을 가지고 있다.

이 작품은 외부 시점인 전지적인 작가의 서술과, 내부 시점인 인물들의 대화는 서로간에 자연스럽게 넘나들고 있다. 이러한 자연스러움은 주로 자유간접문체에 의해 이루어지고 있다. 여기에서 외부 시점인 전지적 작가 서술은 중개성을 가지고 있기 때문에 독자와의 거리감을 부여하지만, 내부 시점으로 제시되고 있는 장면 제시는 비중개성의 환상을 불러 일으킨다. 따라서 주로 등장 인물들의 대화로 이루어진 이 작품의 장면묘사는 독자들에게 매우 강렬하게 행동에 참여하는 느낌을 가져다 준다.[32] 그리고 내부시점으로 재봉이와 민주사, 기미꼬, 하나꼬,

---

32) Phyllis Bentley, 「The Theory of the Novel」(The Free Press, 1967), 53쪽.

그리고 금순이가 화자-인물로서 등장하고 있어 경험자아는 축소되고 서술자아는 확대되어 있다.

이상에서 살펴 본 것을 정리해 본다면 다음과 같다.

박태원은 이 작품에서 청계천이라는 도시 변두리에서 일어나는 사소하고 일상적인 사건들을 인물들의 대비나, 사건들의 대조를 통해 제시하고 있다. 작가적 서술상황으로 되어있는 이 작품은 인칭에 있어서는 3인칭을, 그리고 시점은 외부시점으로 나타나며, 양식에 있어서는 간혹 반성자-인물이 나타나기도 하지만 화자-인물이 우세하다.

등장 인물들을 살펴보면 행복과 불행, 그리고 성실과 타락한 생활이라는 측면에서 그들의 행위가 묘사되고 있다. 이들 사건들은 주로 대조나 병치의 기법 등을 제시되고 있다. 특히 공간적인 묘사방식인 병치는 인물의 행위와 플롯이 지닌 연속의 원리를 깨뜨리고 사건을 다각도로 제시하는데 유용하게 쓰이고 있다. 또한 영화 기법인 '카메라의 눈'의 차용과 시점의 변이를 통한 다양한 화자의 설정에 의해 청계천변을 중심으로 한 도시 하층민들의 다양한 삶의 모습이 구체적으로 묘사되고 있다.

그리고 이 작품에서 제시되고 있는 사건들은 주로 빨래터와 이발소, 그리고 평화카페 등 세 개의 의미공간을 중심으로 서술되고 있다. 이 중 특히 빨래터는 사건들의 내용이 제시되는 공간과 수렴되는 공간으로서의 역할을 하고 있으며, 중간 중간에 제시되고 있는 전지적인 작가 개입과 요약은 작가의 의도를 드러내는 기능을 하고 있다. 따라서 이 작품에서 제시되고 있는 도시 하층민의 생활상은 작가의 태도에 의해 일정한 의도로 편집되어 서술되고 있다고 할 수 있다.

3) 도시적 삶과 근대화의 실상

소설은 기본적으로 인물이나 상황을 통해서 작가의 관심을 드러내게
되어 있다. 그러나, 이 작품은 이와 같은 소설의 일반론을 거부하고 있
다는 점에서 몇 가지 새로운 점을 갖는다. 우선 이 작품에는 특정한 주
인공이 없다. 실제 많은 인물들이 소설 속에 등장하고 있으나, 어느 한
인물에 작품의 초점이 맞춰져 있지는 않다. 즉, 여러 인물들의 시선을
통해 다양한 이야기들이 전개된다는 점에 이 작품의 특징이 있다. 실제
로 등장하는 인물들은 재봉이, 민주사, 점룡이 어머니, 이쁜이와 이쁜이
어머니, 만돌이 어머니 등 30여명이 넘게 나오고 있으나, 이들 중 누구
를 주요 인물로 확정하여 작품을 이해하기에는 곤란한 점이 있다. 따라
서 이 작품은 인물보다도 생활상을 중심으로 주제를 드러내고 있음을
알 수 있다.

「川邊風景」은 제목이 암시하는 바와 같이 '천변'을 서사공간으로 설
정하고, 그 속에 살고있는 도시 서민들의 생활 환경, 즉 당대 사회의 모
습을 다양하게 펼쳐 보이고 있다. 그러므로 이 작품의 주제를 파악하기
위해서는 먼저 작품의 공간적 배경으로 설정된 '청계천변'이 가지는 의
미를 명확히 파악할 필요가 있다.

이 작품의 공간적 배경으로 설정되어 있는 1930년대 무렵의 서울 청
계천변은, 당시 별다른 재주나 재산이 없이 무작정 시골에서 상경한 이
들이나, 서울의 가난한 이들이 많이 몰려 손쉽게 정착할 수 있는 곳이
었다. 이들에게 청계천변이 가장 손쉽게 정착할 수 있는 곳이 된 데에
는 몇 가지 이유가 있었다. 당시 농촌 생활에 견디지 못하고 특별한 기
술이나 학식도 없이 서울로 올라와 자리를 잡아 보려고 했던 사람들은
일반적으로 삶의 터전을 도시에 두고 있었기 때문에 되도록이면 도심

지와 가까운 곳을 선호[33]하였다. 그러나, 그 중에서도 극심한 생활고로 교통비조차 제대로 감당하기 어려웠던 사람들이 비교적 도심과 가까우면서도 부유한 이들의 눈총을 사지 않고 자리를 잡을 수 있는 곳은 실상 몇 곳 되지 않았다. 이런 이들에게 있어 청계천변은 최선이자, 거의 유일한 선택이 된다. 이곳은 지리적으로도 그들이 생계를 의탁하고 있는 도심과 지극히 가까울 뿐더러, 부유한 이들의 눈총을 특별히 의식하지 않아도 되는 곳이었기 때문에, 어려운 사람들끼리 서로 의지하며 살아가기에는 최적의 공간이었다.

이 때문에 청계천변은 물이 가지고 있는 기본적 상징성과 연결되어 다음 세 가지의 작가 의도를 반영하고 있는 것으로 보인다. 첫째, 도시 하층민들의 삶의 터전으로서 그들의 삶을 가장 적나라하게 들여다 볼 수 있는 공간이라는 점이다. 둘째로는 이 작품에서 시대의 추이(推移) 및 이에 지배받는 가난한 이들의 애환을 드러내는 장소가 된다는 점이다. 이 점은 그들의 삶이 정착되거나 안정된 상태가 아니라는 것을 독자에게 알려주는 역할도 병행한다. 셋째는 다양한 등장 인물들의 삶이 합일될 수 있는 공간으로 설정되어 있다는 점이다. 이것은 등장인물들이 상호간에 불신과 반목이 아니라, 동정과 이해로 서로 연대되어 있다는 것을 의미한다. 또한 이 점은 작가가 이 작품의 기본적인 창작 방향으로 도시 하층민들의 삶의 애환을 구체적으로 보여주면서, 이 삶의 애환이 근본적으로 잘못된 시대 상황에서 비롯되고 있다는 것을 암시하고, 그러면서도 도시 하층민 상호간의 강한 인간적 유대감을 보여주려는 쪽에 맞춰져 있음을 알게 해 준다. 즉, 이 작품에서는 결혼과 이혼, 경제적인 몰락과 정신적인 타락의 세태 속에서 서로간의 인물들 사이에 일어나는 여러 가지 상황 등을 서로 대비시키거나 희화시켜 묘사함

---

33) 김경일, 일제하 도시 빈민층의 형성, 「한국의 사회신분과 사회계층」, 한국사회사연구회 편, 文學과 知性社, 1990, 220쪽.

으로써 작가의 의도를 드러내고 있다.

이와 같은 작가의 창작 의도 때문에 이 작품은 1930년대 서울 서민층의 세태 묘사를 통한 병든 세계의 제시에 초점이 모아지게 된다. 병든 세계의 제시는 크게 두 가지 방면에서 시도되고 있다. 첫 번째는 청계천변에 살아가고 있는 도시 하층민들의 대다수를 이농민으로 설정하고, 그들의 상경 양상을 통하여 당대의 문제점을 간접적으로 제시하는 방법이며, 두 번째는 빨래터와 이발소, 카페라는 세 의미공간을 통하여 도시 하층민들의 한계상황과 삶의 정체성, 그리고 이를 초래하는 물질 중심의 도시적 논리를 보여주는 방법이다.

이 작품에 등장하는 도시 하층민들 중에는 자신이 이제까지 영위해 온 삶의 공간을 박탈당하고 서울로 올라와 청계천변에 자리잡게 된 인물들이 가장 많이 그려지고 있다. 그들이 고향을 떠나 서울로 와서 청계천변에 자리잡게 되는 과정은 대체로 다음 네 가지의 유형으로 집약된다.

첫 번째 유형은 한약국집 사환인 창수로 대표되는 입신출세 지향형의 인물이다. 창수는 부모를 졸라 돈을 벌기 위해 서울로 온다. 처음 그는 어린아이에게까지도 놀림을 받을 정도로 어리숙한 시골 아이의 모습을 보여준다. 따라서 그는 힘든 서울 생활에 지친 모습을 잠시 보여주기도 한다. 다음과 같은 예문은 이런 창수의 모습을 구체적으로 드러내 주는 부분이다.

> 창수는, 비애와, 애원과, 원망과…… 그러한 왼갖 감정이 뒤범벅을 한 눈을 들어, 얼마동안 가게주인의 얼굴만을 치어다 보았다. 그러나 그러한 것이 이 경우에 아무런 보람도 있을 턱 없이, 그대로 하는 수 없는 발길을 옮겨 다시 약국 앞에까지 왔던 것이나, 그냥 문 안으로 들어설 용기가 나지 않는채, 담에 가 시름 없이 몸을 기대서려니까, 이제까지 목구녕 넘어에 눌러두었

던 울음이, 바루 제 때나 만난듯이 복받혀 올랐다.

　고생이 되어도 좋다고, 어떠한 일이든지 하겠다고, 그저 서울
로만 보내 달라고, 어머니며, 아버지를 졸랐던 어제까지의 자기
가 자꾸 뉘우쳐졌다. 아버지가 볼일 보러 간 곳이 대체 어데쯤
인지, 만약 찾아 갈수만 있다면 지금이라도 당장 그리로 달려가
고 싶었다. 그리고 아버지에게 하소하면, 아버지는, 물론, 이러
한 경우에도 반드시 「자기의 편」일 것으로, 어린 아들을 좀더
고생시키는 일 없이, 다시 손을 이끌고 시골로 나려 갈 것이다.
(56~57쪽)

　한약국집 점원으로 취직하게 된 창수가 서울에서 지내게 된 첫날 서
울 생활에 대해 느끼는 감정은 고생과 울음으로 대변된다. 어린 그에게
서울 생활이란 자신의 생각만큼 간단하게 다가오지 않는다. 그러나, 반
년이 지난 후의 창수는 이와는 전혀 다른 모습을 보여준다.

　　"에그, 자식두…… 그래, 인마. 잠깐만 야시엘 가치 가재두 그
　놈의 김딱부리가 무서워서 못가는 놈이 아주 활동사진 구경을
　가? 늬가 갈것만 겉으면, 내, 시켜줘ー. 허지만 바보가 못나오
　는걸 으떡해."
　　그리고 곧 뒤를 이어, 일직부터 일러준다, 일러준다, 하면서
　그대로 지내온 것을, 이왕 말끝이니 아주 일깨 주는 것이라는듯
　싶게,
　　"얘, 참 너두, 인마, 바보 겉이 굽실거리구만 있지 말어. 그까
　지꺼 월급두 못 받는걸 이발소에가 붙어 있지 않으면 그래 어디
　있을데가 없니? 훙……."
　　아주 보기 좋게 코웃음조차 치는 품은 도저히 올봄이나 그렇
　게 비로소 서울구경을 한 소년같지가 않은 것이다. (257쪽)

　이상의 예문에서 보듯이, 처음 서울에 올라와서는 두 세살 먹은 어린

애들한테도 놀림감이 되었던 시골소년이었고, 몇 개월 전만 해도 잔돈을 잘못 받아왔다고 약국주인에게 혼날까봐 약국문을 들어서지도 못했던 시골소년 창수가 도시에 몇 달 동안 머무는 동안 완전히 변모하고 있다. 그의 이러한 변모는 자기보다 먼저 서울생활을 시작하긴 했지만 고지식하게 지내는 이발소 소년인 재봉이를 무시하고 조롱하는 처지로까지 발전하고 있다.

두 번째 유형은 금순이의 가족으로 대표되는 변신 의도형(變身 意圖型)의 인물이다. 시어머니의 구박에 못 견뎌 자살을 기도하던 금순이는 '좋은 직장에 취직시켜 주겠다'고 유혹하는 인신매매범의 달콤한 말에 속아 서울로 오게 된다. 또한 금순이의 친정 아버지와 동생도 고향에서 더 이상 살아가기가 힘들어 일본에 밀항해 새로운 삶을 영위해 보고자 하나, 사기꾼과 친구에게 속아 돈을 다 털리고 어쩔 수 없이 상경하게 된다. 이러한 인물형은 자신이 살아온 농촌에서 더 이상 의미를 찾지 못하게 된 인물이 새로운 생활을 위해 상경하는 경우라고 할 수 있다.

세 번째 유형은 만돌 어머니로 대표되는 탈출 도모형(脫出 圖謀型)의 인물이다. 만돌 어머니는 남편의 구박 때문에 도시로 탈출하여 새로운 생활을 추구하는 인물이다. 그러나 자식들과 곧 뒤따라 올라온 남편 때문에 그의 생활은 전혀 달라지는 모습을 보이지 못한다. 이러한 인물들은 답답한 자신의 처지에서 벗어나기 위해서 상경하는 인물들이나, 상경 후에도 처지가 전혀 바뀌지 않는 유형이라 하겠다.

네 번째 유형은 금순이 시아버지로 대표되는 선택-적응형(選擇-適應型)의 인물이다. 금순이 시아버지는 며느리가 도망치고 마누라가 죽는 등 가정이 극도로 황폐화되자, 남아있던 전답을 모두 정리하여 상경하는 인물이다. 그는 상경 후 친구의 꾀임으로 친구가 경영하던 부실한 술집을 인수하여 경영하게 되나, 그다지 큰 손해는 보지 않고 근근히 자신의 기본적인 생활을 유지해 나간다. 따라서 이러한 인물은 상황의 변화에 따라 어쩔 수 없이 도시생활을 선택하고 있는 인물형이라고 할 수 있다.

이 작품에서 제시되고 있는 이농민의 상경 양상은 이상의 네 가지로 묘사되고 있다. 작가가 이처럼 이농민의 상경 양상을 자세하게 언급하고 있는 것은 당대의 조선인들이 어떻게 자신의 터전을 상실하고 도시로 유입되는가를 적나라하게 보여줌으로써 당대의 문제점을 우회적으로 비판하려 한 것으로 판단된다.

이와 함께 작가는 빨래터, 이발소, 카페라는 세 의미공간을 중심으로 당대 사회가 그 소속인들에 강요하는 한계상황과 삶의 논리를 보여주고 있다. 이 세 의미공간은 청계천변에 모여 살아가는 사람들이 가장 많이 모이는, 따라서 청계천변에서 일어나는 모든 정보가 그 어느 곳보다도 빨리, 그리고 정확하게 전파되는 장소이다. 따라서 이 세 의미공간은 청계천변을 삶의 터전으로 삼아 생활하고 있는 당대인들의 소외된 삶의 모습을 구체적으로 보여주는 장소가 된다.

작품 내에서 빨래터는 청계천변에 사는 여자들이 모여서 빨래를 하면서 동네에서 일어나는 여러 가지 새로운 소식들을 교환하는 장소로 설정되어 있다. 여기서 빨래터는 청계천이 가지고 있는 상징성과 연관되어, 두 가지 의미를 함축하고 있는 상징적 공간으로 해석된다. 첫째로 빨래터는 도시 하층민들이 가지고 있는 인간애와 연대감을 확인하는 공간이라는 점이다. 그리고 둘째로는 잘못된 세계로부터 축출된 소외된 군상들이 가지고 있는 삶의 정체성(停滯性)을 적나라하게 보여주고 있는 공간이라는 점이다.

빨래터에 나오는 아녀자들은 대부분 당대 사회에서 가장 힘들게 살아가는 소외된 계층이다. 이는 빨래터에 등장하여 이야기를 하는 동네 아낙네들이 남의집살이[34]를 하고 있거나, 어려운 살림을 하고 있는 인물들[35]로 설정되어 있으며, 이들이 자신들과 같거나 비슷한 처지에 놓인 사람들에게는 강한 애정을 표시[36]하고, 반대로 자신들보다 살기가 좀 낫거나 방탕하고 잘못 살아가고 있는 이들[37]에 대해서는 반감과 조롱을 보내는 데에서 잘 드러나고 있다. 즉, 이들 가난한 도시 하층민들이 서로간에 깊은 공동체 의식을 가지고 있음을 직접적으로 보여주고 있는 것이 바로 이 빨래터이다. 빨래터에 모인 아녀자들은 주변에서 일어나는 새로운 정보를 서로 주고 받는 한편, 남의 일에도 직접 간접으로 간섭하면서, 어려운 처지에 처한 이웃에 따뜻한 정을 베풀기도 한다. 이러한 것은 시골서 처음 올라온 만돌이 어머니가 천변에서 빨래를 하다가 샘터 주인에게 곤욕을 당하는 장면과 이쁜이가 시집에서 학대를 받고 지내는 것을 알고 이를 동정하여 나름대로 도와 주려고 애쓰는 장면에서 구체적으로 확인할 수 있다.

그리고 청계천변에 살아가는 하층민들은 이 작품이 시작된 1절에서나, 이 작품이 끝나는 50절에서나 변모하는 삶의 모습을 보여주지 못한다. 하층민들이 갖고 있는 삶의 정체성은 이 작품에서 빨래터의 여러 인물들을 대변하고 있는 점룡이 어머니의 생활을 통해서 상징적으로 제시되고 있다. 점룡이 어머니는 '남에게 빚만 자꾸 늘고, 방세 삼원도 벌서 석달치가 밀린채, 매월 양력 초사훗날이면, 전당국으로 기미 내러

---

34) 작품 내에서 귀돌어멈은 한약국집 안잠자기, 만돌어멈은 한약국집 행랑어멈, 칠성어멈은 민주사네 행랑어멈, 필원이네는 기생집 드난살이로 설정되어 있다.

35) 이쁜이 어머니, 점룡이 어머니 등이 여기에 속하는 인물들이다.

36) 샘터 주인인 김 첨지에게 혼나고 있는 만돌어멈의 역성을 들고, 이쁜이의 고된 시집살이와 신전집의 몰락 및 그로 인한 낙향에 대해 동정(同情)을 표하는 등의 행동은 이들의 이런 태도를 극명하게 보여주는 것이라 할 수 있다.

37) 민주사, 포목점 주인, 샘터 주인인 김첨지, 이유 없이 아내를 구타하는 만돌 아범, 이쁜이의 남편인 강석주, 하나꼬의 남편인 최진국 등 대부분 남성들은 부정적인 인물로 제시되고 있다.

가느라 법석인'38) 생활을 하는 인물이다. 그는 이렇게 곤궁하게 살아가
면서도 매월 열사흘 날이면 '돌다가'계의 계돈을 내러 가기에 바쁜 모
습을 보여준다. 그가 계돈을 내러가는 장면은 이 작품의 여러 곳에서
묘사되고 있는데, 이는 '돌다가'계라는 이름과 결합되어 더 이상의 발
전이 없는 정체된 삶을 살아가는 모습을 상징하고 있다. 또한 만돌이
어머니가 남편의 학대를 피해 시골에서 상경하여 청계천변에서 새로운
생활을 시작했지만 여전히 예전의 삶의 형태를 벗어나지 못하는 모습
도 이를 반영한다.

　이상에서 살펴 보았듯이 빨래터는 이 작품에서 도시에서 힘들게 살
아가고 있는 하층민들의 정체된 삶을 드러내는 공간이면서, 동시에 그
들이 가지고 있는 기본적인 연대감을 자연스럽게 제시하는 공간으로서
의 역할을 하고 있다. 따라서 빨래터는 자연스럽게 이 작품에서 가장
중심적인 의미 공간으로 부각된다.

　이 작품에서 화자－인물인 재봉이의 관찰장소로 설정되어 있는 이발
소도 기본적으로는 빨래터와 같은 의미를 가지고 있다. 빨래터와의 차
이점은 이곳이 기본적으로 남자들만 모여드는 공간이라는 점 뿐이다.
따라서 이발소는 빨래터에서 이야기되기 어려운 중산층 남자들의 허위
의식과 문제점을 본질적으로 드러내는 역할을 하고 있다. 재봉이의 관
찰행위를 통해 묘사되는 포목점 주인의 허위의식은 이를 잘 보여준다.

　　　그 신사는, 우선, 몸이 뚱뚱하고, 더욱이 배가 앞으로 쑥 나왔
　　　다. [……중략……] 그 중에도 장관인 것은, 그의 코로, 그 이를
　　　테면 벌렁코 종류에 속하는 크고 둥근 콧 잔등이가, 근래는 단
　　　연히 금주하였음에도 불구하고, 역시 전에 그가 애주하였을 때
　　　의 그 기림으로, 새빨갛게 줏독이 든 것이, 여간 탐스러웁지 않

---

38) 朴泰遠, 「川邊風景」, 앞 책, 404쪽.

다. 그러한 얼굴에다. 그우에, 그가 애용하는 중산모를 얹고, 실
내화 신은 발을 천천히 옮겨 걸어 갈 때, 그를 대하는 모든 사람
이, 마음에 은근한 기쁨을 갖드라도, 그것은 결코 이상한 일이
아닐 것이다. 더구나 그가 남의 앞에서 질겨 꺼내 보는 그 시계
는 참말 금시계지만, 역시 십팔금인 것같이 남이 알아 주기를,
은근히 바라고 있는 듯 싶은 그 시계줄이, 사실은 오금에 지나
지 않는다는 것을, 이발소 안에서의 풍문으로 들어 알고 있는
소년은, 그의 태도와 걸음걸이가 점잖으면 점잖을수록에, 더욱
이 속으로 우수웠다. (32~33쪽)

이처럼 중산층 인물들의 행위는 이발소 소년인 재봉이의 관찰행위를
통해 희화적으로 묘사되거나 부정적으로 제시되고 있다. 여기서 주로
제시되거나 서술되는 내용들은 포목점 주인의 허위의식과 민주사, 종
로은방 주인, 양약국집 주인인 최진국 등의 타락양상이다. 따라서 이발
소는 중산층 인물들이 내보이는 허위의식과 타락양상을 드러내주는 상
징적인 공간이라고 할 수 있다.

이 작품에서 세 번째의 의미공간으로 제시되고 있는 '카페'는 빨래터
및 이발소와는 공간으로서의 의미가 달리 제시되고 있다. 빨래터와 이
발소가 주로 1930년대 서울 청계천변의 도시 하층민들을 대상으로 그
들의 다양한 삶을 통해 잘못된 세태를 폭로하는데 그 의미를 두고 있다
면, 카페는 단순한 폭로가 아니라 당대 사회에서 소외된 도시 하층민들
이 가지고 있는 성실한 삶의 자세와 상호간의 연대감을 강력하게 표출
하고 있다는 점에서 다른 의미공간과 차별성을 가진다.

일반적으로 생각할 때 카페는 청계천변에 사는 도시 하층민들이 생
활고에 시달려 어쩔 수 없이 택하게 되는 곳으로, 삶의 있어서 종착역
의 의미를 갖는다고 판단할 수 있다. 카페여급들은 1930년대 가난한 여
성들의 직업을 대표한다. 1930년대 조선인 여성들의 상업인구를 살펴

보면 대부분이 접객업에 종사하고 있다. 전국적으로 192,240명에 이르는 여성상업인구 중에서 거의 50%에 이르는 91,357명이 접객업에 종사하고 있었으며, 서울지역(京城府)만을 한정하여 살펴보면 3,989명의 여성상업인구 중에서 74%에 해당하는 2,935명의 여성이 접객업에 종사하고 있었다.[39] 이로 미루어 알 수 있듯이 도시에서 여성의 상업활동은 여급생활이 대부분임을 나타낸다. 즉, 가난한 집의 여성들이 나서서 일할 수 있는 접객업의 대표적인 존재가 카페여급이었음을 말해준다. 카페는 전문적인 기술을 갖지 못한 가난한 여성들이 밥벌이를 위해 택할 수 있는 거의 유일한 직업이었기 때문에 그 곳에는 삶의 애환이 가득할 수 밖에 없었다.

그러나 여기서는 이러한 부정적 의미보다 성실한 직업여성들의 삶을 드러내는 공간으로서의 기능을 하고 있다. 즉 이 작품에서 카페가 갖는 의미공간으로서의 역할은 중산층의 타락상을 노출시키는 기능보다는, 기미꼬라는 한 카페 여급을 통해 도시 하층민들이 가지고 있는 인간애와 연대감을 확인시켜 주는 공간이라는 점에 있다. 이것은 앞에서 청계천변을 작품의 공간적 배경으로 선택한 작가의 창작의도와도 관련된다. 앞에서 작가가 청계천변을 설정한 의도를 살펴보았는데, 그 중 청계천변을 삶의 터전으로 하여 살아가는 도시 하층민들의 다양한 삶이 합일될 수 있는 공간이라는 것과 의미공간으로서의 카페의 설정은 일맥상통한다. 카페 장면에서 주로 드러나고 있는 것은 여급인 기미꼬를 중심으로 한 도시 하층민들의 성실한 삶의 태도와 따뜻한 인간애이다. 이것은 이발소 사환인 재봉이의 성실함, 그리고 금순이와 그의 동생이며 당구장 사환으로 일하는 순동이의 성실함과 연관되어 부분적으로는 보다 나은 삶을 영위할 수 있는 전망을 형성한다. 그러나 이들도 도시

---

39) 김경일, 앞 글, 239쪽.

하층민으로서의 한계상황을 극복하기에는 삶의 기반이 너무나 허약하기 때문에 삶의 정체성을 드러내는 데 있어 보조적인 성격을 띤다.

이처럼 청계천변은 도시 하층민들의 한계상황과 삶의 정체성을 드러내기 위해 설정된 의미공간이 된다. 이러한 공간 속에서 살아가는 하층민들에게는 먼저 도시화가 문제가 된다. 여기에서 제시되고 있는 도시화는 '자본주의적 경제 논리'[40]가 지배하는 공간을 의미한다. 이 작품에 등장한 수많은 인물들은 각기 나름의 방법으로 이 도시화에 대응 또는 적응하려는 노력을 보여주고 있다. 먼저 작품의 서두에 나오는 아낙네들의 대화는 이것을 여실하게 드러내 준다.

> "아아니, 요새, 웬 비웃이 그리 비싸우?"
>
> [……중략……]
>
> "글세, 요만밖에 안되는걸, 십삼전을 줬구료. 것두 첨엔 어마하게 십오전을 달라지? 아, 일전만 더 깎재두 막무가내로군."
>
> 지금 생각하여보아도 어이가 없는듯이, 빨래 흔들던 손을 멈춘채, 입을 딱 버리고 옆에 앉은이의 얼굴을 치어다 보려니까, 그의 건너편으로 서너사람째 앉은 얽음뱅이 칠성어멈이,
>
> "그, 웬걸 그렇게 비싸게 주구 사셨에요? 어제 우리 안댁에서 두 사셨는데 아마 한마리에 팔전꼴두 채 못된다나 보든데……"
>
> [……중략……]
>
> "어유우, 딱두 허우. 낱개루 사먹는것허구, 한꺼번에 몇두룸씩 사먹는것허구, 그래 곁담? 한마리 팔전씩만 헌담야 우리겉은 사람두, 밤낮, 그 묵어빠진 배추김치좀 안먹구두 사알게?"

---

40) 여기서 이야기되는 '자본주의적 경제논리'란 물질 가치에 의해 인간의 의식이나 사회경제적 활동이 좌우되는 경우를 말한다. 이는 자본주의가 본격적인 궤도에 오른 사회가 아니더라도 흔히 나타날 수 있는 현상이다. 봉건체제가 아직도 그 영향력을 유지하고 있던 조선조 말에 쓰여진 朴趾源의 「許生傳」에서 주인공 許生이 매점매석이라는 자본주의적 경제논리에 충실한 모습을 보여주고 있는 것은 이 경우 대표적이다.

사내같이 우락부락한 소리로 하는말에, 이쁜이어머니는 고개
를 끄덕이어 동의를 표하기는 하면서도, 반은 혼잣말로,
　"그 묵은 통김치나마 넉넉하게나 있었으면 좋겠수. 우린 그나
마두 낼만 먹으면 그만야." (3~5쪽)

　이상의 인용에서 보듯이, 도시의 자본주의적 경제논리는 이미 그들
의 생활 속에 깊이 파고 들어 그들의 생활을 구속하고 있다. 똑같은 '비
웃'이 한 쪽에서는 십삼 전에, 다른 쪽에서는 팔 전꼴도 안 되는 값에
팔리고 있다. 오히려 없는 자에게 더 비싸게 값을 받는 모순이 생기고
있는 것이다. 그러나, 동네 아낙네들 중 어느 누구도 이 잘못된 상황에
대해 항의할 생각을 하지 못한다. 이것은 이미 그들이 자본주의적 경제
논리에 깊숙이 함몰되어 있음을 의미한다.

　이러한 도시의 속성에 함몰된 도시 하층민들이 겪는 고통과 그로 인
한 당대인들의 변모된 생활관은 등장 인물들의 삶을 통해 구체적으로
제시되고 있다. 청계천변에서 살아가는 도시 하층민들의 삶의 애환을
초래하는 도시의 문제는 다음 세 가지로 정리될 수 있다. 첫째, 도시는
그들에게 전통사회의 규범에서 벗어나 새롭게 형성된 자신의 논리를
따를 것을 요구한다. 이 경우, 이러한 요구를 제대로 따르지 않는 자나
새로운 변화에 민첩하게 대응하지 못하는 인물들은 몰락하거나, 좌절
하는 것이 필연적이다. 둘째, 정의(情義) 중심의 세계에서 자본 중심의
세계로의 가치관 전이를 요구한다. 따라서 전통적 사회의 덕목이었던
근면과 성실보다, 새로운 가치인 이익 추구가 우월한 위치를 획득하게
된다. 셋째, 남성들의 전통적인 권위가 무너져 내리면서 여성들의 자각
에 따라 충돌을 일으키고 있다. 이 작품에서 남성들의 모습은 대부분
부정적으로 제시되고 있는데 이는 부권의 상실로 연결되고 있다.

　첫 번째로 제시한 도시적 논리에 따르지 않아 패배하는 인물로는 신

전집 주인과 이쁜이 어머니를 들 수 있다. 신전집 주인은 한 때는 세월
이 좋아, 자신이 만들었던 징신과 마른신을 팔아 십여 년 동안 살림을
떠벌리고 살았으나, 고무신이라는 새 상품이 등장하면서 가세가 급락
(急落)하여, 결국 강화도로 낙향하게 된 인물이다. 그의 몰락은 동네 아
낙네들의 이야기를 통하여 다음과 같이 드러내고 있다.

> "으떡거다 그러긴…… 그것두 다아 말허자면 시절 탓이지. 그
> 래, 이십년두 전에 장사를 시작해서 한 십년 잘해 먹던 것이, 그
> 게 벌서 한 십년 될까? 고무신이 생겨가지구 내남직 헐것 없이
> 모두들 싸구 편헌 통에 그것만 신으니, 그래 징신 마른신이 당
> 최에 팔릴 까닭이 있어? 그걸 그 당시에 으떻게 정신을 좀 채려
> 가지구서 무슨 도리든지 간에 생각해 냈드라면 그래두 지금 저
> 지경은 안됐을껄, 들어 오는 돈이야 있거나 없거나, 그저 한창
> 세월 좋을 때나 한가지루, 그대루 살림은 떠벌린 살림이니, 그,
> 온전허겠우?…… 집, 잡혔겠다, 점방두, 들앉었겠다, 남에게 빚
> 은 빚대루 졌겠다. 아, 그나 그뿐인줄 아우?" (9쪽)

위의 인용문에서 드러나듯이 신전집 주인이 몰락하여 강화도로 가게
된 것은 개인의 불성실 때문이 아니라, 오직 새로운 사회의 변화에 민
첩하게 대응하지 못했기 때문이다. '그 당시에 으떻게 정신을 좀 채려
가지구서 무슨 도리든지 간에 생각해 냈드라면' 하는 점룡이 어머니의
말은, 도시화의 진행에 따라 사회의 가치가 변화되고 있음을 인식하지
못하여 결국 신전집이 몰락하게 되었음을 단적으로 드러낸다.

둘째, 정의(情義) 중심의 세계에서 자본 중심의 세계로의 가치관 전이
를 요구함에 따라 전통적 사회의 덕목이었던 근면과 성실보다, 새로운
가치인 이익 추구가 우월한 위치를 획득하게 된다. 이러한 모습을 잘
드러내는 인물로는 샘터 주인이 있다. 샘터 주인 김첨지는 자신이 관리

하고 있는 샘터에 대해 경우에 따라 다른 입장을 표명하고 있다. 샘터의 수입이 적지 않음을 부러워하는 칠성 아범에게 김첨지는 처음에 다음과 같이 말하고 있다.

> "아아니, 내가 뭐, 버는 게 있어서? 빨래래야 그저 여름 한철이지. 그 것두 이제 장마나 지면 다 쓸려내려가구…… 흥! 그야말루 오전 십전 빨래값 받어 가지구 해마다 세금 받히려면 찔찔매는 판인데……."
> 그리고 그는 잠깐 말을 끊었으나, 칠성아범이,
> "허지만……."
> 하고, 또 이의를 제출하려는 기색에, 그는 즉시 말을 이어,
> "더구나, 소문을 들으면, 무어 청개천을 덮어버린단 말이 있지 않어? 위생에 나쁘다든가…… 그러니, 정말 그렇게나 되구 본댐야, 인젠 삼순구석두 참 정말 어려울 지경이니…… 흥! 말두 말어." (187쪽)

샘터 주인인 김첨지의 말은 한 마디로 샘터 장사가 그다지 큰 벌이가 없다는 이야기이다. 그러나, 샘터를 팔라는 용돌이의 말에 대해서는 다음과 같이 반발하고 나선다.

> "허지만, 일백오십환이면 괜찮지 않우? 사실 빨래래야 여름 한철이구, 더구나 인제 장마나 지면 틀려 먹는게구……."
> "흥! 아니, 여름 한철이라니, 그럼 봄 가알 겨울엔 빨랠 안해 입는단 말인가? 장마가 지면 그대루 개천이 송두리채 떠나간단 말인가? 웨 어림두 없이 이러는거야?"
> "허지만, 개천을 덮는단 말두 있지 않우? 허니, 아주 이번에 작자가 난 김에……."
> "아니, 이 개천을 덮어? 무슨 수루 이 넓은 개천을 덮어? …… 그러지말구 바루 하눌에 올러가서 별을 따오라지." (194쪽)

자신의 이해 득실 여하에 따라 동일한 대상에 대해 금방 했던 말을 번복하는 모습을 보여주고 있는 샘터 주인 김첨지의 태도는 전형적인 장사꾼의 모습이라고 할 수 있다. 그러나, 그는 이 작품에서 제시되고 있는 중산층 인물들과는 달리 겨우 담배값이나 궁하지 않을 정도의 생활수준에서 벗어나지 못하고 있다.

셋째로 제시한 전통적인 부권(夫權)의 상실과 여성들의 새로운 자각은 타락한 중산층의 인물과 만돌이 아버지 등 부정적인 아버지나 남편상으로의 묘사와, 이쁜이나 만돌이 어머니가 새출발을 시도하는 모습 등으로 제시되고 있다. 이 작품에서 등장하는 대부분의 성인 남성들은 잃어가는 남성의 권위를 지켜가고자 애쓰고 있다. 경제적인 능력이 있는 포목점 주인은 중산모와 오금에 지나지 않는 금시계줄을 통해서 자신의 권위를 유지하려고 하고 있고, 민주사는 가능성이 없는 부회의원에 출마함으로써 자신의 권위와 지위의 상승을 꾀하고 있다. 경제적인 능력이 없는 이쁜이 남편이나 만돌이 아버지는 여성 편력이나 폭력을 통해 자신들의 권위를 유지하려고 애쓰고 있다. 이처럼 민주사나 포목점 주인, 양약국집 아들 최진국, 이쁜이의 남편인 강진국, 만돌이 아버지, 금순이 시아버지 등 계층과 신분을 가리지 않고 남성들은 대부분 부정적으로 묘사되고 있다. 이들 중에서도 경제적으로 무능한 모습을 보이면서 아내에 대한 맹목적이고 이유 없는 횡포를 저지르는 남편으로 제시되고 있는 만돌이 아버지의 모습은 구시대의 불건전한 생활을 나타내고 있기도 하지만, 또 한편으로는 몰락해 가는 부권사회의 한 단면을 나타내는 것으로 경제적인 능력상실에 따라서 자신의 권위를 잃어가는 데 대해 반발하는 남성들의 모습을 상징하는 것으로 볼 수 있다. 즉 만돌이 아버지처럼 없는 계층의 무능한 남편들이 자신의 가족에게 맹목적으로 사용하는 폭력행위도 지위상승을 기대할 수 없는 현실과 남성의 권위 실추에 대한 좌절감의 다른 표현이다.

　　반면에 남편의 구타에 못 이겨 가출하여 상경하는 만돌이 어머니나, 시집의 온갖 구박을 견디다 못해 이혼하는 이쁜이의 모습, 딸 이쁜이가 학대받으면서도 시댁에서 참고 견디며 사느니 차라리 이혼시켜 자기와 함께 사는 것을 더 바람직하게 여기는 이쁜이 어머니의 모습 등은 더 이상 여성들이 전통적인 규범에 얽매여 있지는 않다는 것을 보여준다. 그러나 이들의 행위는 당대 사회의 보편적인 인식의 한계를 극복하지 못하고 다만 시도로서의 의미 제시에 머물고 있다. 이것은 만돌이 어머니가 뒤쫓아 상경한 남편의 구타에 계속 시달리면서도 만돌이와 수동이 때문에 더 이상의 가출을 포기하고 살아가는 모습이나, 이쁜이가 이혼 후에 새로운 삶을 영위하는 모습을 보이지 못하는 모습에서 보듯이, 아직까지 이들의 자각은 초보적인 상태에 머물고 있음을 의미하는 것이라 할 수 있겠다.

　　이와같은 한계상황으로서의 도시화가 가지고 있는 부정적 의미에 의해 등장인물들이 보여주고 있는 삶의 가치관도 크게 왜곡되어 나타나게 된다. 주로 부정적인 현상으로 제시되는 이러한 변모의 양상은 물신숭배(物神崇拜) 풍조의 확산과 성(性)의 타락이다. 다음 장면은 이를 상징적으로 잘 드러낸다.

　　　"언년이 말이요. 취옥이 말이야아. 개 어머니가, 개 기생으루 집어 넣군 아주 막 호강허는데?…… 언년이가 바루 이쁜이허구 한 동갑이지. 열네살부터 소리를 배워 가지구, 작년 봄엔가, 열 여덟에 머리를 얹었는데, 인젠 아주 잘 불려 대니는데?……"
　　　그리고 그는 또 소리를 낮후어,
　　　"그래, 내가 이쁜이어머니헌테두 여러번이나 권했지. 이쁜이 두 곤반에다 느라구. 그럼 그년 팔짜두 해롭지 않거니와 마누라 두 딸의 덕을 볼께 아니냐 말야? 헌데, 딸 기생에 넣라는걸, 이건 무슨 큰 욕이나 되는줄 아는군 그래, 이쁜이어머니는. 내가

그 애기만 끄내면 아주 딱 질색이지. 그게 내 딸이 아니니까 맘
대루 뭇 허지, 그저 내 조카딸쯤만 돼두, 꼭 우겨서 곤반에 넣구
말지. 아아무럼 그렇다마다. 모두들 인물이 잘라지뭇해 뭇 되는
게지. 아, 이쁜이만큼만 이쁘다면야 그걸 웨 그냥둬?…… 그야,
양반으루, 부자루, 다 같은 집안에다 시집이래두 보낸다면, 그
건 호옥 몰라두, 어려운 집 딸자식은 그저 파닥지나 추하지 않
으면 별수 없어어. 소리나 가르쳐서 기생으루 내놓는 것 밖
엔…… 그래, 그렇지 않수?" [……중략……]
　"그저 딸자식이 잘 벌어들이기만 하면야, 사내자식 외딴 처
지, 어디, 요새 사내녀석들, 무슨 값이 나가나? 어림두 없지."
(18~20쪽)

　이 장면은 극도의 곤궁함에 처한 이쁜이 어머니를 두고, 점룡이 어머
니가 동네 아낙들과 주고 받는 대화의 일부분이다. 인륜을 아는 부모라
면 도저히 할 수 없는 말을 태연하게 하면서 이러한 삶을 권하는 점룡
이 어머니의 모습은 도시 하층민들이 얼마나 물질적인 사고에 의해 안
팎으로 황폐화되어 있는가를 여실히 드러내준다. 이들의 세계에서는
비록 가난한 생활을 하지만 정신적인 가치를 지켜 나가고자 애쓰는 이
쁜이 어머니 같은 인물은 타박과 조롱의 대상으로 전락되고 있다.
　이와 함께 제시되고 있는 성(性)의 타락 양상도 도시화의 부정적인
현상이라고 할 수 있다. 물질적인 여유를 가지고 있는 민주사나 은방주
인, 그리고 최진국이가 보여주는 여러 여성들과의 유희 행각과 하층민
에 속하는 만돌이 아버지나 이쁜이 남편이 벌이는 애정 행각은 이러한
성의 타락 양상을 대변한다. 이들 모두는 삶의 목적이 성적(性的)인 즐
거움을 얻는 것처럼 행동하고 있는 인물들로서, 부정적으로 묘사되거
나 희화되고 있다. 민주사는 아직도 계집에 빠져 헤어날 줄 모르는 나
이 50세인 인물로, 첩 한 사람에게 만족하지 못하고 새로운 기생을 찾

아다니고 있다. 따라서 그의 관심사는 오직 건강과 신분 상승 뿐이다. 최진국은 카페 여급인 하나꼬(英伊)와 결혼하기 위해 본처와 이혼하나, 곧 하나꼬에게도 싫증을 느끼고 또 다른 여자를 찾아 기생집을 전전하고 있다. 또한 물질적으로 궁핍한 생활을 하는 만돌이 아버지가 여자를 만나기 위해 관철동을 드나드는 행위나 이쁜이 남편의 애정 행각들은 성의 타락 양상이 경제적인 수준과 관계없이 도시화에 따라 도시 남성들에게 나타난 부정적인 현상임을 나타낸다.

이 작품에서 작가는 중산층의 타락한 삶의 모습을 도시 하층민들의 성실한 삶의 모습과 대비시키거나, 또는 중산층 인물들의 잘못된 처신에 대한 희화와 풍자를 통해서 창작 의도를 드러내고 있다. 희화와 풍자의 대상이 되고있는 중산층 인물들은 전직 사법서사인 민주사와 포목점 주인, 그리고 양약국집 아들인 최진국 등이다. 이들은 공통적으로 상당한 정도의 경제적 富를 가지고 있는 인물들이다.

민주사는 마작으로 인해 사오백원이라는 거금을 잃고, '청춘만큼은 불가능사가 아닌 듯 싶은 부귀'를 얻기 위해 부회의원에 입후보해서 이천여원을 쓰고도 낙선하게 되나 자신이 쓴 돈에 대해 전혀 걱정하는 모습을 보이지 않을 정도의 여유있는 형편이다. 그러나 매번 첩인 안성집에 이용당하는 무능한 인물로 묘사되고 있다. 포목점 주인은 남 앞에서 자신의 부를 과시하기 좋아하며, 매부가 부회의원인 것을 다시 없는 명예로 생각하는 인물이다. 그는 '육십노모까지를 끼워서 온 가족을 인솔하고 백화점 식당으로 가서 점심을 먹는 취미'를 가지고 있다. 또한 양약국집 아들인 최진국은 카페 여급인 하나꼬와 결혼하기 위해 죄없는 본처와 이혼하나, 하나꼬에게도 곧 싫증을 느끼고 기생을 찾아다니는 인물이다.

이상에서 본 것처럼 작가는 도시 천변에 살아가는 중산층들이 가지고 있는 부(富)와 그 운용 방식에 대해서 상당히 비판적으로 희화(戲畵)

하는 자세를 견지하고 있다. 또한 샘터의 김첨지처럼 물질적인 욕망만을 추구하는 인물에게까지도 비판적으로 묘사하고 있다. 민주사가 전차 안에서 자신의 첩인 안성댁의 애인인 전문학교 학생과 만나는 장면이나, 포목점 주인이 자신의 사회적 지위를 드러내기 위해 상징적으로 쓰고 다니는 중산모를 이발소 사환인 재봉이의 눈을 통해 계속해서 '위태스럽다'고 묘사하고 있는 장면, 결국 그 중산모가 바람에 날려 개천에 떨어지고, 거지들의 노리개로 전락하는 장면들을 자세히 그리고 있는 것은 결국 작가의 이러한 태도를 드러내는 것으로 판단할 수 있다. 이들 인물들은 모두 작가에 의해 부정적으로 묘사되고 있으며, 희화(戲畵)된다.

이들과 비교되는 인물들로 작가는 도시 하층민에 속하는 이발소 소년인 재봉이와 당구장 소년인 순동이, 그리고 카페여급인 기미꼬를 등장시켜 그들의 성실한 삶의 태도를 통해 매우 긍정적으로 묘사하고 있다. 이발소 소년인 재봉이는 보수가 많은 곳에 갈 수 있음에도 불구하고 급료도 없는 이발소에서 천변 사람들의 삶을 구경하면서 성실하게 이발기술을 배우고 있고, 순동이는 유흥장인 당구장에서 성실하게 일하며 내일의 희망찬 삶을 설계하고 있다. 그리고 기미꼬는 '이 지구 우에 부모형제는 이를 것도 없고, 소위 일가친척이라 할 아무 하나 가지고 있지 않'지만 '누구에게 대하여서나, 그들의 참말 어려운 경우에 진정으로 애 쓰고 생각하여 주는 것만은, 사실, 무던'[41]한 사람으로, 나이가 30이 넘은 카페여급이다. 그는 인신매매범에게 속아 경성에 올라온 금순이를 구출하여 줄 뿐만 아니라 자신보다 앞서 결혼시키려고 노력하는 모습을 보인다. 또한 양가집에 출가하는 하나꼬(영이)를 위해 자신의 모든 것을 희생해가며 애쓰는 인물이기도 하다.

---

41) 박태원, 「천변풍경」, 앞 책, 37쪽.

이러한 인물설정을 통해 알 수 있는 것은 작가가 등장인물들에 대해서 서로 상반된 태도를 보이고 있다는 점이다. 즉, 사회적 신분상승과 계집에만 관심을 가지고 있는 부유한 인물들은 대부분 희화되거나, 부정적으로 묘사되고 있다. 그러나 성실과 동정 및 협기를 보이는 인물이나 새로운 시대에 재빠르게 변신하지 못하여 패배하고 있는 인물들은 항상 작가의 따뜻한 애정을 받고 있다.

이제까지 이 작품에 등장하는 다양한 인물들이 공유하고 있는 것이 무엇인지를 인물들이 천변에서 살아가는 삶의 양태와 빨래터와 이발소, 카페라는 세 의미 공간을 통하여 살펴 보았다. 이를 정리해보면 다음과 같다. 이 작품은 천변이라는 1930년대의 도시 하층민들의 삶의 터전을 배경으로, 상경 이농민들과 도시 하층민들이 보여주는 삶의 풍속을 통해 병든 세계의 여러 현상들을 구체적으로 제시하고 있다. 이들이 보여주는 삶은 가치의 전도 때문에 정체성과 함께 물질 숭배의 양상을 띠고 있으며, 이러한 의미를 강조하기 위해 도시 중산층들의 타락과 허위의식을 대비시켜 제시하고 있다. 이러한 인물과 사건들의 대비는 이 작품의 특징이라고 할 수 있는데, 작가는 이를 통해 자신의 창작 의도를 어느 정도 드러내고 있다. 타락한 대표적인 인물로 제시되고 있는 민주사와 같은 인물들은 주로 희화적으로 제시되고 있는 반면에, 작가가 호의를 가지고 있는 인물들인 재봉이와 순동이, 그리고 카페여급인 기미꼬는 그들의 성실하고 올바른 생활태도와 함께 긍정적으로 묘사되고 있다. 특히 후반부에서는 하층민들이 성실함과 따뜻한 인간애를 하나꼬와 기미꼬 등 카페여급과 이들과 어울려 살아가는 금순이를 중심으로 보여줌으로써 작가는 소외된 계층의 성실한 삶과 인간적인 유대감 등을 통해 현실 타개의 전망을 보여주고자 하는 의도를 드러낸다.

이제까지 살펴본 것처럼 박태원은 청계천변을 작품의 공간적 배경으로 삼고, 그 속에서 부대끼며 살아가고 있는, 자신들이 살아가고 있는 현실에서 일정 정도 소외된 인물들의 생활을 그리고 있다. 이처럼 작가가 소외된 인물들을 중심으로 당대의 삶을 나타내고자 한 것은 기본적으로 이들의 삶을 애정어린 시선으로 보고 있다는 것을 의미하는 것이며, 동시에 간접적으로나마 작가 스스로도 이들과 마찬가지로 소외된 존재, 또는 최소한 소외감을 공유할 수 있는 존재라는 것을 드러내고 있는 것이다. 또한 이 점은 바로 작가의 리얼리즘적 태도를 드러내고 있는 점이라고 할 수 있다.

이 작품은 청계천변이라는 한정된 공간을 배경으로 사건이 진행되고 있기 때문에 작품 전개에 있어서 그 특징과 한계를 동시에 드러내고 있다. 즉 이 작품의 의미공간 중에서 빨래터는 언뜻 산만하게 보이는 작중 인물들의 사건들에 일관된 의미를 부여하는 역할을 하게 된다. 등장 인물들이 벌이게 되는 모든 일상적이고도 사소한 사건들과 그들의 생활상은 모두 이 작은 공간을 통해 집약된다. 따라서 이 공간은 작품 속에 등장하는 다양한 인물들의 삶의 양상과 구체적으로 들여다 볼 수 있는 의미 공간이 된다. 그러나 이 점 때문에 이 작품에서는 일정한 한계를 가지게 되는데, 그 한계는 의미 공간의 협소함에서 비롯되고 있다. 즉, 「川邊風景」에 설정된 의미 공간들은 등장 인물들의 사소한 신변 잡기를 모으는 데는 뛰어난 역할을 담당할 수 있지만, 시대와 역사에 대한 고뇌 등을 직접적으로 담을 수 없다는 데에서 그 한계가 드러나고 있다.

또 한 가지 이와 결부하여 이야기 할 수 있는 것은, 카페라는 의미 공간에서 설명했듯이, 박태원이 이들 도시 하층민들의 삶을 애정어린 시선으로 보고 있으며, 동시에 간접적으로나마 스스로도 이들과 마찬가지로 소외된 존재, 또는 최소한 소외감(疎外感)을 공유할 수 있는 존재라는 것을 드러내고 있음에도 불구하고, 이것을 당대 사회의 구조적 모순점 제기로까지 나아가지 못하고 있다는 점이다.

　이제까지 살펴본 것처럼 이 작품의 주제는 1930년대 서울 서민층의 풍속 탐구를 통한 병든 세계의 제시로 집약된다. 세부적으로는 하층계급의 생활상, 풍속, 경제와 같은 문제들을 총체적으로 다룸으로써 1930년대 서울에 살던 서민층의 모습을 충실히 재현하고 있으며, 이를 통해 당대 사회 서민층이 갖고있는 생활의 정체성과 가치관의 변모를 보여주고 있다. 결국 박태원이 이 작품을 통하여 보여주려고 했던 것은 당대 서민층의 애환사와 이를 통해 드러나는 시대적 아픔이다. 즉 청계천변에 모여 사는 가난한 도시 하층민들의 삶을 다양하게 묘사하면서, 이들이 이러한 어려움에 처하게 된 근본적인 원인이 무엇인가를 암시적으로 제시하고 있는 것이다. 또한 그러한 가운데에서도 열심히 자신의 생활을 영위하려는 인물들에게 따뜻한 애정을 보여줌으로써 독자들에게 나름대로 보다 좋은 미래를 예감하게 해 주려 했던 것으로 보인다.

4. 해방 직후의 사회변천과 역사의식의 구현
—「洪吉童傳」

1945년 광복 후, 박태원은 역사소설의 장르를 선택함으로써 종래의 그의 작품세계와 구분되는 새로운 변화를 보여주었다. 이 시기에 발표된 작품으로는 「漢陽城」, 「春甫」, 「太平聖代」, 「洪吉童傳」, 「壬辰倭亂」, 「群像」 등을 들 수 있다. 그 중 「春甫」와 「太平聖代」는 단편소설에 해당하는 것들이며, 나머지 작품들은 장편소설의 형식을 취한 것들이다. 그런데 「洪吉童傳」을 제외하면 이 무렵에 쓴 장편소설들은 모두 미완성에 그치고 있다. 이런 점으로 미루어 보아 「洪吉童傳」은 이 시기를 대표하는 것으로 볼 수 있다.

박태원이 역사소설의 장르를 선택하게 된 데에는 여러 가지 요인이 작용했을 것이다. 이 점을 규명하기 위해서는 우선 「川邊風景」 이후 일제 말기의 작품 활동과 그 경향을 더듬어 볼 필요가 있다.

먼저 이 시기에 발표된 작품들은 창작소설과 번역소설로 나누어 볼 수 있다.

창작소설로는 「明朗한 展望」, 「女人盛裝」 등과 「淫雨」[1], 「偸盜」[2] 등 애정소설들과 자화상류의 작품으로 나누어진다. 젊은 남녀의 애정 행

---

1) 朴泰遠, 『朝光』 6권 10호, 1940. 10.
2) 朴泰遠, 『朝光』 7권 1호, 1941. 1.

각을 그린 「明朗한 展望」류의 작품들은 당대의 시대상황이 배제된 채 부유한 젊은 남녀의 애정관만이 두드러지게 드러나 있고, 자화상류의 작품인 「淫雨」 등의 작품들에서는 가정에서 일어나는 사소한 사건들을 중심으로 서민들의 소시민의식을 제시되고 있다.

외국소설의 번역은 주로 1940년에 접어들면서 치중하고 있는데, 대부분 중국고전을 번역하여 발표하고 있다. 그가 이 무렵 번역한 소설로는 「新譯 三國誌」[3], 「水滸傳」[4], 「西遊記」[5] 등을 들 수가 있는데, 이 중에서 『朝光』지에 3년 동안이나 연재했던 「水滸傳」이 가장 심혈을 기울여 번역한 작품이라고 할 수 있다. 이 작품은 지배계층의 탄압에 대항하여 서민층이 힘을 결집해 가는 모습을 그린 것으로, 그는 주로 리얼리티의 구현이라는 측면에 중점을 두어 번역하고 있다.

이 시기에 발표한 작품들 중에서 신변잡기나 부유한 젊은 남녀의 애정행각을 다룬 소설들은 문학적인 기교나 정신이 담겨있지 않은 것으로서, 일제 말기의 그의 창작활동이 글쓰기의 수준[6]에 머물고 있음을 반증해주고 있다. 그러나, 중국 역사소설의 번역은 그에게 역사라는 새로운 제재와 역사를 통한 현실의 반영이라는 관점을 제공해줌으로써 이후 그가 역사소설만을 창작하게 되는데 일조를 하고 있다.

다음으로, 광복 이후의 시대적 변화가 이 작가의 세계 인식이나 문학적 취향을 바꾸어 놓는데 있어 중요한 역할을 했을 것으로 판단된다. 박태원은 해방 직후 민족문학 건설을 목표로 만들어진 진보적인 문단 조직인 '조선문학건설본부'에 가담하여, 소설부 중앙위원회 조직임원으로 선임된다.[7] 이 단체는 이태준, 정지용, 김기림, 안회남, 이원조 등

---

3) 朴泰遠, 『新時代』, 1941. 4.~8.
4) 朴泰遠, 『朝光』 8권 8호~10권 12호, 1942. 8.~1944. 12.
5) 朴泰遠, 『新時代』, 1944. 12.
6) 金允植, 「한국대하소설연구 3」, 앞 책, 191쪽.

식민지 시대부터 박태원과 친밀했던 인물들이 핵심적인 역할을 담당했던 문단조직이다. 이 조직은 곧 '조선프로레타리아문학동맹'과 통합하여 '조선문학가동맹'으로 개편하게 되는데, 이태준이 주도적인 역할을 한 이 단체에서 박태원은 중앙집행위원으로 선임된다.

이들 중 많은 사람들이 월북한 뒤 1948년 정부 수립 이후까지 서울에 남아있던 '조선문학가동맹'의 문인들인 박태원, 김기림, 정지용, 설정식 등은 '조선문학가동맹'을 해체하고 사상적 전향을 선언하면서, '보도연맹'에 가담하여 자신들의 전향 의지를 실천해 보이고 있다.[8] 그러나 6·25 전쟁이 터지자 문단은 다시 혼미에 빠져들었고, 박태원은 이 무렵 월북했다.

박태원은 해방 직후부터 월북 이전까지 창작활동과 함께, 나라를 위해 몸을 바친 인물들의 일대기를 써서 발표하고 있다. 그가 이 무렵 발표했던 「조선독립순국열사전」[9]과 「若山과 義烈團」[10], 「李忠武公行錄」[11] 등은 이 당시 그의 관심 방향이 어디에 놓여 있었는지를 가늠하게 해주고 있다.

이 장에서는, 1930년대 모더니즘 문학운동의 선구를 이룬 초기 단편소설이나 첫 장편소설인 「川邊風景」과는 판이하게 다른 양상을 드러낸 해방 후 역사소설의 단계를 검토하고, 이러한 변모 양상이 박태원이라는 한 작가의 문학적 생애에 있어 어떤 의미를 지니게 되는가를 보기로 한다. 논의의 편의상, 해방 후 역사소설의 일반적 경향을 먼저 검토해 보기로 한다.

---

7) 권영민 編著, 『越北文人研究』, 문학사상사, 1989, 21쪽.

8) 권영민 編著, 앞 책, 19쪽.

9) 朴泰遠, 『조선독립순국열사전』, 유문각, 1946.

10) 朴泰遠, 『若山과 義烈團』, 白楊堂, 1947.

11) 李芬·朴泰遠 옮김, 『李忠武公行錄』, 乙酉文化社, 1948.

1) 해방 직후의 역사소설과 그 변모

박태원이 해방 직후 발표한 작품들로는 「漢陽城」, 「春甫」, 「太平聖代」, 「洪吉童傳」, 「壬辰倭亂」, 「群像」 등이 있다. 이 중 「漢陽城」[12]은 임진왜란 당시의 조정의 무능을 그리고 있는 작품인데 완결을 보지 못하고 연재 도중에 중단되었고, 같은 소재를 다룬 「壬辰倭亂」[13]과 한말을 살아가던 서민들의 근대의식을 다룬 「群像」[14]도 작품의 완결을 보지 못하고 제1부로 연재가 끝나고 있다. 연재가 중단되었거나 1부로만 끝난 이들 작품에서 공통적으로 드러나는 것은 서민들의 궁핍한 삶과 지배층의 탐학과 착취, 그리고 이로 인해 고통받는 서민들의 모습이다.

「春甫」[15]와 「太平聖代」[16]는 대원군 시절의 경복궁 중수를 소재로 한 단편소설이다.[17] 이들 작품에서는 경복궁의 중수에 따라 고통받는 서민들의 모습과 당대 지배계층의 탐욕이 주로 제시되고 있다.

> "뭐라구? 이놈아!……그래 내가 글른 소리를 했니? 난 바른
> 소리밖에 안했다! 운현대감이 아무리 상감님 아버지래두 잘못
> 허는 거야 잘못헌다지 그럼 뭐래야 네 직성이 풀리겠니? 그걸
> 이눔아! 니가 중뿔나게 나설께 뭬 있느냐 그 말이다!"
> 눈을 딱! 부릅뜨고 소리를 고래고래 지르니까 '딱부리눈'도

---

12) 朴泰遠, 『女性文化』 창간호, 1945. 12.
13) 朴泰遠, 『서울신문』, 1949. 1. 4.~12. 14. 연재 273회로 제1부 完.
14) 朴泰遠, 『朝鮮日報』, 1949. 6. 15.~1950. 2. 2. 연재 193회로 제1부 完.
15) 朴泰遠, 『新文學』 통권 3호, 1946. 7.
16) 朴泰遠, 『京鄕新聞』, 1946. 11. 18.~12. 31.
17) 이 두 작품은 소재만 같을 뿐 내용은 다른 작품이다. 일부 연구논문(정현숙, 앞 책)에서는 같은 작품을 개작한 것으로 표현하고 있으나, 이는 잘못 확인한 것으로 보인다.

하 기가 차던지

"이자식이 죽질 못해 몸살이 난 게야!"

하고 껄껄 웃으며 문득 옆을 돌아보고

"여게 동관 그 자식 우는 소리 그만 듣구 어서 데리고 가세!"

한다. 그제야 춘보가 깨닫고 그편을 보니 곁에 포교 한 놈이 또
서 있는데[18)

그저 밥술이나 먹는다는 사람이면 으레 원납부에 이름이 올
랐다. 한번 오르면 그만이다. 액수도 물론 그들이 부르는 그대
로 바쳐야 한다. 만약 안바친다면?—또 혹은 너무 과다하다고
암말이라도 한다면?—그때에는 시각을 지체하지않고 포도청
(捕盜廳)에서 모시러 나오는 것이다.

　[……중략……]

그러나 천량을 내놓래서 천량을 내놀수 있고 만량을 바치래
서 만량을 바칠수 있는자는 오히려 살겠다.

실상은 조반석죽도 어려운 신세가 어떻게 먹을 것이나 있다
고 잘못 지목을 받은자는 참으로 기가 탁 막혓다. 설사 경가 파
산을 한다더라도 단돈 백량을 못만들어 놓겠는데 나라에서 바
치라는 액수는 실로 일천량이다.[19)

이처럼 착취가 자심한 속에서도 서민들은 가정이나 친구의 범주 안
에서 현실을 비판하고나 한탄하고만 있을 뿐 새로운 도약을 위한 의지
는 전혀 나타내지 못하고 있다. 따라서 극단적인 궁핍 속에서 살아가고
있는 서민들은 집권층의 탄압이 무서워 일부 사람들이 굶어죽었거나
자결했다는 소문이 나돌아도 현실에 대한 불만을 노골적으로 나타내지
못하고 있다. 이들과 대비되어 지배층은 자신들의 위엄을 높이기 위한

---

18) 朴泰遠, 「春甫」, 『李箱의 悲戀』, 깊은샘, 1991, 361쪽.

19) 朴泰遠, 「太平聖代」(연재 3회), 『京鄕新聞』, 1946. 11. 20.

방편으로 경복궁의 중건을 시작하면서 서민들의 불만을 탄압으로 억누르를 뿐 그들의 고통을 이해하려는 모습은 조금도 보여주지 않는다. 높아져만 가는 서민들의 불만을 비기를 이용해 그들의 행위를 하늘의 뜻처럼 속이려고 하는 지배계층의 모습이나, 시장 바닥 장사꾼들의 재주에 웃음짓는 서민들을 보고 태평성대로 착각하는 대원군의 모습은 그 당시 지배층의 생각과 의식을 상징적으로 드러낸다.

> 속고사는 것이 본래 쌍놈의 일생이다.
> "얼사좋구나!"
> "와!"
> "와!"
> [……중략……]
> 웃고 소리치고 이제 이 자리를 떠나기만 하면
> "제―길헐……."
> "엠병을할……."
> 입에서 나오는 것은 저주(咀呪)의 소리밖에 없을줄을 뻐언히 알면서도 실상 어제도 그리고 그저께도 그랬으면서 구경꾼들은 이 땅의 슬픈 백성들은 바로 즐겁기나 한듯 또 흥이나 나는듯 ―(아니 흥이 안나고 즐겁지않으면 또 어쩌겠단말이냐?)― 손벽을 치고 발을 구르며 허-연 이빨들을 들어내고 낄낄 웃는다.
> [……중략……]
> "보아라!"
> 하고 대원군은 지극히 만족하여 한다.
> "나를 위하여서든 내 아들을 위하여서든 이나라 만백성이 괴로움도 괴로움으로 아지않고 저렇듯 즐거워 하는도다! 오― 가상한 일이로고! 태평성대(太平聖代)로다……."
> ― 과연 태평성대였다.[20]

임신한 아내가 먹고 싶다는 모시조개를 사주기 위해 애써보지만 그 작은 소망마저 쉽게 이루지 못하고 살아가는 「春甫」에서의 춘보의 모습이나, 착취에 견디다 못하여 굶주려 죽거나 자살했다는 소문이 나돌아도 감시가 두려워 서로 입조심하며 살아가는 「太平聖代」에서의 서민들의 모습은 궁핍한 삶을 통해 계층간의 갈등을 첨예하게 드러낸 예라고 할 수 있다. 이들 단편소설에서는 서민들의 극단적인 궁핍에 대한 묘사와 함께 지배계층의 안일과 착취행위를 서로 대비시켜 묘사함으로써 당대 사회를 주로 계층간의 갈등을 통해 형상화시키고 있다. 즉, 서민계층의 삶을 중심으로 해서 묘사하고 있는 이들 작품들에서 작가가 제시하고자 한 시대인식은 불공평한 사회체제에 놓여있음을 알 수가 있다. 그러나 이들 단편작품들에서는 계층간의 갈등을 야기시킨 사회적인 배경이 구체적으로 드러나지 않음으로써 그 전개과정에 있어 필연성을 상실하고 있다.

「壬辰倭亂」[21]은 임진왜란이 일어났던 당시의 역사적 자료를 중심으로 지배계층의 무능과 당파싸움, 그리고 이를 이용한 왜인들의 활동 등을 그린 작품이다. 이 작품에서는 주로 그 당시의 임금이었던 선조대왕을 중심으로 집권자들의 타락과 무능을 구체적으로 역사적 자료를 나열하면서 제시하고 있다. 작가의 주석적 서술이 많이 나타나고 있는 이 작품은 당대의 역사를 주로 집권자들의 무능에만 초점을 두어 제시[22]함으로써 당대 역사를 총체적으로 드러내지는 못하고 있다.[23]

---

20) 朴泰遠, 「太平聖代」(연재 11회), 『경향신문』, 1946. 12. 31.
21) 「壬辰倭亂」은 연재가 중단된 「漢陽城」의 내용을 다시 반복하고 있는 작품이라고 할 수 있다.
22) 金秉逵, 「仇甫의 '壬辰倭亂'에 對하여」, 『新天地』, 1949년 5·6월 합병호.
23) 이 점은 이 작품이 제1부로 끝났기 때문에 나타난 현상으로 이해할 수 있다. 그러나, 기존의 제1부에서 서민층의 생활이 거의 제시되고 있지 않기 때문에 설혹 완결되었다고 해도 이 작품의 한계로 볼 수 있다.

「群像」은 격변하는 한말의 시대를 다양한 사람들의 삶을 통해 나타내고자 한 작품으로, 완결되지 못하고 제1부로 끝나고 있다. 이 작품은 신문에 연재된 지 193회로서 제1부가 끝나고 있는데, 서장을 포함하여 전 13장으로 이루어지고 있다. 내용상으로도 서두에 해당하는 제1부만으로 연재가 끝나고, 제2부는 발표되지 않았기 때문에 미완의 작품이라고 할 수 있다. 이 작품을 쓰게 된 의도와 그 전개방향은 연재되기에 앞서서 발표된 "長篇歷史小說 群像"이란 제목의 연재 예고기사 속의 작가의 말에서 엿볼 수가 있다.

> 우리는 정의(正義)와 진리(眞理)를 위하여 얼마나 용감할 수 있나? 또 우리는 사리(私利) 사욕(私慾)을 탐하여 얼마나 비열하고 간활할 수 있나? 그릇된 행복(幸福)의 추구(追求)로 말미아마 얼마나 동포(同胞)를 불행하게 만들고 저의 조국(祖國)을 멸망의 구덩이에 빠트렸던가? 이는 한낱 옛이야기가 아니거니와 그 반면에 우리는 또한 의(義)를 위하여는 목숨도 오히려 초개같이 여기는 이들을 우리 주위에 보고 있다. 잘난 놈 못난 놈 착한 놈 악한 놈 약은 놈 어리석은 놈……놈이 아니라 년이라도 좋다 — 우리 인간의 이모 저모를 나는 이 작품에서 그려 보려 하거니와 시대는 한말(韓末)임을 미리 밝혀둔다. 옹졸하기 짝 없는 작자의 솜씨지만 이 작품에서만은 한번 자유분방(自由奔放)하고 싶다.[24]

이런 의도로 쓰여진 이 작품은 조선조가 망해가는 시대상황 속에서 활동하는 여러 인물군들을 보여주고 있다. 주인공으로 장임손이 있고, 부수적인 인물로 신부성과 그의 아들 신돌석이 있다. 이들은 신부성의 딸인 귀순이를 통해 서로 연결되어 있고, 결국 함께 한양으로 올라와

---

24) 朴泰遠,「作者의 말—長篇歷史小說 群像」,『조선일보』, 1949. 6. 6.

살게 된다. 그리고 역사적인 인물로 김삿갓과 정수동, 희암 현기, 추금 강위, 홍선군 이하응, 지관 정신사 등이 제시되고 있다. 주인공인 장임손의 도망기라고 할 수 있는 이 작품은 그가 고향인 나주 옥동에서 살인을 하고 도망하는 과정에서 만나 서로 도움을 주고 받는 여러 계층 인물들과의 관계를 통해 새로운 의식과 자각을 해나가는 과정을 그리고 있다. 즉, 이 작품에서는 시대가 변화됨에 따라 각 개인들이 갖고있던 진보된 개인의식들이 신분계급의 차이를 넘어서서 차츰 널리 퍼져가고 조직화되어 가는 과정을 보여주고 있는 것이다.[25] 이 과정에서 장임손은 그 시대를 정직하게 그리고 적극적으로 살아가는 모습을 통해 평범한 시골 소작인에서 차츰 근대적인 의식을 가진 새로운 인물로 변모하는 모습을 보여줌으로써 새로운 자아인식을 드러내고 있다. 그러나 그는 더 이상의 구체적인 변모의 모습은 보여주지 못하고 시대적인 상황을 극복하지 못한 채 단순히 도망자의 모습만을 계속적으로 간직하고 있다. 이는 이 작품이 제1부만으로 끝났기 때문에 나타나는 한계라고 할 수 있다.[26]

앞에서 살펴본 작품들에서 보여주는 서민들의 행위는 그들의 자아인식을 통해서 구체적으로 제시되고 있다. 이러한 자아인식은 기존세계

---

25) 장임손이 도망하는 길에서 처음 만나 도움을 받고 형제의 의를 맺는 주덕기는 소리꾼으로, 나합의 멸시로 인해 늦깍이로 소리꾼의 길에 들어선 사람이다. 그리고 그가 서울로 올라가는 길목에서 만나 서로 도움을 주고 받는 서진사는 과거를 보러 가는 양반이지만, 나라의 정사가 썩고 병든 것을 걱정하는 인물이다. 또한 위급할 때 사용할 수 있는 도피처를 그에게 소개해주는 권수만은 장돌뱅이이다. 이들은 모두 당대 사회에 불만을 가진 인물로서, 계층간의 구별 없이 새로운 의식을 가진 인물들끼리 서로 결속해가는 모습을 보여준다.
26) 「群像」의 한계로 또 지적할 수 있는 것은 그 구성방식과 인물의 행위가 그가 번역한 바 있는 「水滸傳」과 매우 유사하다는 점이다. 즉 「群像」의 첫 장면인 전감역댁 하인의 행위는 「水滸傳」에서의 고이(고구)의 행위와 거의 같으며, 그 이후의 전개되는 상황도 비슷한 부분이 많다.

의 질서를 거부하고 새로운 사회를 지향하는 데서 나타난다. 개인들은 자아를 인식하기 시작하면서 새로운 세계를 갈망하게 된다. 따라서 기존의 세계와 갈등을 일으키고 현실에서 고통을 겪게 된다. 자아발견은 경제와 역사의 주체에 대한 인식과 사회와 가족구조 속에서 자신의 개별성에 대한 인식이 뒤따라야 하는데, 생활의 현장에서는 삶의 문제와 긴밀하게 연결된다.[27] 이 시기에 발표된 박태원의 작품들이 계층간의 갈등을 통해 봉건사회가 몰락해 가는 모습을 제시해주고 있는 것도 서민층의 자아인식과 비판의식의 성숙을 말해주는 것이다.

「川邊風景」이 도시 서민들의 속물 근성과 왜곡된 근대화 의식을 재현한 것이라면, 해방 후 역사소설은 봉건 체제 안에서 새롭게 눈뜨는 서민 대중의 자각과 비판의식을 구현한 것이다. 특히, 제재 및 주제상에서 나타난 이러한 작품 세계의 변모 양상은 이 작가가 훗날 월북하여 사회주의 리얼리즘을 지향하기까지의 도정에 비추어 볼 때 어떻게 해석될 수 있는 것인가? 이 물음은 이 작가의 전체상을 파악하는 데 있어 또 하나의 중요한 단서를 제공하게 될 것이다. 이와 같은 물음에 접근하기 위하여, 이 시기 역사소설의 대표작으로 지목되는 「洪吉童傳」의 서사구조와 제재 및 주제 등을 살펴보기로 한다.

2) 역사소설의 선택과 작가주석적 서술

해방 이후부터 월북 이전까지 발표된 박태원의 작품 중 가장 의미를 찾을 수 있는 것은 1947년에 발표된 「洪吉童傳」[28]이다. 이 작품에 주목하는 것은 해방 이후에 발표된 그의 작품 중에서 유일하게 완결된 장

---

27) 玄吉彦, 『玄鎭健小說研究』, 二友出版社, 1988, 23쪽.
28) 朴泰遠, 「洪吉童傳」, 朝鮮金融組合聯合會, 1947.

편 소설로, 식민지시대에 발표된 모더니즘 계열의 「小說家 仇甫氏의
一日」·「川邊風景」 등의 작품과 월북 이후 발표된 그의 역사소설인 「계
명산천은 밝아오느냐」와 「갑오 농민 전쟁」을 연결짓는 고리 역할을 하
고 있기 때문이다. 따라서 「洪吉童傳」에 나타난 서술구조와 기법을 통
해 작가의 의식 변화를 면밀히 살펴봄으로써, 이 시기에 쓰여진 그의
작품에 나타나는 일반적인 특성을 찾아내고자 한다.

　박태원의 「洪吉童傳」은 허균의 소설을 패러디(parody)한 작품이다. 패
러디란 특정한 작품의 내용이나 양식, 또는 특정한 작자의 문체를 모방
하여, 이것을 대체로 그것과 다른 방식으로 표현하여 새로운 주제를 나
타내는 것이다.[29] 즉 패러디란 그 전범이 되는 소설의 주제를 다르게
나타내고자 하는 작가의 일정한 의도 때문에 시도되는 것임을 의미한
다. 박태원의 이 작품을 허균의 소설을 전범으로 한 패러디 소설로 보
는 것은 주인공과 기본적인 사건 줄거리의 동일성 때문이다. 두 소설은
모두 양반집 서자 출신의 홍길동을 주인공으로 삼아, 그가 자신의 신분
한계에 고민하다가 가출하고, 이후 활빈당을 결성하여 탐관오리를 징
치하는 등 인물의 성격과 사건의 설정에서 기본적으로는 동일한 모습
을 띠고 있다.

　패러디 양식으로 창작된 작품에서 가장 중점적으로 살펴보아야 할
것은 패러디를 결정짓는 작가의 창작 의도와 그로 인한 주제상의 변화
이다. 따라서 허균의 작품을 패러디로 표현한 박태원의 「洪吉童傳」을
분석하고자 할 때, 그로 인해 작품의 주제는 어떻게 변화되고 있느냐를
살피는 것이 가장 중요해진다. 이를 파악하기 위해서는 작품의 서사구
조를 면밀히 검토하는 것이 필연적이다. 이 작품에서 다음과 같은 작가
의 언급은 그가 패러디의 방향을 어떻게 설정하고 있는가를 여실하게

---

29) M.H.Abrams, 崔翔圭 옮김, 「文學用語事典」, 大邦出版社, 1985, 28~29쪽.

드러내 준다.

> 고본『홍길동전』은 단순히 소설로 볼 때에는 흥미가 아주 없
> 지도 않으나 문헌(文獻)으로서의 가치는 별로히 없는 저술이다.
> 『얘기책』―, 고대소설이라는 것이 흔히 그렇듯, 이『홍길동
> 전』도 사실에 없는 허황맹랑한 수작이 너무나 많다.
> 길동이가 둔갑법(遁甲法)을 쓰고, 축지법(縮地法)을 쓰고, 구
> 름을 타고서 하늘을 달리고, 초인(草人)으로 저와 똑 같은 길동
> 이 여덟을 만들어 팔도에 배치하고……, 나종에 율도국으로 가
> 서 왕이 되는 것은 그만 두고라도, 애초에 집을 나가는 동기부
> 터 사실과는 모두 틀리는 수작이다.[30]

이 작품에서 서술자는 3인칭 외부시점으로 제시되고 있는데, 전지적
인 서술을 하고 있다. 따라서 이 작가주석적 서술은 이 작품이 드러내
고자 하는 의미를 구체적으로 제시하는 기능을 한다. 작가적 서술상황
으로 되어있는 이 작품의 곳곳에서 제시된 작가주석적 서술은 허균의
소설에 나오는 비사실적인 요소들을 모두 제거하고, 나름대로 그 리얼
리티를 살릴 수 있는 여러 삽화들의 설정하는 과정에서 주로 나타나고
있다. 여기에서는 먼저 작가주석적 서술 부분들을 차례대로 살펴 이 작
품의 패러디 방향을 알아보고자 한다.

이 작품이 허균의 동명소설(同名小說)과 차이를 보이는 부분 중 가장
큰 변모를 나타내는 부분은 주인공인 홍길동의 인물 특성과 상황 설정
이다. 허균의 작품에서처럼 '둔갑법(遁甲法)을 쓰고, 축지법(縮地法)을
쓰고, 구름을 타고서 하늘을 달리고, 초인(草人)으로 저와 똑 같은 길동
이 여덟을 만들어 팔도에 배치하고……, 나종에 율도국으로 왕이 되

---

30) 朴泰遠, 「洪吉童傳」(朝鮮金融組合聯合會, 1947), 83쪽. 이하 같은 작품에서
　　인용할 때에는 인용문 끝에 쪽수만을 표시함.

는’31) 등의 홍길동의 영웅적 모습은 이 작품에서는 전혀 나타나지 않는다. 이 작품에 등장하는 홍길동은 우리와 전혀 다른 점을 보이지 않는다. 즉, 홍길동을 신이한 능력을 가진 특출난 영웅으로 그리고 있는 것이 아니라, 철저하게 우리와 같은 일반 자연인으로 제시하고 있다. 그는 평범한 우리보다 약간의 무예와 용맹이 더 할 뿐이다. 따라서 그도 우리와 똑같은 어려움에 처하고, 좌절을 겪는다. 단지 그가 우리와 다른 점은 단순히 자신에게 닥친 불행과 그로 인한 좌절을 강인하게 극복하고, 자신의 울분을 해소하는 데에만 치중하는 것이 아니라, 동시대의 탄압받는 다른 이들의 고통을 해소시켜 주기 위해서 일정하게 노력하고 있다는 점이다.

이 작품에서 홍길동은 철저하게 발전적인 인물형으로 묘사되고 있다. 적서차별의 시대적 제약으로 인한 개인적 울분에 빠져 있던 홍길동은 ‘무령군 아들의 조소⇒음전이의 죽음⇒조생원과의 만남⇒이름없는 백성에 의한 연산 퇴위를 위한 의병 궐기 촉구 격문’ 등 일련의 사건을 거치면서, 이에 대응하여 ‘가출⇒도피⇒도적떼 괴수⇒활빈당 활동⇒폭군 퇴위 운동’ 등 일련의 행동을 보이게 된다. 이를 통해 홍길동은 점차 동시대 일반 백성의 바램을 실현하는 당대의 전위적 인물이 된다.

처음 그에게 문제되었던 것은 양반집 자손이면서도, 서자라는 신분 때문에 유교 사회에서의 입신양명의 길이 근본적으로 막혀 있다는 시대적이면서도 지극히 개인적인 상황이었다.

> 이 나라의 사람을 쓰는 제도가, 이품이상(二品以上) 문무관(文武官)의 양첩자손(良妾子孫)은 정삼품(正三品)이 한(限)이오, 천첩자손(賤妾子孫)은 정오품(正五品)을 넘지 못하는 것이다. 제 아무리 인물이 뛰어나고 재주가 비상하다 하더라도, 첩

---

31) 朴泰遠, 「洪吉童傳」, 앞 책, 83쪽.

의 자식은, 도무지 기를 펴지 못하게 마련된 것이 이 나라 법도
였다. (12쪽)

뛰어난 재주를 가지고도 신분차별의 벽을 뛰어 넘을 수 없는 한계 속
에서 고민하던 길동은 모호관 서호정에서 무령군 유자광의 아들이 이
점을 들어 조소하자, 새삼 풀이 죽는다. 결국 적서차별의 제도 때문에
절망을 느낀 홍길동은 가출하게 된다. 이러한 길동의 가출은 지극히 개
인적인 문제의 차원에 속한다. 즉 적서차별이라는 문제가 잘못된 사회
제도의 산물이라는 것을 알면서도, 이를 타개할 시도를 전혀 하지 못하
고 개인적인 반항으로 이에 대처하려 한 것이다. 따라서 홍길동이 가출
하여 시골로 내려가는 행위는 단순히 심정적 괴로움을 해소하기 위한
도피의 성격을 띠고 있다.

그러나 가출 후 경상도 선산 지방으로 내려온 길동은 옆집에 살던 음
전이가 채홍사에 의해 붙잡혀 가는 사건과 각 고을마다 일반화된 고을
원님들에 의한 착취의 실상을 접하면서 점차 개인적인 차원의 울분에
서 벗어나 타인의 고통을 심각하게 인식하게 된다. 이제 홍길동은 당대
의 문제가 무엇인지를 자각하게 된다. 따라서 그는 가난한 백성들이 착
취당하면서 살 수 밖에 없는 당대의 현실을 나름대로 해결하기 위해,
선산에서 만난 시대의 반항아 조생원과 함께 산에 들어가 도적패의 괴
수가 되고, 이후 가난한 백성을 도와주는 '활빈당' 활동을 전개하게 된
다.

그러나, 아무리 의적(義賊)이라고는 하지만, 도적의 신분으로 백성들
을 도와주는 행위는 일정한 한계를 가질 수 밖에 없다. 또한 탐관오리
를 징치하고 수탈 당한 백성을 도와주는 행위는 일면 통쾌한 맛이 있지
만, 전국의 모든 탐관오리를 전부 징치할 수는 없는 것이고, 설령 그렇
게 한다해도 곧 똑같은 탐관오리가 계속 중앙에서 파견되어 오기 때문

에 근본적인 해결책은 되지 못한다. 그러던 중 어떤 이름없는 백성에
의해 '연산 퇴위를 위한 의병 궐기 촉구 격문'을 보고 홍길동은 모든
악의 근원이 되는 것이 바로 폭군 연산이라는 것을 깨닫게 된다.

> 길동이는, 근래, 그 마음이 심히 우울하였다. 그는, 요사이,
> 활빈당 사업에 대하여, 크나 큰 회의를 가졌던 것이다. 자기 하
> 는 일에 대하여, 도무지 자신을 잃었던 것이다. [……중략……]
> 빼앗은 재물은 이를 모다, 가난한 이들에게 나누어 주었다.
> 그러나 상말에 이르는,『언 발에 오줌 누기』다. 그것으로는, 도
> 저히, 동포들의 가난을 구제할 수 없었던 것이다. 아무리 탐관
> 오리들을 몰아 내고 또 몰아 내어도, 그 대(代)에 오는 놈이, 또
> 한, 그 놈이 그 놈이다. 고을의 정사는 조곰도 나어지지 않았다.
> [……중략……]
> 이제 알겠다!
> 문제를 근본적으로 해결하려 안하였던 곳에 크나큰 잘못이
> 있었던 것이다.
> 땅 위의 풀잎만 보고, 땅 속에 깊이 박힌 뿌리는 생각을 아니
> 했다.
> 뿌리는 버려 두고, 풀잎만 뜯어 본다.
> 뜯어도 뜯어도 뒤에서 뒤에서 연달아 새 싹이 나온다.…… 이
> 제까지의 활빈당사업은 뿌리는 버려 두고, 오직 풀잎만을 뜯어
> 온, 슬프고도 헛된 노력이었다.
> (뿌리를 뽑자! 그렇다, 인군을 갈자! 그를 그대로 두어 두고
> 는, 모든 일이 다 헛된 수고다!……) (158~159쪽)

이런 인식의 전환을 통해, 비로소 홍길동은 모든 문제가 잘못된 정사
(政事)에 있으며, 따라서 포악한 군주 연산을 폐위하지 않고는 아무 일
도 완결될 수 없다는 것을 깨닫게 된다. 이처럼 작가는 홍길동의 의식
과 행동 변화를 사건의 전개과정을 통해서, 한 개인의 개인적인 불평등

에 대한 인식이 그의 활동영역이 넓어져감에 따라서 차츰 서민층의 불평등에 대한 인식으로 발전하다가 사회적인 불평등의 인식에까지 이르는 것으로 그리고 있다. 결국 계층간의 불평등에 대한 인식에서 사회구조적인 문제인식으로의 변모는 새로운 질서의 추구로 이어지게 된다. 이러한 인식의 과정을 통해 홍길동이라는 한 개인의 인식이 개인에서 계층으로, 그리고 계층에서 사회구조적인 문제로까지 심화되어 가는 것으로 서술되고 있음을 알 수 있다.

여기에서 중요한 점은 홍길동을 근본적으로 초월적 영웅이 아니라, 그 시대 백성들의 보편적인 희망을 담지한 전위적 인물로서 형상화시키고 있다는 점이다. 즉, 이 모든 과정이 홍길동의 독자적 판단이 아니라, 당시 백성들의 요구를 능동적으로 수용하려고 한 데서 이루어지고 있는 것으로 작가가 그리고 있거나 주석적 서술을 통해 강조하고 있다는 점이다. 이후 그가 의적이 되어 활빈당을 결성하는 것도 작가의 의도가 일정하게 반영되고 있다. 이 작품에서 나타난 홍길동의 행위에 있어 세 가지 중요한 전환점은 모두 그 자신의 자발적인 인식의 전환에 따른 것이 아니라, 일정한 계기에 의해 자극을 받아 일어나는 것으로 나타난다. 이 세 가지 중요한 전환점은 가출과 의적활동 및 연산군 폐위활동으로 나누어 볼 수 있는데, 이 모두가 일정한 외적 자극에 의해 이루어지고 있다.

우선 그가 가출하게 된 직접적인 동기가 되는 것은 무령군 유자광 아들의 조롱과 아버지 홍판서의 그릇된 처신으로 제시되고 있다. 허균의 작품에서는 이 부분을 적서차별의 당대 현실에 대한 스스로의 탈출[32]

---

32) 許筠,「홍길동전」,『韓國古典文學全集』권3, 修文書館, 1983, 422쪽.
여기에서 홍길동은 처음에 적서차별을 이유로 가출을 시도하다가 어머니의 만류를 받으나, 홍판서의 첩인 谷山母의 모함으로 인해 결국 가출하게 된다.

로 이야기하고 있으나, 이 작품은 유자광 아들과의 활쏘기 시합 장면을
설정하여 실력은 형편없으나 신분상 자신보다 우월한 위치에 있는 무
령군 아들의 직접적인 조롱에서 기인하는 것으로 처리하고 있다. 또한
홍길동의 아버지인 홍판서의 매관매직과 옳지 못한 처신을 부각시킴으
로써 그의 가출의 필연성을 강조하고 있다.

> 날마다 날마다. 사람들은, 그들이 『화계동대궐』이라 부르는
> 홍판서댁 문전으로, 스무명씩 설혼명씩 모여 들었다. 모두가 옳
> 지 않은 생각을 품은 자들뿐이다. 모두가 허욕에 뜬 자들 뿐이
> 다. 어떤 자는 벼슬자리를 원하였다. 어떤 자는 이권을 얻어 보
> 려 눈이 벌겠다.
> 　이 아귀(餓鬼)들을 상대로, 홍판서대감은, 큰사랑 아랫목 보
> 료 위에가, 안석을 의지하며 몸을 비스듬이 누이고, 청지기들을
> 내세워 장사를 한다. [……중략……]
> 　홍정이 되어 하룻밤 사이에 신세를 고친 자들이, 혹은 군수
> (郡守)가 되고, 혹은 현령(縣令)이 되고 혹은 현감(縣監)이 되
> 어, 바로 거드럭거리며 팔도 삼백육십주(八道 三百六十州)로 흐
> 터져 나려 간다. (16～17쪽)

　위의 장면은 바로 홍판서가 재물을 대가로 관직을 파는 것을 묘사한
부분이다. 이런 행동을 하는 홍판서는 간신의 상징으로 이 소설에서 제
시되고 있는 유자광이나 임사홍과 같은 부류임을 단적으로 보여주는
것이라 할 수 있다. 허균의 소설에 등장하는 홍판서는 비록 시비(侍婢)
를 건드려 길동을 낳았지만, 본래 천성이 황음한 사람은 아니다. 따라
서 그는 홍길동이 신분 때문에 고민하는 것을 알고, 자신을 아버지라
부르고 형을 형이라 부르라고 이야기하는[33] 올바른 인격의 소유자로

---

33) 許筠, 앞 책, 426쪽.

설정되어 있다. 또한 그는 기본적으로 당대의 충신으로 묘사되고 있다.34) 그러나 박태원의 소설에서는 전혀 상황이 달라진다. 우선 길동의 아버지 홍판서는 허균의 소설에서와 전혀 다른 모습을 보여준다. 그는 자신의 출세를 위해서면 무슨 일이든지 할 수 있는 자이며, 자신의 지위와 신분을 이용해 백성을 수탈하는 인물이다. 이런 인물에게서는 올바른 인격을 기대할 수가 없기 때문에 허균의 소설에서와 같이 호부호형(呼父呼兄)을 허락하는 모습은 전혀 나타낼 수 없다. 이러한 설정은 기본적으로 홍길동의 가출이 더 이상 견딜 수 없는 상황에 의해 필연적으로 일어날 수 밖에 없는 것임을 강조하는 것이라고 할 수 있다.

　다음으로 그가 의적이 되는 과정도 자발적인 것이 아니라 주위 상황의 변모와 '조생원'의 권유에 따른 것으로 제시되고 있다. 허균의 작품에서는 이 과정이 우연한 것으로 그려지고 있다. 즉, 홍길동이 길을 가다가 우연히 도적을 만나고 그들의 두령이 되는 것으로 묘사되고 있다.35) 그러나 박태원의 작품에서는 홍길동이가 집에서 가출하여 유모의 집에 머물고 있다가 이웃집에 사는 음전이의 처참한 상황과 죽음을 보고, 이를 초래한 황음무도한 임금 연산의 실정에 대해 분개하고 고민하는 과정 등을 넣음으로써, 그 전개 과정이 객관적 타당성과 필연성을 가지도록 하고 있다. 또한 이것은 홍길동이 적서차별로 인한 자신의 개인적 고뇌에서 탈피하여, 그 적서차별의 잘못된 상황을 초래한 당대의 현실에 대해 눈 떠가는 의식의 변모과정을 합리적으로 제시하는 효과를 나타낸다. 즉, 이제까지 자신의 문제에만 매달려 있던 홍길동이는

---

34) 許筠, 앞 책, 421쪽. 홍판서에 대한 이 부분의 서술은 다음과 같다. '대대 명문거족으로 소년등과하여 벼슬이 이조판서에 이르매 물망이 조야의 으뜸이요, 충효겸비하기로 이름이 일국에 진동하더라'
35) 許筠의 「홍길동전」에서는 홍길동이 집을 떠나 정처없이 떠돌아다니던 중에 우연히 도적의 소굴을 발견하고 도둑들의 청에 따라 힘을 과시하여 그들의 두목이 되고 있다.

음전이의 일을 계기로 해서 다른 사람들의 고통을 이해하고, 결국 고통 받는 다른 사람들의 일을 해결하는 것은 자신의 문제를 해결하는 길임을 깨닫게 된다. 이러한 과정을 거쳐 홍길동이 의적으로 변모함으로써 결국은 홍길동의 영웅성을 제거시키고 있다.

홍길동이 허균의 소설에서처럼 영웅적 인물이 아니라 당대 백성들의 보편적인 희망을 담지한 전위적인 인물이라는 점은 연산군의 폐위를 위해 활동하기로 결심하는 과정에서도 드러난다. 이러한 상황설정은 허균의 작품에서는 전혀 나타나지 않는 부분으로, 작가가 홍길동을 일종의 민중 혁명의 주도자로 그리려고 한 것으로 생각된다. 처음 종루 기둥에다 연산군에 대한 의병 봉기를 선동하는 격문을 붙인 것은 신원이 밝혀지지 않은 사람의 행위였다. 그러나 이로 인해 무고한 사람들이 피해를 당하자, 이번에는 홍길동이 자신의 이름을 걸고 동일한 내용을 격문을 붙이게 된다. 여기에서 홍길동은 이 격문을 보고 모든 문제의 근원이 잘못된 군주에 있음을 확실하게 인식하게 되는 것이다.

> 무도한 인군을 죽이는 도리는, 자고로, 그 예가 있는 것이니,
> 모든 백성은 우리 의병(義兵)을 따르거라 — 하는 것이다.
> 물론, 붙인 사람의 이름은 씨어 있지 않았다.
> 종루 기둥에 발칙스런 방문이 붙었다는 말을 전하여 듣자, 연산은 펄 펄 뛰었다. [……중략……]
> 그러나, 범인은 좀처럼 나오지 않았다. 이로 인하여, 애매한 사람들이, 많이 포교들 손에 걸리어, 악독한 형벌을 받았다. [……중략……]
> 진범인은 나오지 않은채, 좌우포청(左右捕廳)의 남간(南間) 북간(北間)이, 이들 혐의자로 하여 가득 찼을 때, 뜻밖에도, 똑같은 내용의 방이, 이번에는 종루 기둥에만이 아니라, 사대문에까지 일제히 붙었다.

　　그리고 이번에는, 뚜렷하게, 『활빈당 행수 홍길동』이라 서명
이 있었다. (151~152쪽)

　이러한 서술은 역시 홍길동과 활빈당의 행동이 당시 민중의 감정에
충실한 대변이었음을 말해주는 한 증거가 된다. 이제까지의 홍길동은
문제의 근원은 그대로 내버려 둔 채 그 주변에 대해서만 징치하였는데,
이 사건을 통해 자신과 활빈당의 방향을 명확히 설정하게 된 것이다.
즉, 이 사건을 통해 비로소 홍길동은 타락한 세계를 근본적으로 개혁하
기 위해서는 포악한 군주를 가는 것이 유일한 해결책임을 명확히 인식
하게 되는 것이다. 이것은 홍길동이 비로소 한 시대의 전위로서 자신을
인식하기 시작했음을 의미한다.
　앞에서 살펴보았듯이, 이 작품에서 홍길동의 의식이 변화되는 전환
점들은 모두 일정한 외적 계기에 의한 홍길동의 적극적인 반응에 따른
것이다. 이것은 작가가 홍길동을 고전소설에서의 주인공과 같은 영웅
적인 인물이 아니라 당대의 보편적인 서민들과 동일한 인물로 설정하
고자 했음을 말해준다. 단지 홍길동이 당대의 서민들과 차별성을 가지
는 것은 당대인들의 내재적인 현실 변혁의 욕구를 깨닫고, 이를 직접적
으로 행동화한다는 데에 있다.
　다음으로 이 작품에서 허균의 동명(同名)소설과 두드러진 차이를 나
타내는 점은 시대적인 배경 설정이다. 허균의 작품에서는 '화설(話說)
조선국 세종조(世宗朝) 시절에'[36]라고 하여 시대 배경을 세종대왕 시절
로 명시하고 있으나, 박태원의 작품에서는 연산군이 집권하던 시대로
제시하고 있다. 이 작품에서는 황음무도한 군주 연산조 시대를 작품의
배경으로 선택함으로써 당대 사회의 부패와 타락양상을 구체적으로 제
시할 수 있고, 직접적으로 왕과 관리들을 비판하면서 고통받는 백성들

---

36) 許筠, 앞 책, 421쪽.

의 입장을 대변할 수 있게 된다. 그리고 홍길동 일파의 행위도 정당한 행위로 나타내게 된다. 이 작품에서는 홍길동이 다른 도적 무리들을 설득하여 활빈당에 가담시킬 때 내세운 주장을 작가주석적서술을 통해 다음과 같이 표현하고 있다.

> 그들의 주장은, 이왕 도적질을 할 바에는, 백성들의 기름과 피를 빨어서 배가 부를대로 부른 탐관오리들의 재물을 빼앗자는 것이었다.
> 그것은 본래 그 자들의 것이 아니다. 모두가 불쌍한 백성들의 재물이었다. 그러한 까닭에, 그것은 빼앗는 것이 아니라, 그들에게 부당하게 빼앗겼던 것을, 모두 찾는 것이다.
> 그래 가지고는, 그것을 본래의 주인인 백성들에게 골고루 나누어 주자는 것이다. 가난한자 의지 없는 자들을 널리 구율(救恤)하여 주자는 것이다. (88쪽)

이러한 홍길동의 행위와 대비시켜 이 작품에서는 지배계층의 타락상을 연산군의 포악한 행위와 잘못된 정치를 중심으로 여러 가지 제시하고 있다. 이 작품에서 주석적 서술을 통해 제시하고 있는 연산군과 관리들의 잘못된 정치 행위와 타락상을 보여주는 삽화들은 ① 죄없이 많은 선비들이 죽음을 당한 「갑자사화」 ② 「동국여지승람」에까지 기록된 효자와 덕행있는 자들의 처벌 ③ 환락을 즐기기 위한 관직으로 채홍사와 채청사의 설치와 그들의 행위 ④ 해인사 사건의 처리에서 보여주는 조정 관리들의 무능과 무사안일, 그리고 자기보전의 모습 ⑤ 경희루 못가의 만세산 조성 등을 들 수 있다. 이러한 내용들은 허균의 작품에서는 나타나지 아니한 것들이다. 그리고 이는 홍길동이 형의 호소에 호응하여 자수하는 장면을 배제하고 이를 비사실적이라고 이야기하고 있는 점과 마찬가지로, 작가가 이 작품의 사실성을 강조하기 위해 의도적으로 작가주석적 서술을 통해 삽입한 것들이다. 이런 작가의식에 의해 변형 내지는 첨가와 삭제 등은 ① 홍길동의 행적을 가능한 한 당대 사회현실에 맞추어 합리적으로 서술해 보려고 한 점과 ② 홍길동의 활동에 있어 영웅성을 최대한 억제하고, 당대 민중의 보편적 희망을 실현시키려고 했던 자로 의미를 축소시키려 하고 있다는 점에 그 주안점이 두어지고 있다.

앞에서 살펴본 것처럼 작가적 서술상황으로 되어있는 이 작품은 작가주석적 서술을 통해 홍길동이라는 인물과 상황설정, 그리고 시대적인 배경에 있어 허균의 작품과는 다른 변모를 보여주고 있다. 주로 3인칭 외부시점으로 서술되고 있는 이 작품에서 화자-인물과 서술자아만이 두드러지게 나타나고 있다. 등장인물에 있어서도 홍길동의 영웅성을 최대한 억제하고, 당대 서민들의 바램을 실현시키려고 노력하는 인물로 의미를 축소시킴으로써 허균의 작품과는 달리 리얼리티를 충분히 구현하고 있다. 그리고 상황설정에 있어서는 홍길동의 행적을 가능한 한 당대 사회 현실에 맞추어 서술함으로써 합리성을 도모하고 있고, 시대적인 배경에 있어서도 연산조로 설정함으로써 이 작품의 주요 내용들인 당대 사회의 부패와 무능, 그리고 왕과 대신들의 타락에 대한 직접적인 비판 등이 타당성을 갖게 하고 있다.

3) 주어진 세계와 인간의 문제

앞에서 우리는 해방 직후에 발표된 소설 중 대표작이라 할 수 있는 박태원의 「洪吉童傳」을 허균의 동명(同名)소설과 비교하면서, 서술의 방향에 있어서 양자가 어떤 차이를 보이고 있는지를 구체적으로 살펴보았다. 이것은 기본적으로 박태원이 허균의 소설을 원작(原作)으로 하여, 나름대로의 현실인식을 토대로 패러디를 통해 작품을 변형(變形) 또는 개작(改作)한 것이라는 관점에서 출발한 것이다. 이 작품은 이러한 변형 또는 개작을 통해 작가의 의도를 구체적으로 제시하고 있다.

이 작품의 주제라고도 할 수 있는 작가의 의도는 첫째가 리얼리티의 구현에 초점이 모아진다. 리얼리티의 구현(具現)은 이 작품에서 일정한 방향성을 가지고 시도되고 있다. 우선 박태원은 허균의 「洪吉童傳」이 "고대소설이라는 것이 흔히 그렇듯, 이 『홍길동전』도 사실에 없는 허무 맹랑한 수작이 너무 많다."고 하여, 자신은 철저하게 작품에 사실성을 부여하고자 함을 공언하고 있다.[37] 이처럼 작가의 리얼리티에 대한 지향 의식 때문에 박태원의 작품은 크게 세 가지 점에서 허균의 같은 이름을 가진 작품과 확연히 구별되는 모습을 보인다.

첫째로, 홍길동의 가출 동기 부분이다. 허균의 소설에서는 홍길동이 가출하게 된 동기가, 당사자의 말을 통해서 적서차별의 현실에 대한 불만에서인 것으로 묘사되어 있으나, 박태원의 작품에서는 이 부분을 좀 더 강화하고 있다. 즉 박태원은 리얼리티를 강화하기 위해 무령군 유자광의 아들과의 활쏘기 시합 장면을 제시하고 있다. 이 활쏘기 장면은 홍길동의 특출남을 보여주는 동시에, 그런 특출난 용맹을 가지고 있으

---

37) 朴泰遠은 그의 「洪吉童傳」 곳곳에서 許筠의 「洪吉童傳」과 자신의 소설이 다르다는 것을 기회가 있을 때마다 언급하여 차별성을 부과하고 있다. 대표적인 예를 몇 가지 들어보면 다음과 같다.
"고본 「홍길동전」은, 단순히 소설로 볼 때에는 흥미가 아주 없지도 않으나 문헌(文獻)으로서의 가치는 별로히 없는 저술이다."(83쪽)
"그러한 중에, 이 『해인사사건』 하나만은 대체로 사실과 부합한다. 대개, 이대로 믿어도 좋다. 그러나, 그 때, 길동이가 거느린 도적의 수효는 옳지 않다."(83쪽)
"새로 도임한 경상감사가, 길동이를 달래는 방을 써 붙인 것은 좋으나, 그것을 보고, 길동이가 감영으로 형을 찾아 왔다 함은, 사실과 어긋나는 수작이다. 길동이는 종시 감영에는 나타나지 않았다. 또 나타날 까닭도 없는 일이었다."(155쪽)

면서도, 신분의 한계 때문에 능력을 발휘하지 못하는 비애를 독자에게
실감있게 보여주는 역할을 한다.

둘째로, 조생원과 음전이의 제시이다. 이 작품에서는 홍길동의 의식
이 개인적인 차원에서 사회적 차원으로 전환되는 과정에서 자극을 주
는 인물로서 조생원과 음전이가 제시되고 있다. 이 작품에 등장하는 조
생원과 음전이는 허균의 작품에는 등장하지 않는 인물들이다. 조생원
은 시대에 대한 반항아로서, 자기 아버지의 부정에 반발하여 의도적으
로 아버지가 모아 놓은 재산을 방기하고 경상도 선산 땅에 와서 훈장
노릇을 하고 있는 사람이다. 음전이는 고아나 다름없는 처지로, 힘겹게
삶을 살아온 처녀이다. 이 작품에서 작가가 조생원과 음전이를 등장시
킨 것은 기본적으로 허균의 작품이 홍길동이라는 초인간적인 한 인물
의 신이한 능력을 보여주는 일종의 영웅소설로 쓰여지고 있는 반면에,
박태원의 동명(同名)소설은 홍길동이 다른 인물보다는 비범하기는 하
지만 신이하지는 않고, 또한 그의 행동이 개인적인 영웅으로서의 행위
가 아니라 당대의 그와 같은 고통을 느끼고 있던 일반 백성의 보편적
정서를 담고 있는 행위로 그리고 싶다는 작가 의식의 소산이라고 볼 수
있다. 작가가 이렇게 홍길동의 행동을 그린다면, 이미 허균에게서처럼
초인간적인 영웅의 행동은 별반 의미가 없어진다. 오히려 그런 행동은
작가의 의도를 방해하는 역할을 하게 된다고 할 수 있다. 따라서 박태
원은 음전이와 조생원이라는 인물을 통해 홍길동의 이후 행동이 사회
성과 일정한 정치적 의의를 띠는 것임을, 좀 더 구체적으로 이야기한다
면 당대의 없는 자의 일종의 전형적 인물의 행위임을 나타내려고 했던
것으로 보인다.

셋째로, 홍길동과 활빈당이 연산군의 제거만이 유일한 해결책임을
인식하고 지배계급 내에서 동일한 생각을 하고 있는 성희안·박원중·
유순정·신윤무 등과 접촉하려 할 때, 이들이 도적패거리와 뜻을 같이

할 수는 없다고 거절하는 장면이다. 이것은 홍길동과 활빈당이 직접 연산군을 제거하거나, 지배계급 내의 모반 세력과 결탁하여 거사를 하는 것보다는 훨씬 사실성이 있는 설정이라고 할 수 있다. 즉, 박태원은 홍길동과 활빈당의 활동이 당시 백성들의 희망을 지향하고 있다는 점을 일관성있게 서술하고 있지만, 바로 이런 설정을 통해 그 한계를 명시함으로써 작품의 리얼리티를 잃지 않고 있다는 점은 주목해 봐야 할 부분이다.

두번째로 드러나는 작가의 의도는 일정한 정도의 계급의식 제시이다. 이 작품의 등장 인물들은 지배계급과 피지배계급으로 뚜렷하게 나누어지고, 그들은 철저하게 이분법적으로 대립되어 있다. 작가는 먼저 이 점을 어느 정도 염두에 두고 배경을 설정하고 있다. 즉, 이 작품은 조선시대 왕 중에서 가장 포학했고, 문란했던 왕으로 평가받는 연산군 시대를 배경으로 하여 당대 사회를 조명하고 있다. 이것은 상당히 의미심장한 시대 설정이라고 할 수 있는 것으로, 이후 작가가 일정한 정도의 계급적 인식을 작품에 반영하려고 할 때, 상당히 유용한 역할을 하게 된다. 이 작품에서 작가가 인물들을 명확히 두 부류로 구분하고, 지배계층을 악과 타락의 상징으로 제시하고 있음은 작가가 그 한 편인 피지배계층의 입장을 대변하고자 함을 나타낸다. 즉, 타락한 지배계층이 전횡하는 사회에 대한 묘사를 통해 지배계층과 당대 현실에 대해 자연스럽게 비판할 수 있게 되며, 피지배계층의 입장을 대변할 수 있게 된다. 따라서 이 작품에서는 허균의 작품에서 제시되었던 아버지 홍판서와 형 때문에 자신의 뜻을 꺾는 부분이나, 임금에게서 병조판서를 제수받는 장면 등의 상황설정과 전개가 나타날 수 없게 된다. 이는 한편으로 가진 자는 구제받지 못할 악인이라는 것을 강조하기 위한 의도적 개작이라고 할 수 있다. 이러한 개작으로 인해 박태원은 허균과는 달리 효와 충이라는 유교적 덕목에서 자유로울 수 있었고, 아울러 재산이나 지위를 가지지 못한 자가 가진 자에게 느끼는 강렬한 계급적 적대의식을 작품 속에서 형상화 할 수 있었다. 이 작품에서 재물이든지 지위이든지, 작가가 가진 자에 대해서는 철저하게 나쁜 인간이고, 못 가진 자는 선한 인간이라는 이분법적 시각으로 대상을 파악함으로써 작품을 단순화시키고 있기는 하지만, 한편으로는 그만큼 계급적인 인식을 철저히 하고 있음을 말해준다. 이러한 계급적인 인식은 이 작품의 뒷부분에 와서 이흡의 등장과 폭군 연산의 퇴위를 불러 온 궁정 반정을 긍정적으로 그림으로써 부분적으로 무산되고 말지만, 이런 인식을 제시하고 있다는 점은 이미 그가 광복 이전의 자신의 작품 경향에서 완전히 탈피하려고 하고 있음을 말해준다. 즉 작가의 이러한 시각은 그가 이전의 그의 작품을 서술할 때와 상당한 정도의 입장의 변화를 가져 왔음을 나타내고 있다.

　세 번째로 들 수 있는 작가의 의도는 역사의 정당성과 합리성을 강조하고 있다는 점이다. 이 작품에서 조생원을 뜻을 같이 한 홍길동은 선산의 을고개원패와 금산의 먹고개패, 풀고개패 등을 합쳐 문경 땅에서 '토끼벼루(兎遷)'패를 만들어 활동한다. 이들은 기존의 도적떼와는 달리 행인의 보따리나 뺏고 장꾼이나 털어먹는 행동을 하지 않고, 부유한 양반집만을 털었다. 이후 점차 그들은 자신들의 목적을 뚜렷하게 하여, 탐관오리가 부정한 방법으로 축재한 재산을 빼앗는 단순한 도적떼에 그치는 것이 아니라, 빼앗은 재물을 원래 주인인 백성들에게 골고루 나눠줘 없는 자를 널리 구휼하고자 한다. 이제 그들은 자신들을 '활빈당(活貧黨)'이라 부르게 되는 것이다. 처음 그들은 근린 마을의 부정한 양반네의 재산을 강탈하는 데에서 시작하지만, 해인사를 습격하고 나아가 함경감영, 평안도 귀성부중 습격, 황해도 제령군수와 강원도 이천현감을 습격하는 사건으로 확산되고, 나중에는 선산과 상주, 의성 등 세 고을에서 동시에 탐관오리를 징치하고 그들이 부정하게 모았던 재물들을 백성들에게 나눠주고 암행어사를 자칭하여 황해감사를 봉고파직하는 과정 등을 통해 자연스럽게 사회적인 의미를 획득하고 있다. 허균의 작품에서는 처음부터 홍길동이 '활빈당'을 조직[38]하는 것처럼 되어 있지만, 박태원은 이것은 설득력이 없다고 보고, 홍길동이 점차 자신의 사회적 의미를 획득하는 과정 속에서 자연스럽게 만들어지게 된 것으로 묘사하고 있는 것이다.

이 작품에서 홍길동이 조선 팔도에 걸쳐 활약하는 모습을 구체적으로 그리면서, 그 가운데서 각도 도적들이 홍길동과 '활빈당'의 취지를 이해하고 돕는 모습을 그리고 있다는 것은 바로 역사의 정당성을 제시하기 위한 설정이라고 할 수 있다. 즉, 홍길동이 활동하는 과정에서 함경감영 습격 사건 때 도움을 주는 태백산패가 보여주는 것처럼 다른 지역의 도적패들에게서도 행위의 정당성을 인정받은 모습은 그들의 행위가 역사적 정당성을 갖고있기 때문이다. 평안도 귀성부중 습격에서의 굴암산패, 황해도 제령군수 습격시 장수산패, 강원도 이천현감 습격시의 광복산패, 경기도 지평현 공격시의 용문산패, 충청도 공주목사 습격시의 계룡산패, 전라도 군수의 봉물 강탈시의 용화산패 등도 홍길동의 취지를 이해하고, 그를 도와 활동을 하고 있음은 당대에 의로운 일을 하고 있다는 자부심 때문이다. 이것은 홍길동의 행적이 개인적인 차원에서 이루어지고 있는 것이 아니라, 당대 피압박층의 지배계급에 대한 공통된 불만과 반감을 대변하는 것이라는 것을 말해주는 것이다. 즉, 한 특출난 영웅에 의한 돌출된 행동이 아니라, 피지배계급의 공통적 욕망을 홍길동이라는 인물을 통해서 구현하고 있는 것이다. 따라서 각 지역에 산재된 도적패들이 홍길동과 조생원을 도와 부패한 지배계급과 맞서 싸우게 되는 것이다. 또한 홍길동이 각도를 돌아다니면서 일을 벌

---

38) 許筠, 앞 책, 428쪽.

이는 것은, 이미 어느 지역에서나 부정부패한 탐관오리들의 학정에 지친 백성들이 있음을 의미하는 것이고, 동시에 홍길동의 행동이 궁극적으로 지배계급에 대한 피지배계급의 집단적인 반발의 행동임을 나타내기 위한 것이라고 볼 수 있다.

그리고 이 작품에서 홍길동과 그를 잡으러 조정에서 토포사로 파견된 우변포도대장 이흡과의 만나는 장면 및 이흡의 심경 변화를 구체적으로 그리고 있는 것도 홍길동의 행동이 정당함을 드러내주는 부분이다. 허균의 소설에서는 이흡의 심경 변화에 대해서는 전혀 언급함이 없이 홍길동의 뛰어남을 그리는 정도로 제시되고 있는데 반해서, 박태원의 소설에서는 오히려 이흡의 심경 변화에 초점을 두어 서술하고 있다.

> 활빈당―, 이름은 좋다. 그러나 역시 도적떼임에는 아무 다름이 없는 것이다.
> 세상에는 활빈당을 가리쳐 의적(義賊)이라고 말하는 이가 많은 모양이나, 대체, 의적이란 무엇이냐 말이다.
> 도적적(賊)자와 같은 흉악한 글자 위에다 어떻게 의로울 의(義)자와 같은 아름다운 글자를 붙일 수가 있다는 말인가?
> 무지몽매한 백성들은, 더러, 저이들도 활빈당의 덕을 본다 해서, 이 도적떼를 좋게 고맙게 알고 있나 보다마는, 그것은 어림도 없는 수작이다.
> 전하는 말에 의하면, 길동이는, 토끼벼루 저의 소굴에다, 규모는 적으나마 바로 아방궁(阿房宮)을 꾸며 놓고 있다는 것이다. 그리고 좌우에 거느리고 있는 미녀(美女)가 수십명, 매일 연락(宴樂)은 끊일 길 없고……, 그 생활이 실로 왕자(王者)가 부러웁지 않으리라 한다.
> (대체, 무엇이 의적이고, 무엇이 활빈당이란 말이냐? 남의 재물, 나라의 재물을 도적질하여, 제 마음것, 제 욕심껏 쓸만큼 다 쓰고, 약간 남는 것을 그저 말막음으로 백성들에게 흩어 주어,

헛된 이름과 헛된 생색만 몇곱절을 내고 있는 것이 사실이 아니
냐?……) (132쪽)

토포사 이흡은 처음 홍길동을 잡으러 왔을 때, 홍길동을 단순한 도적
이상으로 생각하지 않는다. 이흡의 생각으로는 홍길동은 분명히 도적
에 불과하며, 그것도 매우 흉악한 도적이다. 그가 백성들에게 뺏은 재
물을 나누어 주는 것도 자기의 호화스러운 생활에 대한 말막음용에 불
과하다. 이러한 이흡의 생각은 토끼벼루로 가서 홍길동과 만나 보름 동
안 같이 지내는 가운데 완전히 달라진다. 직접 보게 된 홍길동은 그가
이제까지 전해 듣던 것과는 전혀 딴판이었다. 즉, 홍길동과 활빈당이
자신들의 사리사욕을 위해서 이제까지 관원을 습격한 것이 아니라, 백
성들의 억울함을 풀어주기 위해서임을 이흡은 명확하게 깨닫게 된 것
이다. 따라서 이제 그는 홍길동을 죽이는 것이 진정 나라의 화근을 없
애는 일인지 고민하게 된다. 오히려 이흡은 홍길동이 이 모든 일이 잘
못된 임금 때문임을 지적하자 그 말에 공감하게 된다. 그렇다고 홍길동
과 같이 행동한다는 것은 정부 고관인 이흡으로서는 불가능한 일이다.
여기서 이흡은 고민하나 결국 그는 용문산패의 괴수 노릇을 하며, 홍길
동 곁에 주저앉고 만다.

작가가 이처럼 이흡의 심리 변화를 상세히 서술하고, 결국 이흡이 홍
길동의 뜻에 동조하여 용문산패의 괴수가 되도록 하고 있는 것은 홍길
동과 활빈당이 정당한 활동을 하고 있다는 것을 증명하기 위함이 그 첫
번째 의도이며, 두 번째로 이후에 일어나는 궁정 혁명 ─ 성희안·박원
중·유순정·신윤무 등에 의한 연산군의 폐위 ─ 과의 연결 고리를 만
들기 위해서이다.

끝으로 이 작품에서는 연산이 폐위되고, 새 임금이 등극하자 홍길동
이 그 자취를 감추는 것으로 서술되고 있다. 허균의 「洪吉童傳」에서는

홍길동이 자신이 소원하던 바인 서자로서의 신분적인 한계에서 벗어나
게 되자39), 더 나은 발전을 위해 율도국 이야기가 설정되고 있는데, 이
작품은 정반대로 서술하고 있다. 이것은 전자가 주로 홍길동의 영웅성
을 부각하면서 그 주된 내용을 적서차별의 철폐에 두고 있는데 반하여,
후자에서는 지배계급에 의한 피지배계급의 수탈이 주된 내용으로 설정
되면서 홍길동의 역할 또한 특출난 영웅이 아닌, 백성의 보편적 희망을
감지하고 이를 해결하기 위해 노력하는 당대의 전위로서 그리고 있기
때문에 발생하는 것으로 해석된다.

　이제까지 살펴본 것처럼 이 작품을 통해 작가가 제시하고자 한 것은
첫째가 리얼리티의 구현이고, 둘째는 계급의식의 반영이다. 그리고 셋
째는 각성된 민중의식의 제시를 통한 계급투쟁의 역사적 정당성에 대
한 강조라고 할 수 있다. 이는 허균의 작품에서 보여주는 ‘제도의 모순
과 정치의 부패성 규탄’40)에서 한걸음 더 나아가 ‘서민들의 자아 인식
과 비판의식의 성장에 따른 서민 의식의 고양’으로 주제가 변화되고 있
음을 말해준다.

　그러나 이 작품에서는 몇 가지 문제점이 드러난다. 첫번째 문제점은
부분적으로 작가의 세계관이 일관되지 못한 일면을 드러내고 있다는
점이다. 이것은 성희안・박원중・유순정・신윤무 등으로 대표되는 궁
정 반란 세력에 대해서 호감을 표하고 있는 부분에서 나타난다. 이들은
비록 폭군 연산을 폐위시키려고 모의하고 있지만, 이것은 사실 자신들
의 기득권을 포기하지 않으려는 자위 수단으로 인식할 수도 있다. 이렇
게 본다면, 작가가 이들을 긍정적으로 묘사하고 작중 주인물인 홍길동
이 이들과 연합하려고 하는 모습을 그리고 있다는 것은 작가의 세계관

------

39) 許筠의 「홍길동전」에서는 홍길동이 병조판서를 제수받음으로써 신분적
　　인 굴레에서 벗어나는 것으로 서술되고 있다.
40) 정주동, 『古代小說論』, 형설출판사, 1981, 80쪽.

이 철저하지 못함을 반증하는 것이라 할 수 있다.

그러나, 이 점은 작가가 작품의 시대 배경을 연산조를 선택할 때, 이미 결정된 어쩔 수 없는 결과로 볼 수도 있다. 즉, 조선시대 연산조의 실정으로 보면, 오히려 이런 결과가 '리얼리즘의 승리'로 읽힐 수도 있다는 것이다. 물론 이 점은 앞으로도 좀 더 규명되어야 할 부분이라 하겠다.

또 하나의 문제점으로 지적될 수 있는 것은, 이 작품 전체를 통해 작가는 철저하게 리얼리티의 구현을 이루려고 노력하고 있지만, 그럼에도 불구하고 여전히 비논리적이고 타당성이 없는 서술이 나오고 있다는 점이다. 대표적인 것으로, 각 도의 도적패들이 아무런 대가없이 홍길동과 조생원에게 동조하는 것으로 서술하고 있는 점을 들 수 있다. 이 작품에서 각 도에 산재한 도적패들이 홍길동의 수하에 든 것은, 첫째로 홍길동과 조생원의 뛰어남에 감복되었기 때문이고, 둘째로 그 뜻에 동조했기 때문으로 서술하고 있다. 실제로 이것은 지극히 불가능한 일이라고 할 수 있다. 그들 사이에 강력한 계급적 동조의식이 존재하고 있다면 가능하겠지만, 아직 그럴 단계는 아니다. 그들이 도적질을 하는 것은 시대에 대한 반항이 아니라, 나름대로 일종의 도피 행위로 보는 것이 훨씬 타당할 것이다. 따라서 그들 사이에 어떤 계급적 동조의식이 있으리라고 본다는 것은 무리이다. 그들은 단지 필요에 의해서라고 보는 것이 타당41)할 것이다. 그렇다면, 이들의 결합을 계급적 연대의식으로 파악하는 것은 잘못된 것이라고 판단된다.

이런 관점에서 또 하나 지적될 수 있는 것은, 홍길동을 잡으려고 내려 왔던 토포사 이흡이 그대로 홍길동의 곁에 눌러 앉아 활빈당의 괴수가 된다고 설정한 점이다. 이것은 홍길동과 활빈당의 활동이 정당하다

---

41) 혼자보다는 무리를 짓는 것이 도적질하는 데 좀 더 유리하다는 것은 달리 설명할 필요가 없으리라 생각된다.

는 것을 강조하기 위해서 작가가 의도적으로 설정한 부분으로 보이나, 양반 관료인 이흡이 단순히 홍길동과 활빈당의 활동이 정당함을 인정한다고 해서, 그가 여기에 가담한다고 생각하는 것은 지나친 비약이라고 아니할 수 없다. 오히려 이 부분은 박태원이 이 작품을 통해 지향하려고 했던 리얼리티의 구현에도 역행하는 것이라고 생각된다.

　이런 결함에도 불구하고, 이 작품은 리얼리티의 구현이라는 일정한 지향점과 일정한 정도의 계급적 인식, 그리고 서민들의 자아 인식과 비판 의식의 성장에 따른 서민의식의 고양을 드러내려고 있다는 점에서 의의를 찾을 수가 있다. 이러한 작가의 의도는 주인공 홍길동의 영웅화를 지향하지 않고 그를 평범하지만 불평등한 현실에 맞서 행동하는 인물로 형상화하려고 한 점과 지배계층과 피지배계층을 이분법적으로 파악하고 있는 점, 그리고 시대적 한계를 명확히 하고 있으면서 당대 서민층의 의식이 각성되어 가는 점을 드러내고자 한 점 등으로 보다 구체화되고 있다. 특히 이 작품에서는 서민층의 의식을 부각하기 위해 이름 없는 백성이 포학한 군주 연산에 대해 봉기할 것을 주장하는 격문을 붙인다든가, 홍길동이 이를 보고 새롭게 깨달아가는 과정 등이 제시되고 있다는 것은 허균의 작품에서는 전혀 나타나지 않는 부분으로 작가가 이 시기를 시민혁명의 전 단계로 나타내고자 한 것으로 볼 수 있다.

　이러한 박태원의 태도는 그가 식민지 시대에 발표했던 「小說家 仇甫氏의 一日」이나 「川邊風景」과는 전혀 다른 입장에서 이 작품을 창작하려고 했다는, 즉 창작 경향을 근본적으로 변화시키고 있다는 것을 의미한다. 따라서 이 작품은 이제까지 식민지 시대의 모더니즘 계열의 작품들과 월북 후에 발표된 「계명산천은 밝아오느냐」 및 「갑오 농민 전쟁」 사이의 논리적 연결 고리를 하고 있는 것으로 평가된다.

5. 월북 이후의 작품 활동과 사회주의 리얼리즘의 지향
―「갑오 농민 전쟁」

해방 직후부터 작품의 제재를 역사적 사실에서 취재하면서 「洪吉童傳」과 같은 리얼리즘 소설을 창작했던 박태원은 월북 이후 그 전까지의 작품 경향과는 다른 새로운 경향의 소설들을 발표하고 있다. 해방 직후에 발표했던 「洪吉童傳」과 같은 작품들이 리얼리티의 구현과 어느 정도의 계급 인식에 초점이 두어졌다면, 월북 이후의 작품들은 계층간의 갈등을 통해 공산주의 인물형과 계급간의 투쟁을 작품 속에서 구체적으로 드러내 보여주고 있다.

그가 월북 이후 발표했던 작품들은 「삼국지연의」, 「홍길동전」, 「조국의 품」, 「조국의 깃발」, 「임진 조국 전쟁」, 「리순신 장군」, 「계명산천은 밝아오느냐」, 「갑오 농민 전쟁」 등이 있다.[1] 위의 작품들 중에서 「계명산천은 밝아오느냐」와 「갑오 농민 전쟁」은 현재의 전사(前史)[2]를 다룬

---

1) 이들 작품 중에서 현재 남쪽에서 재간행된 「계명산천은 밝아오느냐」와 「갑오 농민 전쟁」을 제외하고는 남쪽에서 구해보기가 거의 불가능하다. 현재 남쪽에서 간행이 되지 않은 나머지 작품들은 제목으로 추정해 보아 월북 이전에 발표했던 작품들을 개작하여 다시 발표한 것으로 보인다.

2) 루카치, 이영욱 옮김, 『역사소설론』, 거름, 1987, 194쪽. 여기에서 루카치는 역사소설의 모든 내용을 바로 우리의 것으로 체험하여 예술적 감동을 받으려면 그 내용 모두를 바로 우리의 前史로서 체험해야 한다고 말하고

것으로, 오늘의 시대와 직접 연결되는 19세기의 민란과 동학혁명 등 격
변하는 시대상황을 배경으로 하고 있다.[3] 「계명산천은 밝아오느냐」[4]
는 19세기 중반의 민란시대에 농민들의 의식이 각성되어 가는 과정을
그린 작품으로, 동학혁명이 일어나기 바로 앞 시대를 다루고 있다. 「갑
오 농민 전쟁」[5]은 갑오년(1894년)에 일어난 동학혁명을 소재로 하여 동
학농민혁명기의 전 과정을 다루고 있으며[6], 이 작가의 마지막 발표작
이기도 하다.

여기에서는 북한에서 발표한 그의 작품 중에서 「갑오 농민 전쟁」을
선택하여 그 속에 내포되어 있는 서사구조와 주제를 분석해보면서, 그
의 문학에서 새롭게 나타나는 사상적인 변모도 함께 살펴보고자 한다.
이러한 작업을 수행하기 위해 이 작품을 발표하기 이전 북한에서의 활
동상황과 함께 북한 최초의 역사소설로 지칭되는 「계명산천은 밝아오
느냐」의 서사구조와 주제를 분석해보고자 한다. 이를 통해 그의 문학

있다.

3) 潘星完, 「루카치의 歷史小說理論과 우리의 歷史小說」, 『외국문학』 1984년
   겨울호, 44쪽. 여기에서도 루카치의 관점을 빌어, '현실과 동시대의 역사
   적 사건에 대한 체험적 관계없이는 역사의 형상화는 불가능하다. 현재의
   前史로서의 역사를 구체적으로 현재의 삶과 연결시키고, 또 현재적 삶을
   형성하고 있는 과거의 역사적 힘을 생생하게 되살림으로써 비로소 역사
   는 의미를 지닐 수 있다.'고 말하고 있다.

4) 朴泰遠, 「개명산천은 밝아오느냐」, 조선문학예술총동맹, 1965. 3(깊은샘,
   1989). 본고는 <깊은샘>본을 분석의 텍스트로 삼는다.

5) 전체가 3부로 이루어진 이 작품은 1984년에 완성된 것으로 알려져 있다.
   제1부는 1977년 4월에, 제2부는 1980년 4월에, 그리고 제3부는 박태원이
   사망(1986. 7. 10)한 후인 1986년 12월에 북한의 문예출판사에서 각각 발
   간되었다.

6) 이제까지 갑오년에 일어난 농민항쟁을 소재로 작품을 발표한 작가들은
   몇 사람 있지만(이이화, 역사소설의 반역사성, 『역사비평』 창간호, 역사
   문제연구소, 1987년 가을 참조), 대부분 이 시기 전체를 전면적으로 형상
   화하지는 않고 있다.

에 있어서 마지막 변모양상을 파악할 수 있으며, 초기 모더니즘 소설에서 시작하여 후기 사회주의 리얼리즘 소설로의 정착 과정을 살펴볼 수 있으리라고 본다.

1) 월북 이후의 작품 활동과 사회주의 리얼리즘

박태원은 6·25사변 중에 월북한 후 그 곳에서 역사소설 작품들을 발표한다. 그는 월북 직후 이태준의 후원 아래 국립고전예술극장의 전속작가로 선정되어 주로 창극의 대본[7]을 쓰면서, 1953년부터 평양 문학대학의 교수로 재직[8] 중 몇 차례에 걸친 문단 숙청바람에 안막(安漠), 한호(韓曉) 등과 함께 실각되었다.[9] 그 후 그는 함북 강제노동 수용소에 수용되어 상당 기간 작품활동을 하지 못했던 것으로 알려지고 있다.[10]

그는 월북 이후 주로 역사소설만을 창작했는데, 1960년대 초까지 「삼국지연의」, 「홍길동전」, 「조국의 품」, 「조국의 깃발」, 「임진 조국 전쟁」, 「리순신 장군」 등을 발표한다. 이어 1963년에 '혁명적 대창작 그루빠'의 지도 아래[11] 북한 최초의 역사소설이며 「갑오 농민 전쟁」의 전편(前

---

7) 그는 1953년에 曺雲과 함께 『조선창극집』을 간행한 것으로 알려지고 있다.

8) 「갑오 농민 전쟁」(공동체, 1989)의 작가연보 참조.

9) 권영민 編著, 앞 책, 36쪽. 그가 남로당 계열로 몰려 숙청 당해 작품활동이 금지된 시기는 1956년으로 알려져 있다.

10) 『東亞春秋』(1963. 4), 359쪽. 박태원이 작가로 다시 복귀한 시기는 1960년으로 알려져 있다.

11) 이것은 이 작품의 주제가 기본적으로 북한 당국의 노선과 정책에 철저히 의거하고 있음을 의미한다. 북한의 사회과학원 문학연구소에서 1975년에 펴낸 「주체사상에 기초한 문예이론」(『북한의 문예이론』, 인동, 1989)에서는 양자의 관계를 다음과 같이 설명하고 있다.
"당의 로선과 정책에 철저히 의거한 혁명적 문학예술을 창작한다는 것은

篇)인 「계명산천은 밝아오느냐」를 발표하고 있다.

「계명산천은 밝아오느냐」는 발표시 '갑오농민전쟁 전편'이라는 부제(副題)를 달고 있어, 박태원이 갑오년에 일어난 동학혁명의 전 과정(全過程)을 소재로 한 작품을 쓰려고 했음을 알 수 있다. 결국 이러한 그의 의도는 23년 후에 삼부작(三部作)인 「갑오 농민 전쟁」으로 완결되고 있다. 이 두 작품은 「계명산천은 밝아오느냐」의 내용이 「갑오 농민 전쟁」의 제1부 '칼노래'에서 다시 취급되고 있으며, 「계명산천은 밝아오느냐」에서 활동이 미미했던 인물들이 「갑오 농민 전쟁」에서는 그 활동이 구체적으로 드러난다는 점에서 서로간의 관계를 파악할 수 있다.

박태원은 「계명산천은 밝아오느냐」를 발표한 후 병고(病苦)[12]에 시달려서 오랜 동안 절필(絶筆)을 할 수 밖에 없게 된다. 이 때문에 「계명산천은 밝아오느냐」와 「갑오 농민 전쟁」 사이에는 심각한 단절이 생기고 있다. 이 단절의 대표적인 사례로는 「계명산천은 밝아오느냐」의 주인공격인 오수동을 들 수 있다.

「계명산천은 밝아오느냐」에서 오수동은 민란(民亂) 시대의 후손으로 묘사되며, 동시에 이후 혁명의 시대를 예비하는 인물이다. 그러나, 「갑오 농민 전쟁」에 와서 오수동은 혁명의 시대를 지도하는 인물로 이야기되지 못하고, 부차적(副次的)인 인물로만 묘사되고 있다. 그 대신 오수동의 아들로 설정되는 오상민이 이 시대의 주된 인물로 등장하는데, 문제는 혁명의 시대를 그리고 있는 「갑오 농민 전쟁」에서 오수동이 오상민에게 직접적인 교사(敎師) 역할을 전혀 못하고 있다는 점이다. 즉,

---

수령님의 혁명사상과 그 구현인 당의 로선과 정책을 창작의 기초로, 지침으로 삼는다는 것을 의미한다. 이것은 문학예술작품에 당의 유일사상이 정확히 구현되게 하는 근본조건이다."(37쪽)

12) 연보에 따르면 박태원은 1965년 兩眼 視神經 萎縮症과 網膜炎으로 완전히 실명하고, 1975년에는 高血壓으로 전신불수가 되는 등 오랜 병고에 시달리고 있다.

두 작품에서 모두 등장하는 오수동이 분명 「계명산천은 밝아오느냐」의 주인공이면서도, 「갑오 농민 전쟁」의 주인공인 오상민에게 단순한 혈연적(血緣的) 연결(連結) 이상의 의미를 주지 못함으로써 두 작품간의 연결이 제대로 이루어지지 못하고 있는 것이다.

또 하나의 문제는 두 작품의 시대적인 배경이 30여 년 정도의 시간적 차이를 가지고 있다는 점이다. 「계명산천은 밝아오느냐」는 1862년 임술민란(壬戌民亂) 시대를 배경으로 하고 있는데 비하여, 「갑오 농민 전쟁」은 1894년 발발한 동학혁명(東學革命)의 시대를 배경으로 하고 있다. 「갑오 농민 전쟁」이 「계명산천은 밝아오느냐」의 연작(連作)이라면, 이 사이의 공백을 메우려는 의도가 작품 속에서 좀 더 명백하게 드러났을 것이다. 그러나 「갑오 농민 전쟁」에서는 이런 의도가 전혀 나타나 있지를 않기 때문에, 이 두 작품간에 서사구조와 주제가 상당히 달라지고 있다. 따라서 본고는 이 점에 촛점을 두고 「계명산천은 밝아오느냐」의 서사구조와 주제를 살펴보고자 한다.

「계명산천은 밝아오느냐」는 1861년 초부터 사건을 전개시키고 있다. 이 작품의 시대적 배경이 되는 것은 1862년 농민항쟁(壬戌民亂)의 시기이다. 이 시기를 배경으로 하여 작가 박태원은 민란(民亂)이 발발할 수밖에 없었던 당대의 상황을 여러 삽화들을 통하여 상세하게 묘사하고, 주인공인 오수동의 방랑과 그 과정에서의 의미있는 만남[13]을 통하여

---

13) 박태원은 작품의 주인물인 오수동과 당대 사회에서 착취당하거나 소외된 여러 인물들이 만나는 장면을 많은 삽화를 통하여 묘사하고 있다. 이러한 묘사를 통해 작가는 1860년대 민중의 실상과 그들이 살아가고 있는 사회 및 역사를 형상화시키고 있는 것이다. 그리고 이러한 삽화들은 단순히 당대 민중들의 수탈 당하는 삶을 파노라마 식으로 보여주는 데에만 의미가 있는 것이 아니라, 이 속에서 민란의 형식을 통한 지배계급에 대한 반발로는 근본적으로 아무 것도 해결되는 것이 없다는 것을 인식하게 하고 있다.

이후 갑오년에 일어나는 농민전쟁을 예비하게 되는 모습을 그리고 있다. 이 작품의 주인공으로 설정되어 있는 오수동은 익산민란의 주도자 중 한 명인 오덕순의 아들이다. 그는 민란이 실패한 후 일차 도피했다가, 아버지가 전주 감영에서 효수되자, 아버지의 시체를 사형장에서 빼돌려 매장한다. 이후 그는 관에 쫓기는 신세가 되어, 조선 팔도를 방랑한다. 그는 이 과정에서 당대 사회에서 지배계층의 착취로 인해 고통을 받는 자나 소외된 여러 인물들과 의미있는 만남을 가지게 된다. 이 과정을 통해 그는 새로운 시대를 맞이해야겠다는 결의를 구체화하게 되고, 앞날을 기약하면서 신창으로 떠나가고 있다. 이러한 인물 설정은 갑오 농민 전쟁과 그 이전의 민란이 일정한 역사적 발전 단계에 있는 것으로 설정하여, 이후에 일어나는 갑오 농민 전쟁이 압제자(壓制者)에 대한 농민(農民) 항쟁(抗爭)적 요소를 가지는 것으로 작가가 서술할 의도를 가지고 있었음을 의미하는 것으로 파악된다.

이 작품에서 오수동의 아버지로 설정된 오덕순은 소설의 시대적 배경이 됐던 1862년 임술민란 당시 실존했던 인물로, 아들인 오수동에게 남기는 유언을 통해 개인적인 상황을 역사적 상황으로 전환시키고 있다.

> 오덕순은 그대로 허공을 쳐다보면서 장내의 수천 군중이 누구나가 충분히 들을 수 있을 만치 큰 음성으로 말 마디 마디에 하나 하나 힘을 주어 가며 말하는 것이다.
> "수동아. 너는 결단쿠 놈들의 손에 붙잡혀선 안된다. 어떻게든 살어야 해. 죽지 말구 꼭 살어야 헌다. 그리구 이 애비의 원수를 꼭 갚구, 갑돌이네 아저씨를 위시해서 여러 아저씨들의 하늘에 사무친 원한을 꼭 풀어 드려야만 헌다. 똑똑히 들었느냐? 수동아—"14)

이상은 처형장에서 오덕순이 오수동에게 유언을 남기는 장면을 그린 부분이다. 실제 오수동은 외할아버지가 있는 선운사로 피신해 있어서 그 자리에 없다. 그렇다면 오덕순의 이 유언은 실제로 오수동이라는 특정한 인물을 상대로 하는 것이 아니라, 소설 속에 등장하는 불특정한 다수, 즉 역사적으로는 다음 세대에게 하는 것이라고 할 수 있다. 이는 농민 반란이 이후 세대에게 일정한 정도의 영향력을 행사하여 동학 혁명을 발발하게 하여 준다는 것으로 묘사되고 있음을 나타낸다. 즉, 오덕순으로 대표되는 민란 시대의 인물들이 이 작품에서 가지고 있는 의미는 바로 이 점에서 찾을 수 있다고 할 수 있다.[15]

민란 이후의 세대가 민란의 주모자들에게서 얻는 것은 지배계급에 대한 그들의 반발과 반항적 행동 그 자체나 그에 대한 묵시적 동조에서가 아니라, 그들의 실패의 분석 과정에서 얻는 교훈이다. 이 점은 익산 민란의 주도자인 임치수의 말에서 보다 선명하게 드러난다.

> "너희놈들이 아무리 듣기 싫어헌대두 나는 헐말을 해야만 허겠다. 우리는 우리 백성들을 못살게 구는 군수 놈이나 담어내구, 또 토호질 해먹는 양반놈들이나 두들겨패서 버릇이나 고쳐놓구 허면, 셈이 다 필 줄루만 알았었다. 그렇게 알구 있었던 우리가 참 어리석다. 우리 백성들이―우리 상놈들이 못살기는 어느 골이나 일반이다. 전라도에서 익산골 하나만 그런 것이 아니란 말이다. 그러니 일어나려면 전라도 일판이 다 들구일어나서

---

14) 박태원, 『계명산천은 밝아오느냐』, 깊은샘, 1989, 권2, 18~19쪽. 이후 같은 작품에서 인용할 때에는 인용문 끝에 권수와 인용쪽수만을 밝힘.

15) 이 작품에서 익산민란 주모자들을 처형하는 장소에 후에 동학혁명의 지도자로 활약하는 전봉준(작중에서는 '녹두'로 명명하고, 그 당시 그의 나이를 여덟 살로 표현하고 있다)이 아버지 전창혁과 함께 등장하고 있는 점도 민란과 동학혁명과의 연결고리를 만들기 위한 설정이라고 할 수 있다.

바루 전주 감영을 들이쳐야 하는 걸 그랬다. 허지만 언제구 그
렇게 헐 날이 온다. 꼭 온다.─"
　[……중략……]
　임치수는 말을 다 하고 나서도 그대로 대상을 노려보고 있었
다.
　녹두는 저도 모르게 몸을 부르르 떨고 있었다. 너무나 벅찬
감동으로 해서 그의 가슴은 뼈개지는 듯 아프기까지 하였다.
　그는 실로 비상한 감동을 받은 것이다. (권1, 310~311쪽)

　여기서 그는 자신들이 일으켰던 민란의 한계를 지적하면서, 이후 동
학 농민전쟁 발발을 예견하고 기약한다. 임치수는 자신들이 일으켰던
민란이 당대 사회의 부조리한 현실에 대해서 단결하여 싸우지 못하고,
각 지역에서 고립되고 분산적인 투쟁을 했기 때문에 근본적으로 패배
할 수 밖에 없었던 것으로 설명하고 있다. 따라서 임치수의 말은 자신
을 죽이려는 수령 방백에게 하는 이야기가 아니라, 그 자리에 참석한
일반 농민들에게 하는 이야기가 된다. 그는 향후의 농민항쟁이 승리하
기 위해서는 전체 농민들이 일치단결하여 지배계급과 싸우는 길밖에
없다는 것을 자신의 체험을 통하여 강조하고 있는 것이다.

　또 하나 이 작품에서 주목해야 할 인물은 정한순이다. 정한순은 함평
민란의 주모자로 활동하여 관을 피해 도망하고 있는 인물이다. 그는 임
치수나 오덕순과 같이 지배계급의 수탈과 학정에 반발하여 민란을 일
으킨 인물이지만, 그의 의식은 임치수나 오덕순과 같은 민란 시대 주도
인물들의 한계에 묶여 있지는 않다. 그는 오수동과 함께 뒷날의 동학
혁명을 예비하면서 양자를 매개하는 역할을 하고 있는데, 강한 현실 비
판의식을 가지고 이런 자신의 임무를 수행하고 있다. 은진 미륵사에서
돌미륵에 대해 젊은 중과 논쟁하는 장면은 이러한 정한순의 인물 성격
을 명확히 보여주는 것이라고 할 수 있다.

"이처럼 엄청나게 큰 미륵 석상이 이룩되기까지에는, 실로 여러 수천 명, 여러 수수만 명 백성들이 입을 것을 못 입고 먹을 것을 못 먹고 밤잠도 제대로들 못 자면서 살이 터지고 가죽이 벗겨지고 등골이 빠지고 뼈가 으서져야만 했던 것이다. [……중략……] 그래 겨우 오늘 우리가 보는 것 같은 이 엄청나게 크고 또 훌륭한 미륵 석상을 이룩해 놓은 것이로구나. 그런데 그것을 말이다. 너처럼, 아무리 옛날부터 전해오는 말이라 하더라도, 그냥 대수롭지 않게, '돌은 땅에서 절로 솟아나온 것이구, 만들기는 혜명 스님이 만든 것이올시다'—해 버리면 어찌 되느냔 말이다. 저 구백년 전 아득한 옛날에, 이 돌미륵 하나를 위해서 죽도록 일들을 하고, 심지어 목숨까지도 잃은 그 수많은 사람들에게 너무나 미안스러운 일이 아니겠느냐? 그래 안그러냐?"

젊은 중은 좀 흥이 깨어진 얼굴을 해 가지고 대답하였다.

"소승은 그저 옛부터 전해오는 이야기를 말씀드렸을 뿐이올씨다. 예……." (권2, 143~144쪽)

정한순은 지배계급의 치적을 은근히 강조하려는 젊은 중에게, 그 이전에 지배계급에게 착취당한 힘없는 백성들의 이야기가 빠져서는 안되며, 이 힘없는 백성들이야말로 진정한 역사의 주인임을 들어 반박하고 있다. 바로 이 대화는 정한순의 관점이 어디에 놓여 있는가를 간명하게 알려 준다.

이 작품에서 오수동은 엄밀하게 말하여 정한순과 같은 세대에 속한다고 판단해야 하겠지만, 실제적으로 자신의 세대 인식과 역사적 소임을 인식하는 데에서는 정한순과 일정한 격차를 보이고 있다. 작가는 정한순을 일종의 비판적 지식인의 모습으로 부각시키고 있는 반면에, 오수동은 명확한 시대 인식과 역사 의식을 채 갖추지 못한, 아직까지도 단순한 농민으로 그리고 있다. 따라서 정한순은 오수동이 일정한 시대와 역사에 대한 자각을 할 수 있도록 끊임없이 자극하는 교사(敎師)로서의 역할을 수행하게 된다.

그러나 정한순은 바로 이 점 때문에 진정한 의미에서 농민 항쟁의 주역이 될 수 없게 된다. 작가가 이 작품에서 부각하고 싶어하는 것은 날카롭게 현실을 풍자하고 지배계급에 대한 명확한 비판 의식을 보이고 있는 정한순이 아니라, 오히려 아직까지는 정확한 자기의 지향점을 완성하지 못한 오수동이다. 정한순은 자신의 시대가 가지고 있는 문제점이 무엇인가에 대해서는 정확한 인식을 하고 있지만, 그런 인식을 구체화시킬 수 있는 노력은 거의 하지 않는다. 행동이 없는 비판은 결국 또 다른 의미에서 지배계급을 옹호하는 결과로 드러날 위험성이 항상 내포되어 있다. 따라서 지금은 완성되어 있지 않지만, 점차 자신이 맡은 시대적 소임이 무엇인지를 명확히 인식해 나가는 오수동에게 보다 의미가 두어지게 된다. 이 소설에서 중점을 두고 서술하고 있는 정한순과 오수동이라는 두 인물에 대한 이러한 평가는 오수동을 이 작품에서 완결되는 인물로 설정하지 않고 단지 자신의 환경과 정한순이라는 훌륭한 교사의 자극에 의해 점차 각성되어, 이후 작품이 계속 진행될수록 의미를 부여받을 수 있는 인물로 작가가 설정하고 있다고 파악해야 함을 의미한다.

이 작품에서는 이들과 철종·대원군 이하응·토호 정참판 등의 횡포를 적절히 대치시킴으로써, 임술민란 발생의 역사적 필연성과 의의를 드러내고 아울러 그 한계를 명확히 지적하고 있다. 즉 이 작품은 계층 간의 갈등을 통해 민란의 당위성과 당대 민중들의 반봉건의식을 제시하고 있는 것이다. 따라서 이 작품의 초점은 바로 민란세대의 농민들이 시대적 의미 자각과 핍박받은 이들의 연대성 확보 과정에 놓여있다고 할 수 있다. 이러한 주제를 설정함으로써 이 작품은 이후 서술될 「갑오농민 전쟁」과의 일정한 연결고리가 만들어지고 있다.

그러나 이러한 작가의 의도에도 불구하고 실제 작품의 전개에 있어서는 다음과 같은 몇 가지 문제점들이 드러난다.

첫 번째로 지적될 수 있는 것은, 익산민란 이후의 사건 전개가 일종의 삽화적(揷話的) 묘사(描寫) 차원을 벗어나지 못하고 있다는 점이다. 즉, 작가는 동시대의 민중들이 고통 당하는 모습을 오수동이 직접 경험하게 함으로써 당시의 시대상을 풍부하게 드러냄과 동시에 오수동의 자각 과정에 나름대로 합리성을 부여하려고 했던 것으로 보인다. 그러나, 이 작품의 후반부에 제시되고 있는 대원군의 일화에서처럼 각 삽화들은 별 의미없이 묘사되고 있어서 이러한 작가의 의도를 제대로 드러내지 못하고 있다.

두 번째로, 잘못된 언어사용으로 인하여 당대 민중의 시대상마저도 제대로 형상화되지 못하고 있다는 점이다. 박태원은 전라도 지방이 이 작품의 배경이 되고 있음에도 불구하고 곳곳에서 '결단쿠', '죽지 말구', '살어야 헌다', '그리구' 등 전형적인 서울 말씨를 드러내고 있다. 이것은 작품의 공간적 배경과는 전혀 걸맞지 않는 표현이라 할 수 있다.

그러나, 이러한 문제점에도 불구하고, 이 작품은 조선조 말 세도 정치 시대 민중의 생활상을 중심으로, 당시 집권세력의 착취와 무능, 그리고 이에 맞서 새로운 사회의 건설과 새 역사 창조를 위해 노력하는 민중의 투쟁을 형상화함으로써 일정한 문학사적 의의를 지니고 있다.

2) 사회주의 리얼리즘과 역사소설의 만남

「갑오 농민 전쟁」[16]은 낭만적 역사소설과 사실주의적 역사소설로 나

---

16) 이 작품은 전체 3부로 이루어져 있는데, 제1부와 제2부는 박태원이 직접 구술한 작품이지만, 제3부는 아내인 권영희가 쓰고 박태원이 수긍하여 발표한 것으로 알려져 있다(도서출판 공동체에서 낸 「갑오 농민 전쟁」

누어지는[17] 우리나라 역사소설의 유형에서 본다면 사실주의적 역사소설에 해당한다. 그러나 이 작품을 다른 사실주의 역사소설과 비교해 보면, 사회주의 이념이 작품에서 구체적으로 제시되고 있으므로 좀더 세분화시킨다면 사회주의 역사소설에 해당한다.

1977년 4월에 발간된 이 작품의 제1부는 동학농민전쟁 발발 2년 전인 1892년 겨울서부터 시작하여, 고부민란이 일어난 1893년 겨울까지를 시대적 배경으로 삼고 있다. 여기에서는 당대 민중들의 참담한 생활과 지배계급의 가렴주구와 학정, 그리고 지배계급과 결탁하여 민중의 생활에 깊이 침투하여 착취하기 시작하는 외세의 실상을 형상화하고 있다.

1980년 4월에 발간된 제2부는 고부민란이 보다 진전되어, 전국적으로 당대의 지배계급에게 착취당하고 있던 농민들이 단결하여 당대의 착취 구조를 혁파(革破)하는 내용으로, 결국 농민군이 승리하여 전주성에 입성하는 장면으로 대단원을 맺고 있다.

1986년 12월에 발간된 제3부[18]는 당대 농민의 시대 변혁운동이 실패를 보게 되는 제2차 동학 농민 전쟁기를 시대 배경으로 하고 있다. 즉, 제1차 동학 농민 전쟁 이후 활발하게 전개되는 농민군의 활동과, 이를 분쇄하기 위해 당시의 지배계급과 외세가 결탁하는 모습이 그려지고 있으며, 1895년 말 동학 농민 전쟁의 주도자인 전봉준이 사형당하는 것으로 대단원을 이루고 있다.

이제 작품의 갈등 구조, 작중 인물, 지향하는 이념이 무엇인지를 파

　　제3부 上권 머리말).

17) 姜玲珠, 『韓國 歷史小說의 再認識』, 창작과 비평사, 1991, 182쪽.

18) 「갑오 농민 전쟁」의 제3부를 쓴 것으로 알려져 있는 권영희는 원래 李箱의 옛 동거녀였으며, 鄭仁澤과 결혼하여 살다가 그와 사별 후 박태원과 다시 결혼한 것으로 알려지고 있다(韓國日報, 1990. 9. 11).

악하기 위해 역사적 상상력의 문제를 중심으로 분석하고자 한다. 그래서 앞 단계에서 이루어진 이 작가의 문학 세계와 관련시켜 변모의 최종 정착지의 의미를 확인해 보려 한다.

이 작품에서 작가는 조선조 말의 시대상황을 작품의 갈등구조와 주요인물의 행위를 통해 보여주고 있다. 따라서 당대 사회를 작가가 어떤 방식으로 파악하고 있으며, 또 이를 어떻게 형상화하고 있는지를 알아보기 위해 이 작품의 갈등구조와 주요인물의 행위를 파악해보고자 한다.

이 작품에서 제시되는 갈등의 양상은 시간의 흐름에 따라 심화되는 양상을 띠고 있다. 제1부에서는 주로 당대의 전형적[19]인 시대상황을 통해 지주와 지방관리 대 주로 소작인인 농민들의 갈등을 통해 드러내고 있다. 그리고 제2부에서는 관과 민의 갈등양상이 왕실 대 농민의 대립으로 확대되면서, 그 갈등관계가 폭발하는 모습을 그리고 있다. 제3부에서는 타락한 왕실이 외세와 동일하게 행동하고, 그들과 농민들과의 갈등이 부정적으로 해소되어 가는 과정을 서술되고 있다.

제1부는 전라도 고부군 양교리를 주요 배경으로 하여 주인공 오상민의 가족과 양교리 농민들의 궁핍한 삶의 모습을 그리면서, 이들의 곤궁한 삶과 착취당하는 모습을 통해 갑오 농민 전쟁을 초래하게 된 당대 사회구조를 구체적으로 드러내고 있다.[20] 따라서 작품의 배경이 되는

---

19) 여기에서 말하는 '전형적'이라는 것은 현재 속에서 맥동치는 미래를 가장 명백하게 보여주는 성격들과 경향을 의미한다(스테판 코올, 여동균 옮김, 『리얼리즘의 歷史와 理論』, 한밭출판사, 1982, 152쪽).

20) 이 점은 고부군 양교리가 일종의 전형적 상황으로 제시되고 있음을 의미한다. 북한의 사회과학원 문학연구소에서 출판된 『북한의 문예이론』(인동, 1989)에서는 전형화를 다음과 같이 설명하고 있다.
"사회주의적 사실주의 문학예술에서 생활의 반영은 전형화를 통하여 실현되며 전형화를 깊이있게 하여야 현실을 진실하게 반영하고 작품의 높은 사상예술성을 보장할 수 있다."(227쪽)

전라도 고부군 양교리는 실재하는 역사적 공간이면서, 동시에 당대 사회의 사회구조를 직접적이고도 총체적으로 드러내는 상징적 공간이 된다.

양교리 농민들의 생활은 바로 당대 사회의 갈등을 직접적으로 드러내고 있다. 여기서 드러내는 당대의 사회구조는 계급 또는 계층간의 갈등과 외세의 침입으로 인한 갈등이라는 두 가지가 혼재된 양상으로 드러난다. 제1부에서 나타나는 계급 또는 계층간의 갈등은 주로 지주와 농민, 지방관과 농민의 대립으로 제시되며, 외세의 침입은 왕실로 대표되는 지배계급 상층부의 매판성 및 외세의 직접적 개입과 주로 농민으로 설정되어 있는 당대 민중간의 대립으로 제시되고 있다.

이 작품에서 계급 또는 계층간의 갈등은 양교리 지주인 이진사의 착취와 고부군수 조병갑의 학정으로 대표된다. 양교리의 대지주인 이진사는 농민들을 수탈하는 대표적인 악덕 지주의 모습을 보여주고 있다. 길보의 아들인 씨동이가 밭가에서 콩을 주어먹는 모습은 이러한 착취의 모습을 잘 드러내고 있다.

> "이애 너 뭘 허구 있니?"
> 이때 또 무엇인지 밭고랑에서 주워들고 막 입으로 가져가려던 아이놈이 그 소리에 흠칫 놀라 이편으로 고개를 돌렸다. 뜻밖에도 등 너머집 씨동이다. 꺼칠한 그 얼굴, 움푹 들어간 두 눈, 입술까지도 파래져가지고 어린것이 온몸을 오돌오돌 떨고 있다. 얼어서 오리발같이 된 손에 주워들고 있는 것이 대체 무엇인가 보니 콩알이다. (권1, 33쪽)

서분이에게 한 냥의 돈을 빌려주고 그것을 제때 갚지 못하자 사 년 동안이나 몸종으로 잡아두고, 자기집 소작을 하는 길보가 굶주리다 못해 장리쌀을 꾸러 오자 변제 능력이 없다 하여 사정을 두지 않고 무조건 쫓아내는 모습, 평생을 이진사집 종노릇을 하던 문서방이 병이 들어 죽을 지경에 이르자 금기를 들어 몰래 길에 내다버리는 이진사와 그 가족의 모습 등은 착취계급의 전형적인 모습이라고 할 수 있다.

조병갑도 탐학과 착취에 있어서는 이진사에 못지 않은 인물이다. 조병갑은 칠만 냥이라는 거금을 주고 고부군수 자리를 산 인물로, 이 돈을 되찾고 자신의 재산을 더욱 불리기 위해 묵은 땅 갈아먹은 도조와 황무지에서 베어온 억새에 세금 물리기, 마다리법의 창안, 만석보와 팔왕리보 물세 물리기 등의 갖은 방법을 통해 백성들을 착취하고 있다.

이진사와 조병갑의 착취행위는 양교리 농민들을 극도의 궁핍한 환경으로 몰아가고 있다. 칠순 노인까지 포함하여 가족 모두가 쉬지 않고 일을 하건만 지주에게 다 빼앗기고 겨울을 보낼 양식이라고는 콩잎 팥잎 뿐인 상민이네 가족들이 관의 장려로 묵은 땅을 갈아먹으려다 도조를 물게 되는 모습이나, 묵은 빚 때문에 이진사의 하인청에 붙들려가서 죽도록 매를 맞고 누워있는 길보의 모습은 지배계급에 의해 이미 농민들의 생존권이 박탈당한 상황을 나타내고 있다. 이러한 상황 설정으로 농민들의 저항행위는 생존을 위한 필연적인 과정으로 서술하게 된다.

처음에 농민들은 어렵지만 지주와 지방관의 요구를 들어준다. 그러나 가면 갈수록 그들의 착취행위는 더욱 심해지고, 서로간의 갈등은 그 폭발점을 향해 치닫게 된다. 이러한 가운데 농민들의 의식은 점차 고양되고, 이에 따라 자연스럽게 뜻이 일치된 농민들은 조직적으로 대응하게 된다. 처음에는 수탈에 대한 본능적인 반발과 이에 동조하는 농민들의 반발이 생존권을 요구하는 집단 청원으로까지 진전된다. 그러나 이들의 집단 청원이 관에 의해 무시되고, 청원자들을 난민으로 몰아 탄압하자, 더 이상 참지 못한 농민들이 봉기를 일으키게 되는 것이다. 이러한 전개 과정은 자연스럽게 농민들의 봉건의식에 새로운 자각을 일으키어 농민봉기까지 발전하게 되는 모습을 형상화 한 것으로, 농민들의 행위는 정당성이 확보되고 필연성을 부여받고 있다.

오상민과 양교리 농민의 입장에서 볼 때, 이진사와 고부군수 조병갑의 착취행위는 왕실을 비롯한 지배계급 전체의 착취와 탄압의 행위로 인식된다. 그들에게 직접적으로 부각되는 것은 이진사와 조병갑으로 대표되는 지주와 지방관이지만, 이러한 잘못된 지주와 지방관이 가능하게 된 것은 지배계급 전체의 타락이기 때문이다. 여기에서 지배계급은 반민족성과 매판성, 이를 통해 드러나는 외세와 같은 존재로 인식된다. 왕과 왕비를 정점으로 한 당대 지배계급 최상부는 매관매직과 외세와의 야합을 통해서 자신들의 환락과 안위만을 위해 살아가는 인물들로 제시되고 있다. 이들은 명목상으로는 국가의 주인이면서도, 실제적으로는 주인되기를 스스로 포기하고 국가의 이익에 앞서 자신의 기득권과 이익을 챙기는 데 혈안이 되어 있다. 궁궐에서 왕비를 중심으로 이루어지는 환락의 모습과 매관매직은 이를 대변한다.

> 불빛이 휘황하게 밝은 수라간에서는 밤을 세워 바빴다. 새로 갈아올리고 올리고 해도 거의 수저 한번 대지 않은 채 그대로 물리고 물리고 하는 음식들이다. 찬마루 구석구석에 놓인 함지와 모판, 광주리와 채반, 자배기에 그득그득 담겨져 있는 것이 모두 '존귀합신 어른'들이 수저도 한번 대지 않은 채 물리고 물리고 한 음식들이다. 그렇건만 궁인들은 백에 아흔아홉은 그냥 숫것 채로 물려나오고 말 음식을 상이 날 때까지는 계속 그대로 볶고 찌고 삶고 지지고 졸이고 끓이고 부치고 무치고 해야만 하는 것이다. (권1, 104쪽)

> "음, 배동익이 거구먼."
> 민비는 어음쪽을 들여다보고 만족한 모양으로 혼잣말을 하더니 문쪽 장지 너머를 바라보고 말했다.
> "이애 영준아, 고부군수도 이젠 육만 냥이야."

> [……중략……]
> "실은 칠만 냥에 고부군수를 원하는 자가 잇솝기에 소신
> 도……."
> "무어 칠만 냥? 그게 대체 누구냐?"
> 왕비는 눈을 크게 뜨고 묻는다.
> "전 군수 조태순의 아들 조병갑이라는 자이옵니다." (권1,
> 135쪽)

  지배계급 최상부의 타락은 필연적으로 외세를 끌어오게 된다. 외세
의 침입과 지배계급의 결탁, 그리고 이로 인한 갈등은 작품 내에서 두
가지 방식을 통해 제시되고 있다. 첫 번째는 외세의 직접적인 경제적·
정치적 침략을 통해서이고, 두 번째는 지배계급 최상부의 매판성을 통
해서 제시된다.

  외세에 대한 경제적·정치적 침략은 오상민의 아버지인 오수동과 갑
오농민전쟁의 실질적 지도자인 전봉준의 서울 나들이와 농민들의 대화
를 통해서 제시되고 있다. 이들은 서울 나들이를 통해 당시 서울에 들
어온 일본인들의 상행위와 구체적인 실상을 목격하거나 들으면서 나라
의 장래를 걱정하게 된다. 또한 농민들의 대화를 통해 제시되는 한갑손
이의 사건은 일본의 정치적인 침략과 당대 지배계층의 무능을 구체적
으로 드러내 보여준다. 그와 함께 농민들은 한갑손의 사건을 통해 외세
에 눌려 자기국민의 안위도 지켜주지 못하는 당대 지배계급의 무능과
그 한계를 직접 겪고 느끼게 된다. 외세의 침략에 무력하게 대응하는
당대 지배계급의 모습은 왕과 왕비의 외세 의존행위를 통해 상징적으
로 제시된다.

> "어째서 다른 나라 군사를 써 보실 생각을 안하셨소오니까?"
> "왜? 했지. 빌려다 쓰자고 했건만 대신들이 다 안된다는 걸."

"아무리 대신들이 반대한대도 그 수밖에는 없습니다."

하고 왕비는 단호하게 말했다.

"중전도 그렇게 생각하시오?—"

왕은 자못 만족한 듯이 입가에 미소를 지으며 말하였다.

[……중략……]

"청국 군대를 빌려쓰재도 군량 마련이 도무지 없으니 어떻게
하오?"

"길옆 각 읍에서 제공하게 하라고 이르시면 됩니다."

민비는 대수롭지 않게 말하고 다시 한마디 덧붙였다.

"지금 형세가 청국 군대를 불러올 밖에 무슨 도리가 있소옵
니까? 백성들이 고생은 좀 하겠지만 지금 그런 것을 생각할 형
편이 아닌 줄 압니다."

"그야 그렇지. 중전 말씀이 옳소." (권2, 50쪽)

외국의 힘을 빌어 자기의 국민을 억누르겠다는 왕과 왕비의 생각은
지배계층 최상부의 반민족성과 매판성을 구체적으로 보여준다. 이처럼
계급적인 갈등과 민족적인 갈등이 혼재된 당대의 사회구조로 인해 오
상민과 양교리 농민들은 처참한 삶을 강요받게 된다. 제1부에서 제시
되고 있는 이러한 시대상황은 당대 농민들의 성격적 특질을 밝혀내고
자주적인 투쟁을 긍정하며, 착취계급의 반동적인 본질과 부패성을 폭
로하고 증오심과 적개심을 고취시켜 공산주의적 사상성과 계급의식의
구현을 추구하는 북한의 문예이론을 그대로 반영하고 있다.21)

---

21) 사회과학원 문학연구소, 앞 책, 239쪽.
　　"사회주의적 사실주의 작가, 예술인들은 로동계급의 혁명적 세계관에 입
　　각하여 혁명과 건설의 주인인 로동자, 농민을 비롯한 인민대중의 본질적
　　인 성격적 특질을 심오하게 밝혀내고 자주성을 옹호하기 위한 그들의 투
　　쟁을 열렬히 긍정하고 옹호하는 한편 착취계급 인간들의 반동적 본질과
　　부패성을 폭로하고 그들에 대한 증오심과 적개심을 명백히 표현함으로
　　써 작품에 높은 공산주의적 사상성을 구현하며 그것으로 근로자들을 혁

　제2부는 고부민란의 발발로부터 전주성 입성까지라는 갑오 농민 전쟁의 가장 빛나는 약 3개월 간의 시기를 다루고 있다. 이 부분에서는 제1부에서 제시된 동시대의 사회구조와 이러한 시대의 가장 큰 피해자인 농민들간의 점증하는 갈등이 마침내 민란과 전쟁의 형식을 통해 폭발하게 되고, 이를 통해 변혁 세력의 중추인 농민들이 일정한 승리를 거두게 되는 과정을 그리고 있다. 이 과정은 작품 내에서 두 단계로 나누어 설정되고 있다.

　첫 단계는 고부민란의 단계이다. 지주인 이진사와 고부군수 조병갑의 탐학과 착취를 더 이상 참을 수 없게 된 양교리 농민들은, 전봉준의 아버지인 전창혁 노인의 죽음을 계기로 민란을 통해 자신들의 생존권을 적극적으로 주장하고 나서게 된다. 이러한 농민들의 행위는 지주인 이진사와 고부군수 조병갑의 축출로 일정한 성공을 거두게 된다.

　두번째 단계는 태인 봉기 이후의 갑오 농민 전쟁 단계이다. 고부민란의 일정한 성공을 통해 양교리 농민들은 자신들 스스로에게 잠재되어 있는 변혁의 역량과 서로간의 연대성을 구체적으로 인지하게 된다. 그러나, 이들의 승리는 일시적인 것에 불과하다. 그들은 고부경내를 일시 점거하여 기세를 올리지만, 다른 지역 농민들의 호응을 제때에 얻지 못하여 이후 안핵사 이용태의 탄압을 받게 된다. 이러한 설정은 농민의 세력이 아직은 주체적인 시대 변혁세력이 되지 못하고 있다는 것을 의미한다.

　고부민란에 대응해 정부에서 파견된 안핵사 이용태는 농민들이 일으킨 민란의 근본적인 원인을 해소하려는 모습을 보여주지 않는다. 오히려 그는 농민들을 무조건 난민으로 몰아 더욱 탄압하고 착취하는 태도를 견지한다. 농민들은 고부민란의 일시적 성공과 이후 안핵사 이용태

　명적으로, 계급적으로 교양하는 데 이바지한다."

로 대표된 지배계급의 변함없는 탄압과 가중된 착취로 인해 당대 사회
의 본질적이고 구조적인 병폐가 무엇이며, 이를 타파하기 위해서는 어
떻게 해야 하는지를 새롭게 인지하게 된다. 이러한 과정을 통해 양교리
농민들은 자신들의 생존권 확보가 단순히 고부군수나 이진사로 대표되
는 특정인의 척결에서 획득되는 것이 아니라, 동시대 지배계층의 타락
과 직결되어 있는 것이며, 바로 이러한 동시대의 병폐를 해결하려고 노
력할 때만이 자신들의 생존권이 확보될 수 있음을 철저하게 인식하게
된다. 태인봉기를 계획할 때 서울의 '일심계'와 '활빈당'과 합류를 도모
하는 것은 바로 이를 인식하고 있음을 의미한다. 이렇게 해서 농민항쟁
은 단순한 민란의 차원에서 한 걸음 더 나아가 전국적인 시대 변혁운동
인 갑오 농민 전쟁으로 확산되고 있다.

　제3부에서는 지배계급의 외세 의존성과 매판성 때문에 농민들에 의
한 동시대 변혁운동은 외세와 직접적인 대결을 벌이게 되는 과정이 그
려지고 있다. 이러한 대결에서 외세의 무력에 농민군이 패배하게 되고,
결국 주도자인 전봉준은 붙잡혀 최후를 맞이하게 된다. 시대 변혁운동
이 실패하는 과정에서 감옥에 갇힌 전봉준이 깨닫는 '피의 교훈'은 이
작품이 지향하는 방향을 구체적으로 제시하고 있다.

　　그는 생각하였다. '이제 다시 총을 쥔다면!…… 다시는 전주
　화의와 같은 일은 없을 것이다. 백성들의 고혈로 살아가는 압제
　자들한테서 무엇인가 조금이라도 기대했던 것 자체가 크나큰
　실책이었다. 나라와 민족의 운명은 안중에도 없고 제놈들의 권
　력과 안락을 위해서는 사대도 매국도 서슴치 않는 것이 천백 번
　고쳐죽어도 변함 없는 놈들의 본성이었다. [……중략……]
　　그런 놈들한테 숨쉴 틈을 주다니…… 전주를 빼앗자 그 길로
　곧장 서울로 짓쳐들어가 놈들의 소굴을 뒤엎었어야 했다.
　　한하늘을 이고 살 수 없는 놈들! 말은 많이 하면서도 그걸 뺏

속까지는 몰랐었구나. 순박한 농군들은 그랬다쳐도 그들을 불
러세웠던 내야 깊이 헤아려 했어야 할 게 아니더냐.'(권 5, 34
6~347쪽)

오상민을 비롯한 당대 변혁을 추구하고자 하는 인물들에게 알려주고
자 한 전봉준의 이 마지막 깨달음은 사회의 변혁은 타협이 아니라 투쟁
을 통해 쟁취하는 것임을 나타내고 있다. 이러한 표현은 사회주의와 공
산주의를 위한 투쟁은 착취계급에 대한 철저한 계급투쟁이어야 하며,
이는 사회주의적 민족문화 건설의 합법칙적 요구라는 북한의 문예이
론[22]을 구체적으로 작품에 반영하고 있음을 나타낸다. 이 작품에서 당
대 사회의 변혁운동을 농민 중심으로 제시하고 있다는 점도 이 점을 반
영한다. 즉, 농민 전쟁이 동학의 힘을 이용하여 지배계층에 대항한 싸
움이었음에도 불구하고, 이 작품에서는 시대변혁 세력으로서 농민을
강조하기 위해 동학의 역할이나 의미를 배제하거나 축소시키고 있다.
조선조 말에 일어난 시대변혁운동으로서의 동학혁명은 지배계급에 대
한 농민의 저항이기도 했지만, 동학교도의 힘이 중추적으로 작용한 변
혁운동이었다. 그러나 이 작품에서는 변혁의 유일한 동력으로서 농민
군을 설정하고 동학은 의식적으로 배제시키거나 축소시키고 있다.

　　윗목으로 올라온 상민이는 아버지에게 술을 따라드리며 조용
　히 물어 보았다.
　　"아버지, 그동안 저희 동무들이 동학에 들면서 저도 같이 들
　자는 것을 저는 아버지한테 여쭤보고 정하려고 안 들고 있었습
　니다."
　　"그건 잘했다. 나도 동학에는 들지 않았다. 너는 내가 걷는 길
　로 가야 할 게 아니냐. 아까 너에게 총을 준 것도 그런 의미에서

---

22) 사회과학원 문학연구소, 앞 책, 118~119쪽.

준 것이다."

"알았습니다. 아버지, 저도 아버지가 걸으시는 길을 걷겠습니다."

"동학에 대한 내 소견은 그렇다. 동학에서 '제세창생'(세상과 백성을 구원한다는 뜻) '보국안민' 하자는 건 나도 좋다고 생각한다. 그런데 정한수 떠놓고 주문 외는 것은 싫다. 주문이나 외워가지고서야 '보국안민'이 되겠냐. 힘을 가지고 싸워야 하지. 내가 전생원을 좋아하는 건 싸워서 일을 성취시키자는 게 내 뜻과 같기 때문이다."

"잘 알았습니다." (제2부 권4, 89~90쪽)

오수동·오상민 부자에게 있어서 이 농민 항쟁은 동학운동이나 동학 혁명이 아니라, 기본적으로 갑오년(1894년)에 발발한 '농민 전쟁'으로 파악된다. 이들 부자(父子)는 모두 지배계급과 외세에 대항한 전쟁에서 동학의 역할 및 의의를 별반 인정하지 않고 있다. 그들은 동학이 이 전쟁에서 주도적 역할을 할 수 없으며, 농민들에 의한 직접적 무장투쟁만이 유일한 길이라고 생각하고 있다. 이 점은 전봉준도 마찬가지이다. 전봉준은 보은집회에서 처음 만난 법헌을 비롯한 동학 두령들이 보인 소극적인 현실 대응과 관리들에 대한 태도에 실망하고 현실 개혁을 위한 독자적인 길을 걷는 것으로 묘사되고 있다. 또한 한 때 농민군에 가담했다가 패색이 짙자 농민군을 배반하고 관에 전봉준을 잡아다 바쳐 부정적으로 묘사되고 있는 인물인 김경천이 동학접주인 점도 이러한 관점과 연결되어 동학을 비판적으로 바라보도록 하고 있다. 이처럼 이 작품은 동학 혁명에 있어서 동학교도들을 이끌었던 두령들의 역할뿐만 아니라, 동학의 교리가 당대 농민들에게 끼친 영향도 별로 인정하지 않고 있다. 따라서 이 작품에서 제시되고 있는 농민 항쟁은 농민들이 지배계급의 착취와 탄압에 맞서 일으킨 계급전쟁이며, 나아가 외세의 침

투에 대항에 싸운 민족의 구국전쟁으로 묘사되고 있는 것이다. 이것은
이제까지 갑오년에 발발한 농민 항쟁의 성격을 동학 교단의 지도자가
주도한 사건으로 인식하고, 이를 통해 갑오 농민 혁명의 역사적 계기와
추동력을 찾으려 하는 기존 사학계의 인식[23)과는 현저한 차이를 보인
다.

이처럼 이 작품에서는 시대변혁의 유일한 존재로서 농민을 설정하여
민중의식을 극대화시켜 제시하면서, 그들의 대표적인 존재로 주인공인
오상민을 바람직한 공산주의 인물형으로 묘사하고 있다. 이 작품의 주
인공으로 제시되고 있는 오상민은 시대변혁을 요구하는 농민들을 대표
하는 인물이다. 작가는 오상민을 중심에 두고 여러 인물들을 등장시켜
그들 각자의 삶을 구체적으로 보여주고, 그 등장인물들이 다양한 계기
를 통하여 서로 밀접하게 관련을 맺으면서 농민 전쟁이라는 정점을 향
해 집중되는 모습을 그리고 있다. 이 작품은 실제 벌어졌던 역사적 사
건인 동학 농민 전쟁을 작품의 시대적 배경으로 설정하고 있으면서도,
전봉준이라는 역사상의 실존 인물을 주인공으로 하지 않고 작가에 의
해 임의로 설정된 인물인 오상민을 중심으로 줄거리를 엮어 나가고 있
다. 이러한 방법을 작가가 선택하고 있다는 것은 자신의 의도를 전봉준
이라는 역사상 실존 인물을 통해서가 아니라, 오상민이라는 허구적 인
물을 통해서 보여주고자 했음을 의미한다.

오상민의 고찰하기 위해서는 그가 어떻게 살아가고 있느냐에 초점이
놓인다. 즉, 작품에 등장하는 여러 다양한 인물들의 삶과 그의 삶은 어
떻게 다르며 이러한 차이는 무얼 의미하는지가 일차적인 문제로 제기
된다. 오상민은 지주와 소작인의 대립이라는 갈등구조를 드러내고 있

---

23) 한우근, 『韓國通史』, 乙酉文化社, 1979, 458쪽.
　　李基白, 『韓國史新論』, 一潮閣, 1984, 337~338쪽.
　　尹乃鉉・朴成壽・李炫熙 共著, 『한국사』, 三光出版社, 1990, 430~431쪽.

는 양교리에서 전형적인 농민으로 설정됨으로써 자연스럽게 자신을 포함한 주변인물들의 계급적 한계와 당대의 역사적 처지를 올바로 인식할 수 있게 된다. 지주와 관의 탄압에 반발하여 민란에 참여한 농민들에게 처음 그는 이 싸움이 개인의 사사로운 원수갚음이 아니라, 양반토호를 물리치고 온 마을을 잘 살게 하자는 데 있다고 역설하고 있다. 이는 그가 30년 전 임술민란 당시 처형된 할아버지 오덕순의 의식의 연장선상에서 동시대의 문제를 인식하고 있음을 의미한다. 그러나, 이후 태인봉기에 와서는 오상민의 의식은 새로운 단계로 나아가고 있다. 사태의 근본적인 해결을 위해서는 한 고을의 봉기가 아니라, 전국적인 집단봉기를 해야 함을 그는 새롭게 인식하고 있는 것이다. 이처럼 오상민은 주변인물들과의 상호 관계를 맺어가는 과정을 통해 자신에게 주어진 역사적 소임을 다할 수 있는 중심인물로 차츰 성장해 나가게 된다. 즉, 이 작품에서 오상민의 역사의식은 처음부터 완성된 형태로 제시되고 있는 것이 아니라, 당대 시대 변혁운동에의 일정한 능동적 참여와 일정한 교사(教師)의 도움에 의해 꾸준히 신장되고 있는 것이다.

오상민에 대해 교사(教師)의 역할을 하고 있는 사람은 전봉준과 오수동이다. 전봉준은 오상민을 아버지 오수동과 연결시켜 주며, 그에게 임술민란 시대에 처형당한 할아버지 오덕순의 비장하며 영웅적인 최후의 모습을 전해준다. 오상민은 전봉준을 통하여 자신의 혁명적 가계의 전통을 인지하게 된다. 또한 전봉준을 통해 외세 문제에 대해 그 중요성을 인식하고, 외세에 대항하여 민중이 싸워 이긴 역사적 사례를 통해 우리 민족의 위대함을 인식하게 된다. 그와 함께 지배세력의 매판성과 자기 보신성에 대한 명확한 인식을 가지게 된다. 오수동의 역할도 전봉준과 대동소이하다. 오수동은 오상민의 아버지로서, 서울 지역을 중심으로 한 당대 사회의 불만 세력과 호남 지방의 동학 농민군을 매개하는 인물이다. 그는 한 때 급진개화파에 동조하여 그 지도자격인 김옥균을 따라 1884년 발발한 갑신정변에 '충의계'의 일원으로 참가했었다. 그 와중에서 그는 요행히 살아남아 이름을 바꾸고 수안 홀동 금전판에 은신하여 새로운 투쟁 준비를 하다가 서울에 올라와 어지러운 세상을 뒤집어엎을 것을 목적으로 이전 '충의계'의 잔당을 중심으로 새로이 '일심계'를 결성하고 있다. 이후 그는 '일심계'를 이끌고, 1894년에 발발한 갑오 농민 전쟁에 가담하게 된다. 이러한 오수동의 역할은 크게 다음 두 가지로 정리할 수 있다. 첫째는 작가가 이 작품에서 주인공으로 설정된 오상민이 1862년 발발한 임술민란 시대로부터 면면하게 이어진 혁명적 전통의 진정한 계승자임을 나타내기 위함이고, 둘째는 농민 전쟁이 호남 지방에서만 발발한 국지전(局地戰)이 아니라 당대 민중의 보편적(普遍的) 원망(願望)을 실현하려고 한 동시대의 정당한 변혁 운동이었음을 입증하기 위해서이다. 오수동은 농민을 수탈하고 착취하는 압제자에 대항하여 일으킨 농민 전쟁의 제2세대로서, 농민 전쟁의 제1세대인 민란 세대의 오덕순이나 임치수와 제3세대인 농민 전쟁 세대의 전봉준과 오상민을 잇는 든든한 징검다리 역할을 하고 있다. 그의 이런 역할은 오덕순·오상민과 각기 혈연적 관계로 맺어짐으로써 보다 강화된다. 또한 그는 서울을 중심으로 한 당대의 변혁세력(충의계와 일심계, 정한순의 활빈당 등)과 특별한 관계를 맺고 있으면서, 이들을 이끌고 갑오 농민 전쟁에 참여하여 농민 전쟁이 전국적인 투쟁이었음을 드러낼 수가 있게 된 것이다. 이러한 오수동의 설정으로 인해 오상민은 역사적 정통성을 확보할 수 있으며, 동시에 갑오 농민 전쟁의 현실적 패배에도 불구하고 새로운 시대의 진정한 동력(動力)으로서 점차 그 역량을 각인하여 나가는 당대 민중의 대표적 표상으로 인지될 수 있게 된다. 작가는 오상민이라는 허구적 인물을 이렇게 설정함으로써 그가 실제적으로는 전봉준과 농민군이 가지고 있는 변혁운동의 일정한 의의를 계승하면서도, 그 실패에 얽매이지 않고 농민 전쟁의 한계를 극복하여 이후 계속하여 새로운 시대를 창출하는 작업에 종사할 수 있는 여지를 남긴다. 즉, 오상민은 이 작품에서 완결된 존재로서 그려져 있는 것이 아니라, 당대의 변혁 운동에 일정한 능동적 참여를 보이면서도 보다 큰 활약은 후대의 활동에 남겨두는 인물로 제시되고 있다. 이처럼 오상민의 의의는 그가 단순히 전봉준이나 오수동의 정신적 계승자로서의 역할에 머물지 않고, 이들의 성과를 일정하게 계승하면서 새로운 시대를 열어나가려고 하는 데서 찾을 수 있다. 작품 속에서 봉기의 실패와 전봉준의 죽음에도 불구하고 오상민의 의미가 크게 약화되지 않는 것은 오상민을 새로운 역사적 전망을 드러내는 인물로 제시하고 있기 때문이다. 따라서 여기에서 오상민이라는 인물형은 공산주의 사회에서 추구하는 바람직한 인물형이 된다.

오상민이 단순히 전봉준이나 오수동의 정신을 반영·계승하는 위치에 머물지 않고, 그들의 의의를 독자적으로 발전시키고 현실화시키는 힘을 가진 존재로서 묘사되고 있다는 점은 그를 잠재된 민중혁명의 역량을 일정하게 대변하고 있는 인물[24]로서 제시하고자 한 작가의 의도가 반영된 결과이다. 따라서 농민전쟁의 패배라는 역사적 사실의 전개에도 불구하고, 그의 의미는 계속 발전·계승될 여지를 남기게 된다. 그는 당대 변혁운동의 능동적 참여를 통하여, 당대 사회의 대립과 갈등의 본질적 특징들을 자신의 고유한 행위의 동기 및 대중의 행위에의 영향과 유도의 계기로 집약[25]시키며, 시대 변혁의 정당성과 그 실현 가능

---

24) 사회과학원 문학연구소, 앞 책, 239쪽.
   "특히 사회주의적 사실주의 문학예술의 긍정적 주인공들은 근로자들을 공산주의적으로 교양하는 생동한 모범으로 된다. 그러므로 혁명과 새생활 건설의 참된 주인공들의 전형을 창조하는 것은 사회주의적 사실주의 문학예술로 하여금 생활과 투쟁의 훌륭한 교과서로 되게 하는 데서 근본 문제로 된다."
25) 루카치, 앞 책, 44쪽.

성에 대한 절대적인 믿음을 보인다. 그는 당대의 시대 변혁운동에 항상 능동적으로 참여하여 행위하면서 스스로를 변화시켜 나가고 있다. 따라서 어떠한 실패에도 그는 동요되거나 좌절하지 않게 된다. 이 점은 박태원이 이 작품을 단순히 농민군의 패배와 전봉준의 죽음이라는 '실패'의 측면에 중점을 두어 서술한 것이 아니라, 오상민을 통한 또 다른 변혁 운동의 씨앗을 드러내는 데 의미를 둔 것이라고 판단할 수 있게 한다. 오상민을 이렇게 파악해야만 비로소 이 작품은 이후의 시대 변혁 운동의 진정한 출발로서의 의의를 감당할 수 있게 된다.

사회주의 리얼리즘 작품에서 작가의 세계관 혹은 작가의 창작방법론을 규정하는 체제의 이념적 지향성은 '공산주의적으로 교양하는 생동한 모범'[26]을 보여주는 주인공의 전형을 창조하는 것과 계급간의 투쟁을 통해서 갈등을 형상화[27]하는 것이다. 「갑오 농민 전쟁」은 오상민이라는 전형적인 인물의 제시와 지배계급과 피지배계급의 대립이라는 전형적인 상황을 통해서 바로 이 점을 충실히 반영하고 있다. 즉, 작가는 당대 시대변혁의 유일하고 주된 세력으로 농민을 설정하고, 오상민을 이들의 전형적인 인물로 등장시켜 그의 행위를 통해 바람직한 공산주의 인간형을 제시하고 있는 것이다.

이 작품을 서술상황의 측면에서 간단히 살펴보면 작가적 서술상황으로 이루어져 있으며 3인칭 외부시점으로 되어 있다. 양식은 화자—인물이 중심을 이루고 서술 자아가 두드러지게 나타나고 있다.

이상 「갑오 농민 전쟁」에서 드러나는 역사적 상상력의 문제를 주로 작품의 갈등구조와 주인공의 행위를 중심으로 규명해 보았다. 제1부에서 작가는 양교리 지주인 이진사와 고부군수 조병갑, 왕과 왕비로 대표되는 당대 조정의 매판성과 자기 보신성, 외세의 점증되는 침입 등을

---

26) 사회과학원문학연구소, 앞 책, 239쪽.
27) 사회과학원문학연구소, 앞 책, 251쪽.

양교리 농민들과 오상민 가족들의 생활을 통해 당대 사회의 갈등으로 제시하고 있다. 이 때 동시대의 사회구조는 계급적인 갈등과 민족적인 갈등이 혼재되어 있는 양상을 보인다. 양교리 농민들과 주인공인 오상민의 가족들이 당하는 생활의 궁핍함과 위기 상황은 바로 이러한 동시대 갈등의 한 축인 지배계층과 외세에서 직접적으로 기인한다. 작가는 이러한 사회구조에 따라 농민들이 고통받는 모습 및 일정하게 대응하는 양상을 그려줌으로써, 이후 갑오 농민 전쟁이 발발할 수 밖에 없었던 역사적 상황을 전형화시키고 있다. 그리고 주인공인 오상민을 잠재된 민중혁명의 역량을 일정하게 대변하면서 새로운 변혁운동을 추구하는 인물로 묘사함으로써 바람직한 공산주의 인물형의 모습을 제시하고 있다.

3) 변천하는 시대와 작가의 눈

이 작품에서 작가는 인물들간의 관계를 통하여 동학 농민 전쟁을 일으킨 농민들의 영웅적인 행위와, 피지배계층인 소작인들과 양반집 종들이 얽매인 삶에서 벗어나 자주적인 삶을 살아가는 모습, 이들 피지배계층이 지배계층에 대항하여 결국은 승리를 쟁취해가는 모습을 그리고 있다. 역사소설에서 중요한 것은 거대한 역사적 사건에 대한 옛날얘기가 아니라 이 사건 속에서 활동했던 인물들에 대한 문학적인 환기[28]라고 할 수 있다. 당대의 삶을 고통스럽게 살아가는 여러 종류의 사람들이 지배계층에 대항하여 한데 뭉쳐 싸우기 위해서는 그들에게 필연적인 과정이 필요하게 된다. 이것은 우선 다양한 인물들의 삶을 낱낱이 관찰하고 묘사함으로써 가능하다. 작품의 상당부분을 차지하는 숱한

____
28) 루카치, 앞 책, 42쪽.

에피소드의 묘사는 이런 목적을 향한 통일된 구심점을 이루고 배치되어 있으며 에피소드를 통하여 더욱 생생하게 살아있는 인물 형상화가 가능하게 된다.

이 작품에서 등장하는 인물들은 대개 세 부류로 나누어 볼 수 있다. 첫 번째 부류는 이상무·짝쇠·춘보·김경천·최시형 등 '중도적(mittelmäßig) 인물'29)들이다. 두 번째 부류는 이진사·조병갑·이용태 및 왕과 왕비를 비롯한 당대의 지배계급과 외세 등 농민들의 적대세력들이다. 세 번째 부류는 오상민과 전봉준을 대표로 한 시대변혁을 요구하는 농민들이다.

역사소설에서 서로 대립되는 양 세력의 지향하는 바를 구체적으로 드러내 보여주는 것은 첫 번째 부류인 중도적 인물이다. 중도적 인물이란 투쟁하는 한 진영에 열정적으로 가담하지 않는 인물30)로서, 양 진영의 입장을 잘 드러내주는 인물이라고 할 수 있다. 이 작품에서 나타나는 중도적 인물들은 이상무·짝쇠·춘보·김경천·최시형 및 동학의 대두령들이다. 그리고 일종의 비판적 지식인이라고 할 수 있는 이충식과 신주사 등도 중도적 인물이라고 볼 수 있다. 이들은 작품 내에서의 행위를 통하여 대립하는 양측의 입장을 구체적으로 드러내 보여준다. 또한 이들은 농민군측에 역사적 정당성을 부여하면서 작품에 객관적 리얼리티를 부여하고 있다. 따라서 이들의 행위는 이 작품이 궁극적으로 드러내고자 하는 농민전쟁의 역사적 의미를 암시하는 역할도 하고

---

29) 루카치(Georg Lukàcs)는 '중도적 인물'을 다음과 같이 설명하고 있다.
"일반적으로 이 주인공은 결코 뛰어나지는 않지만 어느 정도 실제적인 명민함을 지녔으며, 어느 정도의 도덕적인 견실함과 고상함을 견지하고 있다. 그러나 그것은 때로 자기 희생의 능력에까지 이르기도 하지만 결코 인간적으로 감동적인 열정으로까지 발전하지는 않으며, 또한 결코 위대한 일에 열정적으로 몰두하지도 않는 것이다." (루카치, 앞 책, 30쪽)
30) 루카치, 앞 책, 35쪽.

있다.

이상무는 양교리 지주인 이진사의 서자이다. 그는 엄밀하게 말하여 양반의 자손이다. 그럼에도 불구하고, 자신이 가진 바 학식이나 능력을 첩의 자식이라는 신분적 굴레 때문에 제대로 펴지 못하고 있다. 이러한 신분적 굴레는 그가 자신의 계급을 배반하고, 농민들 편에 설 수 있는 원인을 제공하고 있다. 물론 그가 변혁의 시대에 보여줄 수 있는 행동에는 일정한 한계가 있다. 그는 심정적으로 시대 변혁운동의 핵심으로 부각된 농민들의 입장을 지지하면서도, 적극적으로 나서서 가담하지는 못한다. 처음 이상무는 서자라는 자신의 신분과 그에 따른 이진사 가족들의 학대 때문에 고민한다. 그러나 스스로 이 신분적 제약을 벗어나는 구체적 행동을 보여주지는 못하고 있다. 결국 오상민과의 거듭된 만남을 통해 비로소 집에서의 탈출을 감행하게 되는데, 이후에도 농민들 편에 적극적으로 가담하여 시대 변혁운동에 가담하지는 않는다. 단지 관군의 움직임과 전주감영의 동정을 농민군에게 통보해 주는 소극적 행위로 변혁의 시대를 살아가게 된다.

이상무가 양반의 자손이면서 결국 자신의 계급을 배반하는 행동을 보이고 있다면, 짝쇠는 신분상으로 농민들에 가까우면서도 양반의 편에 서서 자신의 계급을 배반하는 행동을 하는 인물이라고 할 수 있다. 짝쇠는 이진사집 종으로 이진사를 도와 농민들에게 적대적인 모습을 보인다. 그는 이진사의 명에 따라 병든 문서방을 길에다가 내버릴 뿐만이 아니라, 농민들의 민란을 피해 도망가던 이진사가 길보의 낫에 찔려 위급하게 되었을 때 달려들어 구원하는 등 주인에게 헌신적인 모습을 보인다. 이러한 일련의 행동에 대해 그는 전혀 고민하지 않고, 끝까지 주인에게 충성하는 모습을 보이고 있다.

신주사와 이충식도 역시 이상무와 마찬가지로 '중도적 인물'이면서, 소극적으로나마 농민군의 입장을 옹호하는 모습을 보인다. 신주사는

전봉준의 고향 친구로 외아문 주사로 있는 사람이다. 그는 개화파에 속
하는 인물로 농민군에게 외세의 움직임을 간간이 전해주고 있다.

> "일본 공사 대조놈에 대해서는 이만하고 이번에는 내가 서울
> 서 떠나오기 바로 사흘 전에 들은 새 소식을 하나 이야기하자.
> 그것은 운현궁 안에 왜놈이 하나 들어가 있다는 소문이다."
> [……중략……]
> 신주사는 뒤를 계속하였다.
> "임오군란 때 청군에 끌려갔던 대원군이 다시 서울로 돌아온
> 후 중전마마가 외인을 함부로 출입하지 못하게 하는 그 경계가
> 심한 운현궁 안에 어떻게 왜놈이 뚫고 들어갔는지 모를 일이다.
> 무슨 수를 써서 왜놈이 들어갔는지 그것도 모를 일이지만 왜놈
> 이라면 뱀같이 여기는 대원군 대감이 왜놈을 그냥 궁에 두어두
> 고 보고 계시다니 그야말로 정말 모를 일이다. [……중략……]"
> 이야기를 마치자 신주사는 다 탄 담배를 재털이에 비벼 끄며
> 땅이 꺼지게 한숨을 쉬었다. (권3, 198~199쪽)

신주사와 마찬가지로 이충식도 일종의 비판적 지식인으로서 당대 현
실을 비판하면서 농민군의 입장을 옹호하고 있다.

> "아니, 민판서대감이라니? 저 '금송아지대감' 말인가?"
> [……중략……]
> "그만두겠네. '부리타니카' 아니라 세상 없는 걸 살 수 있대
> 도……."
> 이선생은 불쾌하기 짝이 없었다. 그는 며칠 전에 어떤 사람에
> 게서 민영준(민판서)이가 남도에서 일어난 농민 봉기군을 관군
> 의 힘으로는 막을 수 없으니 청국에 청병할 뜻으로 원세개한테
> 찾아갔었다는 말을 들었었다. 정의롭게 일어난 제 나라 백성들
> 을 치자고 남의 나라에서 군사를 청해오자는 놈이 역적이 아니

고 무엇이겠는가?

　"그런 놈 밑에 가서 내가 서사 노릇을 해!"

　이선생의 낯빛이 붉으락푸르락했다. (권4, 206쪽)

　이들 두 사람은 모두 신분상 일종의 비판적 지식인의 입장을 견지하고 있으면서, 동시대에 대한 비판적 입장을 구체적인 변혁 행위와는 연결시키지 못하고 있는 인물들이라고 할 수 있다.

　양교리 농민 중 한명인 춘보는 자신과 직접적으로 관계되지 않는 일에는 참여하지 않으면서 상황에 따라 자신의 이익이 되는 쪽으로 움직이는 인물이다. 이런 점에서 그는 '보전하는 개인들'31)에 속하는 인물형이다. '보전하는 개인'은 개인적이며 이기적인 활동을 하는 인물로서, 존재기반의 극히 사소한 동요조차도 그의 개인적인 삶에 대한 직접적인 충격으로 경험하며 일상생활이나 정신적인 반응에 있어 더욱 명료하고 실감있게 드러낸다.32) 이 작품에서 춘보는 그러한 특질을 나타내는 대표적인 인물이라고 할 수 있다. 그는 양교리 농민들이 착취당하고 핍박받는 모든 것을 정해진 운명의 탓으로 생각한다. 그에게 있어 전봉준을 중심으로 하여 일어난 농민들의 봉기도 결국 전봉준이 자기 아버지 전창혁의 억울한 죽음에 대한 원한 갚음 행위 이상의 의미가 없다고 파악된다. 그에게 관심이 있는 것은 어떻게 하면 이 변혁의 시대에 자신과 자신의 가족이 무사히 지낼 수 있는가 하는 것뿐이다. 따라

---

31) '보전하는 개인들'이라는 용어는 헤겔(Hegel)이 처음 사용했던 것으로, 루카치는 「역사소설론」(앞 책, 38~39쪽)에서 이 인물형을 "'부르조아 사회'의 인간을 총괄하는 개념이며, 이러한 개인의 활동을 통해서 이루어지는 부르조아 사회의 끊임없는 자기재생산의 특성을 나타내는 것이다. 이것의 토대는 개별적 인간의 개인적이고 이기적인 활동으로 이루어진다." 라고 설명하고 있다.

32) 루카치, 앞 책, 44쪽.

서 그는 아들 덕보가 농민군 진영에 가담하여 싸우려고 할 때, 적극적으로 나서서 말리는 행위를 보이고 있다. 그러나 결국 관의 술책에 의해 자신이 평생동안 모은 전 재산을 일거에 빼앗기는 사태가 발생하자, 비로소 농민들의 변혁 행위가 정당함을 인식하고 농민의 편에 서게 된다.

역시 '보전하는 개인들'로 설정되어 있는 인물인 김경천은 춘보와는 전혀 다른 길을 가게 된다. 동학의 접주인 김경천의 판단 기준 역시 자신의 안위와 보신에 맞춰진다. 그가 농민군에 가담하게 되는 것은 농민군이 승리하여 전주성에 입성하고 나서이다. 처음 그는 농민군과 같이 활동하지는 제의를 받았을 때 거짓 핑계를 대고 참여하지 않는다. 그러나 농민군의 승리를 보고난 후에는 재빨리 변신하여 가담하고 있다. 이처럼 그는 당대 현실의 변모에 따라 자신의 이익이 되는 방향으로 행동하는 인물이다. 따라서 춘보가 마지막에 가서 농민들의 입장을 이해하고 그들 편에 서는 반면, 김경천은 그들을 배반하고 전봉준을 밀고하여 관에 잡히게 하는 모습을 보여준다.

이들 이외에도 동학의 상층부를 이루는 교주 최시형과 손병희를 비롯한 대부분의 인물들은 교주신원에만 관심을 가지고 있고, 농민들의 고통에는 무관심한 인물들로 제시되고 있다. 또한 그들 대부분은 보은원의 호통에 어쩔 줄 몰라 하는 소심한 인물들로 형상화되어 있다. 따라서 이 작품에서는 전봉준이 동학에 의지하지 않고 독자적으로 농민군을 결성하여 시대적 모순에 대항하고 있는 것으로 그려지게 된다. 이는 이 작품이 갑오년의 변혁운동을 동학혁명이 아니라 농민들의 투쟁이며 전쟁으로 해석하고 있음을 말해준다.33)

---

33) 박태원이 월북 이전에 쓴 글(古阜民亂, 『協同』 제3호, 1947. 1)에서는 '고부민란'의 뒷수습을 하러 온 안핵사 이용태가 그 죄를 동학당에 돌려 동학도들의 명부를 만들어서 그들을 잡아다가 죽이고 살던 집을 불사르는

　이상 첫 번째 부류에 속하는 인물들은 작품 내에서 대립하는 양측 사이에서 진동하면서, 사건의 갈등 구조에 탄력을 더하고 리얼리티를 부여하는 역할을 하고 있다. 작가는 이러한 인물군들을 다수 설정함으로 인해 자칫하면 지배계급과 피지배계급 간의 계급투쟁이라는 도식적인 역사 인식에서 탈피하여 리얼리티를 획득하고 있다. 즉, 동시대 계층적인 갈등의 주요 담지자인 지배계급 내에서 이상무 · 신주사 · 이충식이라는 '중도적 인물'들을 등장시켜, 이들이 자신의 계급을 비판하고 농민들의 입장에 서는 것을 보여줌으로써, 농민들로 대표되는 당대 변혁 운동의 주체의 정당성을 부여하고 있다. 또한 춘보와 김경천으로 대표되는 '보전하는 개인들'과 짝쇠로 대표되는 봉건적 관념의 수호자, 그리고 최시형 등 동학의 상층부들이 가지고 있는 자기 보신성 등을 통해 당대 사회의 여러 인물형을 제시함으로서 사건 전개에 리얼리티를 강하게 부여하고 있다. 특히 이 중 춘보가 '보전하는 개인'의 모습에서 탈피하여 농민군에 가담하게 되는 모습은 고부민란 이후 안핵사 이용태의 잘못된 행위와 맞물려, 농민군의 활동이 올바른 역사의 방향성을 획득해 나가고 있음을 방증하는 것이라고 할 수 있다.

　두번째 부류에 속하는 인물들은 이진사와 조병갑 · 이용태 그리고 왕과 왕비 등의 지배계급과 이들과 한 무리로 볼 수 있는 외국세력들이다. 우선 농민들을 직접적으로 착취하는 세력인 이진사 · 조병갑 · 이용태는 계층적인 갈등을 극명하게 드러내주는 인물들이다. 이와 함께 이들을 비호하는 세력이면서 매판적인 성격을 갖고있는 왕과 왕비는 외국세력에 기대거나 매관매직을 통해 개인적인 이익에만 집착하는 인물들로 묘사되고 있다.

만행을 저질렀기 때문에 동학란이 일어난 것으로 서술하고 있다. 따라서 「갑오 농민 전쟁」에서의 동학의 배제는 작가의 의도보다 북한사회의 종교에 대한 인식에 따른 것으로 보인다.

처음 전라도 지방에서 농민들의 항쟁이 발발했을 때에도 일이 그들의 뜻대로 간단히 수습되지 않자, 왕과 왕비는 곧 외세에 의존하여 사태를 진화하려는 태도를 보인다. 그들의 안이하고 매판적인 태도는 전라감사와 양호초토사의 장계를 받고도 유람을 가거나 궁중에서 계속해서 놀이판을 벌이고 굿을 하는 데에서 적나라하게 드러난다. 따라서 그들은 당대의 문제에 대해 진지하게 이를 해결하려고 노력하지 않고 문제가 확대되자 곧바로 외세에 도움을 청하게 되는 것이다. 이러한 외세의존성은 평상시 그들의 생활에서도 자주 나타나고 있다. 조정 정사를 논하는 자리에 왕비가 일본 계집을 데리고 다닌다던지, 궁궐을 출입하는 외국인들에게 특혜를 베푼다던지 하는 것은 자주성을 상실한 지배계층의 대표적인 모습이라고 할 수 있다. 그리고 외세는 이들 매판적인 지배세력과 결탁하여 자신들의 이익을 위해 피지배계급인 농민들을 억누르고 탄압하는 세력으로 제시된다.

세 번째 부류는 전봉준과 오상민을 중심으로 한 농민들이다. 이들 중에서 전봉준은 역사적인 인물로서 행동의 제약을 받고 있기 때문에 이 작품에서는 허구적 인물인 오상민이 중심역할을 하고 있다. 오상민은 이 작품에서 다양한 인물들의 삶을 그의 세계 속으로 통일시켜가고 있다. 이는 그가 구현하는 인간적 품성과 계급적 친화력, 그리고 역사적 전환기에 처한 이들의 다양한 삶을 무장봉기라는 역사적 소임 앞에 일치된 힘으로 집약시킬 수 있는 역사적 전망을 제시하고 있음을 말해준다. 오상민은 이 작품에서 영웅적 인물이 아니라 평범한 인물로 설정되고 있으면서도, 주변 인물들과의 관계를 통하여 점차 새로운 시대를 이끌어 나가는 주도적인 인물이다. 이 점에서 그는 '세계사적 개인(das welthistorische Individuen)'[34]으로 나타나게 된다. '세계사적 개인'은 이미

---

34) 루카치, 앞 책, 37쪽.

현존하는 운동에 의식성과 분명한 방향성을 부여하는 역사진보의 의식
적 담지자[35]이다. 이들이 위대한 것은 "그들의 개인적 열정과 목표설정
이 이러한 커다란 역사의 흐름과 일치하기 때문이며, 그들이 그러한 흐
름의 긍정적 측면과 부정적 측면을 모두 자기 자신 속에 집약하고 있기
때문이며, 그리고 그들은 선한 것이든 악한 것이든 민중들의 그러한 열
망의 뚜렷한 기치이자 그것의 명료한 표현이기 때문이다."[36] 세계사적
개인으로서 오상민의 의의[37]는 그가 단순히 전봉준이나 오수동의 정신
적 계승자로서의 역할에 머물지 않고, 이들의 성과를 일정하게 계승하
면서 새로운 시대를 열어나가려고 하는 데서 찾을 수 있다.[38] 그리고
이 점은 이 작품의 제3부에서 직접적이고 명백하게 드러나고 있다. 오
상민은 허구적 존재이면서도 작품 속에서 전봉준의 이념을 직접적으로
반영하는 투사적 존재[39]가 아니기 때문에 역사적 패배와 더불어 함께

---

35) 루카치, 앞 책, 39쪽.

36) 루카치, 앞 책, 37쪽.

37) 루카치, 앞 책, 421쪽. 루카치는 세계사적 개인의 의미를 다음과 같이 설
명하고 있다.

　"'세계사적 개인'의 전개와 발생은 민중 속에서 이루어진다. [······중
략······] 항상 민중운동의 객관적 필연성에서 그 출현이 고대되는 바로
그 시점에 '세계사적 개인'은 출현한다. 그 때에 위대한 인물들은 우리
눈 앞에서 역사발전의 총괄로서 그리고 최고도의 표현형태로서 완성된
다. 그들이 위대한 것은 그들이 이러한 총괄적 힘을 소유했기 때문이며
또 그들이 바로 이러한 순간에 민중생활의 심부를 움직이게 하는 제반
문제들에 대하여 해결책을 제시할 수 있기 때문이다. [······중략······] 그
들의 위대성은 많은 경우 동시에 그들의 제약성이기도 하다."

38) 사회주의 리얼리즘 문학이 그려내는 '전형적' 성격은 현재 속에서 그 인
물의 활동이 그의 적대자들보다도 더욱 강하게 미래의 의식과 일치하는,
그런 '긍정적 영웅'의 형상 속에서 등장한다(스테판 코올, 앞 책, 153쪽).

39) 이재선, 「사회주의 역사소설과 그 한계」, 앞 책, 194쪽. 여기에서는 허구
적인 존재와 역사적인 존재라는 측면을 제외하면, 오상민과 전봉준은 동
일한 인물이 된다고 언급하고 있다.

짊어져야 하는 책임에 구속을 받지 않는다. 그는 역사와 일정한 거리를 둠으로써 역사를 객관화할 수 있는 위치에 있게 되는 것이다. 줄거리상으로도 그는 전봉준을 도와주는 조연에 그치고 있다. 이처럼 역사적 인물인 전봉준을 보좌하는 역할로 인해 그는 세계사적 개인의 역사적 의미를 서사적으로 가장 잘 표출하고 있다.[40] 이런 측면에서 그는 작가의 관념을 직접적으로 드러낼 수 있는 인물이 된다. 그리고 바로 이 점은 오상민이 사회주의 국가가 제시할 수 있는 가장 바람직한 인물형임을 나타내며, 동시에 이 작품의 의의이고 한계가 된다.

제1부에서는 이들 세 부류의 인물들이 지배계층과 피지배계층으로 나뉘어서 살아가는 모습을 전형적인 당대 상황을 통해 제시하고 있다. 여기에서는 주로 지배계층의 타락과 피지배계층에 대한 착취의 양상이 시대적 변환기에 처한 당대 사회현실과 대응되면서 제시되고 있다.

제2부에서는 이러한 역사적 상황 속에서 더 이상 견딜 수 없게 된 농민들이 민란을 일으키게 되고, 이것이 갑오 농민 전쟁으로 확산되는 과정을 각 등장인물들의 행위를 통해 서술하고 있다. 이 부분의 서술의 초점은 대립하는 양 계급의 의식과 활동을 '중도적 인물'과 '보전하는 개인' 등의 설정과 그들의 변화 과정을 통해 선명하게 드러내는 데 있다. 그와 함께 오상민이라는 '세계사적 개인'의 현실 변혁운동 과정과 의식 변화의 의의를 명확히 하려는데 초점이 놓여지고 있다.

제3부는 당대 농민의 시대 변혁운동이 실패를 맞게 되는 제2차 동학 농민 전쟁기를 시대적 배경으로 하고 있는데, 1895년 말 주도자인 전봉준이 잡혀 사형 당하는 것으로 끝나고 있다. 이 부분의 중심 갈등구조는 농민으로 대표되는 시대 변혁운동과 매판적 지배계급 및 외세로 설정되고 있는데, 당대 지배계급의 성격은 자기 보신성과 외세 의존성 및

---

40) 루카치, 앞 책, 125쪽.

매판성으로 집약된다. 여기에서 일본군으로 대표되는 외세와 관의 공격에 변혁을 추구한 농민군이 패배하고 있다는 것은 당대의 시대상황이 단순한 계급투쟁에 놓여 있는 것이 아니라 민족적인 갈등과 혼합되어 있는 것임을 나타내주고 있다. 즉, 계급적인 갈등과 민족적인 갈등이 혼재된 상태로 인식될 수 밖에 없음을 드러내는 것이라 할 수 있다. 이러한 시대상황에 대한 인식은 이 작품의 초점이 '계급투쟁(階級鬪爭)'보다는, '척왜척양(斥倭斥洋)'과 '보국안민(保國安民)'에 있음을 말해준다. 결국 제3부는 갑오 농민 전쟁의 역사적 패배 과정을 그리고 있는 것으로, 제1부와 제2부에서 서술되었던 양측의 대립이 부정적으로 해소되는 구조를 보이고 있다.

이제까지 분석한 것을 바탕으로 하여 이 작품에서 드러내는 의미를 살펴보면 크게 세 가지로 정리해 볼 수 있다.

첫째가 민중의식의 극대화를 통해 역사의 방향을 제시하고 있다는 점이다. 민중의식의 극대화를 통한 역사의 방향 제시는 시대변혁의 유일한 존재로서 농민을 설정하고 있다는 점과 오상민을 '세계사적개인'으로 형상화시키고 있는 점을 통해서 보여준다. 여기에서 오상민은 역사진보의 방향을 제시하고 있는 인물로 나타나고 있다.

둘째로는 외세의 침투와 그들의 행위를 통해 그들의 본질적인 성격을 제시하고 있다는 점이다. 외세의 침투와 그들의 본질적인 성격은 주로 당대 지배계층의 매판성을 통해 드러내고 있다. 이 작품에서 제시되는 외국 세력들은 조선조 말의 어지러운 시대상황에 편승하여 자신들의 이익만을 추구하는 집단으로 형상화되고 있다. 먼저 당대의 전형적인 상황으로는 지배계급과 피지배계급이 극심하게 대립하고 있는 양상을 보여주고 있다. 여기에서 당대의 지배계급은 작품 속에 간단없이 등장하면서 반역사적·반민족적·반민중적 태도를 보이며, 농민을 수탈하고 착취하는 대상으로 묘사되고 있다. 이들과 농민들의 갈등은 오랜 세월동안 심화되어 이미 이 시기에 오면 더 이상 억제되지 못하고 폭발하게 된다. 이미 이 무렵 지배계급의 모습은 자존(自存)하면서 농민을 수탈하는 대상으로서보다는, 본질적으로 외세와 결탁하여 스스로의 안일(安逸)만을 추구하는 매판계급으로 형상화되어 있다. 즉, 「계명산천은 밝아오느냐」의 배경이 되는 1862년의 임술민란(壬戌民亂) 시대와 이 작품의 배경으로 설정된 1894년 갑오 농민 전쟁 시대는 이미 적대세력들이 계급적 성격을 달리하여 등장하고 있는 것이다.

「갑오 농민 전쟁」에서는 처음에 계급간의 갈등과 민족간의 갈등이 혼재되어 나타난다. 작품의 중심공간인 양교리의 농민들은 처음에 이 진사와 조병갑으로 대표되는 지배계급에게 착취를 당하게 된다. 이들 지배계층의 착취행위가 가능하게 된 것은 민비의 매관매직과 외세의존으로 표현되는 지배계급 최상부가 타락했기 때문이다. 이처럼 이 작품에서는 타락한 봉건사회의 지배세력과 이를 변혁시키고자 시도하는 농민군과의 투쟁하는 과정을 통해 외세의 본질적인 성격을 드러내고 있다. 박태원은 서울 거리와 궁중 풍속의 치밀한 묘사를 통하여 민중의 삶 속에 이미 깊이 침투한 외세의 구체적 양상을 사실적으로 그리는 한편, 갑오 농민 전쟁에 대해 반응하는 당시 지배계급의 모습을 자세하게 묘사함으로써, 당대 지배계급의 매판성(買辦性)과 외세(外勢)의 침략에 대항하는 민중의 정당한 투쟁을 형상화하고 있다. 여기에서 지배세력은 외세와 동일시되어 농민들에게 있어서 새로운 시대의 도래는 지배계급과 외세에 대한 철저한 비타협적(非妥協的) 투쟁을 통해서만 성취될 수 있게 된다. 작품 속에서는 이러한 비타협적 투쟁의 초점이 지배계급보다는 외세에 놓여지고 있다. 이것은 이 작품의 기본 갈등 구조가 지배세력과의 계급투쟁(階級鬪爭)이 아니라, '척왜척양(斥倭斥洋)'으로 설정되어 있음을 말해준다. 즉, 민란의 시대에서 농민의 주요 적대세력은 당대의 국가체제를 유지하고 있는 지배계급이라는 동족(同族)의 일원이었지만, 농민 전쟁 시대에는 가장 거대한 적대세력이 외세(外勢)로 변환을 가져오고 있는 것이다.

이 작품이 드러내는 세 번째 의미는 농민 전쟁의 정당성을 여러 측면에서 부각시키고 있다는 점이다. 즉, 외세와 결탁한 지배계층의 착취에 대항하여 일어난 농민 전쟁에서 농민들의 정당성을 여러 가지로 부각시키고 있다. 이는 주로 농민 전쟁의 전개과정에 대한 묘사에서 드러나고 있다. 처음 자신들의 힘에 무지했던 농민들은 지배계층의 착취로 인해 차츰 의식이 각성되어가고, 이에 따라 생존권의 요구가 관에 의해 무시되고 탄압을 받게되자 자연스럽게 농민 전쟁으로 발전되어가게 된다. 이러한 전개과정에서 농민들은 생존하기 위해 어쩔 수 없이 지배계층에 대항하는 모습을 통해 그들의 정당성을 입증하고 있다. 대표적인 사례로 1차 농민 전쟁 이후의 안핵사 이용태의 극심한 탄압은 이후에 일어나는 농민들의 저항이 생존하기 위한 정당한 행위임을 입증하고 있다. 또한 '세계사적 개인'으로서 농민인 오상민의 설정과 그의 행위의 정당성을 부각시킨다든지, '보전하는 개인'인 춘보가 결국 농민군의 편에 가담하게 되는 것은 농민전쟁의 정당성과 농민군들이 나아가는 역사의 방향이 옳음을 강조하는 효과를 거두고 있다.

앞에서 살펴본 것처럼 이 작품은 수탈 당하는 농민들의 참상과 지배계급들의 착취와 환락, 그리고 외세와의 결탁 등 당대 사회의 모습을 다양한 삽화들을 통해 제시하고 있다. 이러한 다양한 삽화들은 이 작품이 19세기 말에 일어난 농민 전쟁을 총체적으로 형상화하는 데 크게 기여하고 있다. 이러한 총체적인 묘사를 통해 이 작품은 농민 전쟁의 배경과 그 의미를 구체적으로 형상화하면서, 공산주의 인물형의 제시 및 계급의식과 민족의식의 고양을 통한 외세의 배격, 그리고 농민 전쟁의 정당성 등을 제시하고 있다.

그러나 이 작품은 여러 특성 및 의의에도 불구하고 몇 가지의 결함을 드러내고 있는데, 대략 세 가지로 요약해 볼 수 있다.

첫째, 역사적으로 볼 때 동학혁명의 제1차 봉기에는 농민군의 조직이 치밀하지 못하여, 동학교단의 조직을 상당 부분 활용했다는 역사적 사실을 철저하게 부정하고 있다는 점이다. 이 작품에서 작가는 혁명의 전개에 있어 동학이 일정한 구심점으로서의 역할을 전혀 할 수 없었음을 적극적으로 드러내고 있다. 물론 이 부분은 단순히 종교의 역할을 철저히 부정하는 북한의 역사 인식 탓으로 돌릴 수도 있겠지만, 이러한 서술 때문에 이 작품이 가지고 있는 역사소설로서의 사실성에 일정한 한계를 갖게 하고 있다.

둘째, 농민군 자체의 갈등 양상이나 이에 대응하는 관군과 외국군, 또는 지배계급 내의 갈등 양상이 전혀 고려되지 않고 있다는 점이다. 즉 변혁 또는 격동기의 복잡한 양상을 총체적으로 인식하지 못하고, 단순한 기계론적(機械論的) 이분법(二分法)에 의거하여 대상을 그리고 있다[41]는 것이다. 이 점은 사건의 전개에 있어 갈등을 단순화시켜 소설의 재미를 덜할 뿐더러, 자칫 역사소설의 생명인 리얼리티를 손상하는 치명적 결함이 될 수도 있다.

셋째, 이 작품의 시간적·공간적 배경이 전라도로 되어 있음에도 불구하고, 서울 말 중심의 언어를 계속 사용하고 있다는 점이다. 이 점 때문에 문체를 통하여 농민의 생동하는 삶의 모습과, 여기서 발생하는 현실에 대한 날카로운 풍자와 해학이 올바로 형상화되지 않고 있다. 또한 부정적인 인물들에 대해서 '눈귀가 축 처지고 입술이 두꺼운' '콧방울에 사마귀 달린 자' '이마에 칼자국이 있는 자' '올빼미눈에 하관이 빠른 자' 등 일률적으로 못생기거나 나쁜 형상으로 표현하고 있는 점도 한계로 지적할 수 있다.

---

41) 이재선, 「사회주의 역사소설과 그 한계」, 앞 책, 197쪽.

6. 작품세계의 이행과정과 미학적 특질

이제까지 박태원의 작품세계를 각 시기별로 살펴보았다. 「小說家 仇甫氏의 一日」과 「川邊風景」, 「洪吉童傳」, 「갑오 농민 전쟁」 등 네 작품을 중심으로 하여 이 작가의 작품세계가 어떻게 변모하고 있는지 그 이행과정을 더듬어본 다음, 그의 소설의 미학적 특질을 전체적으로 종합해보고자 한다.

주지하는 바와 같이, 박태원은 모더니스트 작가이다. 그의 초기 모더니즘 소설은 1920년대의 리얼리즘 문학을 극복하고 우리나라 소설문학사의 새로운 장을 개척하는 데 기여했다. 이 시기의 대표작으로 일컬어지는 「小說家 仇甫氏의 一日」의 경우, 주인공 '구보'는 새롭고도 독특한 인물이다. 방황의 주제를 다룬 이 작품은 산책의 모티프를 통하여 주인공의 공허한 삶을 제시하고 있다. 그런데, 여기서 중요한 점은, 전대의 리얼리즘 소설과는 판이하게 다른 양상이 나타나고 있다는 점이다. 즉, 전대의 리얼리즘 소설에서는 방황하는 지식인의 모습을 외면적으로 묘사하고 있는데 비해서 이 작품에서는 그러한 지식인의 내면의식과 자의식의 세계를 심층적으로 표출시키고 있다. 작가는 이른바 '의식의 흐름' 기법을 사용하여 주인공 '구보'의 정신적 분위기, 예컨대 의식·성찰·회상·욕구 등을 추구하고 있다.

「小說家 仇甫氏의 一日」에서 작중인물의 구체적인 행위를 담고 있는 핵심적인 구조로 드러나는 구보의 도심순례는 지극히 피상적이고 우연한 방식으로 그려지고 있다. 이는 한편으로 다른 사람들과의 관계 맺기를 시도하는 자아의 몸부림으로 해석할 수 있는데, 이런 그의 시도는 그가 가지고 있는 기본적인 태도[1]로 말미암아 의미있는 인간관계를 맺는 데에 있어서는 실패하고 있다. 여기에서 탐구하는 주체인 서술자는 움직이고 있으나, 탐구하는 현실은 정적(靜的)으로 제시된다. 따라서 도심순례가 갖게되는 의미는 그를 둘러싼 병든 세계의 한계상황에 대한 구체적인 제시로 나타나게 된다.

「小說家 仇甫氏의 一日」이 구보라는 모더니즘적 인간상을 구체적으로 드러내면서, 그를 둘러싼 세계의 한계상황을 보여주고 있다면, 「川邊風景」은 당대의 한계상황에 대한 여러 인물들의 다양한 적응양상에 초점을 맞추고 있다. 이 작품에 등장하는 모든 인물들은 기본적으로 세계와의 대립을 통하여 구체적으로 변화하는 모습을 보여주지 않는다.[2] 이들은 기본적으로 정태적인 인물형으로 묘사되어 있다. 따라서 이들에게 세계를 바꿀 수 있는 힘을 찾는다는 것은 불가능해진다. 박태원은 이 작품을 통하여 당대의 한계상황과 그 속에서 숙명적으로 살아가고

---

1) 여기서 구보가 가지고 있는 기본적인 성격이란 '被投體'로서의 숙명을 의미한다. 피투체로서의 인간은 자신 이외의 사물이나 사람들과 관계를 맺을 수 없으며, 다만 피상적이고 우연적인 방식으로, 존재론적으로 말하면 '회고적인 반성(retrospective reflection)'을 통해서만 다른 인간 존재와 관계를 맺을 수 있을 뿐이다. 왜냐하면 '他者들' 역시 기본적으로 고독하고 의미있는 인간관계를 맺을 수 없기 때문이다. (루카치, 문학예술연구회 옮김, 『우리시대의 리얼리즘』, 인간사, 1986, 20~21쪽)
2) 이러한 점에서 이 작품에 등장하고 있는 이들은 「小說家 仇甫氏의 一日」의 '구보'와 동일한 인간형으로 설정되어 있음을 알 수 있다. 다만 후자가 지식인으로 그려져 있고, 전자는 도시 하층민이라는 점에서 차이를 보일 뿐이다.

있는 다양한 인물들의 삶을 통해 당대 하층민들의 정체된 삶을 구체적
으로 보여주고 있다.

　「川邊風景」에 등장하고 있는 인간상은 기본적으로 뿌리가 없는 자로
형상화되어 있다. 그들은 대개 상경한 이농민(離農民)이거나, 서울 토박
이더라도 삶의 뿌리가 확고하지 않은 자들이 대부분이다. 먼저 이농민
들의 상경 유형은 그 상경 동기에 따라 입신출세(立身出世)·변신 도모
(變身 圖謀)·탈출(脫出)·선택－적응(選擇－適應)으로 나누어 볼 수 있
는데, 모두 어느 날 갑자기 서울로 뛰어들어 청계천변이라는 1930년대
도시 하층민들이 살아가는 집단 거주지에 정착하게 된 인물들이라는
점에서 공통점을 가지고 있다. 여기서 이농민의 상경과 청계천변이라
는 지리적 공간은 이들에게 일정한 한계상황으로 작용하게 된다. 이 작
품에서는 당대 중산층의 부정적인 생활을 통해 병든 사회의 단면을 제
시하면서, 이들과 어울려 살아가는 도시 하층민들의 삶을 통해 변해버
린 가치관과 삶의 정체성을 제시하고 있다.

　「小說家 仇甫氏의 一日」과 비교해 볼 때,「川邊風景」에 나타나는 특
이한 점은 이들 도시 하층민들 상호간에 강한 공동체 의식을 그리고 있
으며, 또한 작가가 이들에게 일정한 애정어린 시선을 보내고 있다는 점
이다. 전자는 작품의 중심 의미 공간으로 설정된 빨래터와 이발소 및
카페를 통해 구체적으로 드러난다. 후자는 작가의 작중 대리인으로 설
정된 이발소 사환 재봉이의 바라보기와 카페 여급인 기미꼬의 행위를
통해 형상화되고 있다. 물론 아직까지 이러한 공동체 의식과 작가의 애
정어린 시선은 등장인물을 통한 직접적인 현실 변혁의 상황으로까지는
나아가지는 못하고 있다. 그러나 이들 하층민들이 서로간에 강한 공동
체 의식을 보여주고 있다는 점과 이들을 작가가 애정어린 시선으로 긍
정적으로 그리고 있다는 점은 중요한 의미를 띤다. 이것은 세계를 바라
보는 작가의 관점은 전혀 변화되고 있지 않지만, 그 속에서 살아가고

있는 인간상에 대해서는 새로운 해석을 가하고 있음을 의미한다.

「小說家 仇甫氏의 一日」을 통해 살펴보았듯이, 모더니즘적 세계관은 기본적으로 세계를 정적(靜的)으로 바라보고, 그 속에서 살아가는 인간의 무의미성과 의미있는 관계의 부재를 강조하는 것이 특징이라고 할 수 있다.[3] 이 작품에서도 전반적인 흐름은 이런 인간관과 세계관을 밑바탕에 두고 있다. 그러나 하층민들 사이에 흐르는 강한 공동체 의식의 제시는 바로 이러한 모더니즘적 인간관에 정면으로 반기를 들고 나선 것이 된다. 물론 이것은 아직까지 작품 내의 한 흐름으로만 감지될 수 있는 것이지만, 바로 이 점은 광복 이후 박태원의 리얼리즘으로의 변모를 가능케 한 잠재적인 계기로서 작용하고 있다.

이상 「小說家 仇甫氏의 一日」과 「川邊風景」을 중심으로 살펴본 식민지시대 박태원의 소설들은 서술구조에 있어서도 다음과 같은 변화 양상을 보이고 있다. 우선 시점의 변화라는 측면에서 보면, 초기소설인 「寂滅」에서는 1인칭 부인물 시점을 보이고 있으나, 「수염」이나 「疲勞」에 오면 1인칭 주인공 시점으로의 변화[4]를 보인다. 이것이 「小說家 仇甫氏의 一日」에 오면 구보라는 인물을 통한 3인칭으로 다시 변화하게 된다. 그러나, 이러한 시점상의 변화에도 불구하고 서술자를 설정하는 방법은 동일한 모습을 보인다. 즉, 이 당시까지의 소설들에서는 기본적으로 내부시점으로 제시되고 있으며, 서술 자아를 축소 내지는 배제하는 상태를 지향한다는 점에서는 동일하다. 남는 것은 스스로 관찰하고 느끼고 판단한 것을 독자에게 직접적으로 전달하는 경험 자아 뿐이다. 이러한 상태에서 실제로 서술을 직접적으로 행하고 있는 것은 소설 속

---

3) 루카치, 앞 책, 20~21쪽.

4) 이는 「수염」이나 「疲勞」가 기본적으로 「寂滅」에서 사용하고 있는 액자 소설의 형태에서 외부 액자가 없어진 형태로 볼 수 있다는 이야기가 된다.

에서 생각하고 느끼고 지각하는 인물로서 설정된 반성자-인물이라고 할 수 있다. 이 경우 독자는 오로지 이 반성자-인물의 눈을 통해서만 다른 인물들을 볼 수 있게 된다.

작가적 서술상황으로 되어있는 「川邊風景」은 다소 복잡한 양상을 보인다. 이 작품은 부분적으로 인물적 서술 상황이 작가적 서술 상황과 함께 나타나고 있는 작품인데, 3인칭으로 되어 있으며 외부시점이 우세하다. 양식에 있어서는 주로 화자-인물이 우세하나 부분적으로 반성자화도 나타나고 있다. 따라서 이 작품은 앞서 발표했던 「小說家 仇甫氏의 一日」과는 달리 서술자가 구체적으로 나타나고 있다. 이 작품에서 가장 주조가 되는 것은 전지적 작가 서술이다. 전지적 작가 서술은 서술자가 인물들의 세계 밖에 존재하고 있을 때 사용된다. 이 때 서술자의 세계는 인물들의 세계와는 다른 세계에 존재한다. 이것은 이 작품에 와서 「小說家 仇甫氏의 一日」까지의 소설에서 나타났던 서술자의 배제 내지는 축소 현상이 바뀌어지고 있음을 의미한다. 그리고 서술 자아가 서술자로서 확보된다는 것은 플롯이 일정한 인과성을 가지고 있다는 것을 의미한다.

광복 이후에 발표된 그의 작품들은 역사소설에 한정되어 있기 때문에, 서술상황이 작가적 서술상황으로 고정되고 있다. 인칭과 시점, 양식에 있어서도 삼인칭 외부시점, 화자-인물로 거의 고정되고 있다. 광복 직후 발표했던 「洪吉童傳」에서는 작가주석적 서술이 주로 나타나고 있으며, 월북 후 발표한 「갑오 농민 전쟁」에서는 작가전지적 서술이 이루어지고 있다.

주제 및 제재의 측면에서는 초기작품이 지식인의 정신적 방황을 내면의식을 통해 제시하고 있음에 비해, 「川邊風景」에 와서는 도시 하층민의 세계로 관점이 넓혀지면서 외면세계의 객관적 묘사를 통해 1930년대에 소외당하면서 살아가는 도시 서민층의 삶의 애환을 드러내고

있다. 광복 직후에 발표된 그의 작품들이 역사소설의 형태를 띠고 있다
는 점은 해방이라는 특수한 상황과 작가의 현실 인식에 대한 변모가 중
요한 작용을 하고 있다. 특히 작가의 내적 경향의 변화가 중요한 역할[5]
을 하게 된다. 이 시기 발표된 것 중 가장 관심을 끄는 작품은 허균(許
筠)의 동명소설(同名小說)을 패러디(parody)한 「洪吉童傳」이다. 이 작품
은 이 시기에 발표된 장편소설 중에서 유일하게 완결되어 발표된 것으
로, 이 무렵 그의 작품 경향을 가장 분명히 드러내 준다. 이 작품에 있
어 패러디의 초점은 리얼리티의 구현과 일정한 정도의 계급적 인식에
맞춰지고 있다. 이 중 리얼리티의 구현은 주로 주인물인 홍길동을 초월
적 영웅상으로 형상화하지 않고, 당대 백성들의 보편적 원망(願望)을 담
지한 전위적 인물로 형상화하려는 시도로 작품에 나타나고 있으며, 일
정한 정도의 계급적 인식은 지배계급과 피지배계급으로 당대의 인물상
을 구분하여 이를 이분법적 시각으로 형상화하려고 한데서 구체적으로
나타난다. 따라서 이 작품은 식민지시대의 소설에서 나타났던 모더니
즘적 인간관과 세계관이 결정적으로 변화하는 모습을 드러내고 있다는
점에 그 의미가 있다. 「洪吉童傳」에 등장하는 작중 인물들은 더 이상
현실에 의해 지배받는 숙명론적인 삶을 살아가지는 않는다. 그들은 자
신에게 주어진 한계 상황에 대해 적극적으로 대응하는 모습을 보여준
다.[6] 이제 현실세계는 이들에게 있어 더 이상 한계 상황으로 인식되지

---

5) 「川邊風景」에서 작가가 도시 하층민들에게 강한 유대감을 드러내고 있다
   던지, 이들에 대해 따뜻한 시선을 견지하고 있다는 점 등이 그의 변화의
   내적 계기로 작용한다.

6) 洪吉童이 자신에게 주어진 '庶子'라는 굴레를 가출을 통해 벗어버리는 모
   습과, 조생원이 부정한 재물을 모은 아버지의 재산을 의식적으로 탕진하
   는 것, 이들이 '活貧黨'을 만들어 잘못된 관리를 징치하는 것, 洪吉童을
   잡기 위해 토포사로 내려온 이흡이 변심하여 오히려 '活貧黨'에 가담하
   는 것, 잘못된 임금을 갈기 위해 궁정 혁명을 일으키는 모습 등은 이에
   적절한 예가 된다.

않는다. 즉, 세계는 인간에 의해 변화될 수 있다는 시각이 이 작품에 내재되어 나타나고 있다.

월북 이후에 발표된 「갑오 농민 전쟁」은 북한 특유의 사회주의 리얼리즘적 인간관과 세계관을 바탕으로 창작된 작품이다. 1963년에 「갑오 농민 전쟁」의 전편(前篇)으로 표기되어 발표된 「계명산천은 밝아오느냐」는 '혁명적 대창작 그루빠'의 지도 아래 쓴 북한 최초의 역사소설로 알려져 있는 작품이다. 이 점은 작품의 성격을 다음과 같이 한정짓게 된다. 첫째는 「갑오 농민 전쟁」과의 긴밀한 연관성 속에서 이 작품을 봐야 한다는 것이고, 둘째는 이 작품의 기본 골격과 등장 인물들의 형상화 및 작가의 세계관이 당(黨)의 공식적인 지도 방침을 충실하게 따르고 있다는 것을 인정해야 한다는 것이다. 이 작품에서 당(黨)의 공식적인 지도 방침은 익산민란의 주모자들의 언급을 통해서 주로 나타나는데, 계급간의 대립이 그 핵심이라고 할 수 있다. 이러한 입장은 이후 「갑오 농민 전쟁」의 제1부와 제2부까지 계속된다. 그러나 「갑오 농민 전쟁」 제3부에서는 약간의 변이가 나타난다. 제3부까지 종합해서 볼 때 이 작품의 초점은 계급간의 대립이 아니라 외세(外勢)와의 투쟁이 된다. 이것은 기본적으로 그 시대의 갈등이 외세라는 세계관을 반영하고 있음을 의미한다. 즉, 동시대에 있어서는 계급투쟁과 외세 척결이 이질적인 것이 아니며, 자연스러운 등식 관계를 형성하는 것으로 북한에서는 보고 있는 것이다.

「갑오 농민 전쟁」은 제1부에서 양교리 지주인 이진사와 고부군수 조병갑, 왕과 왕비로 대표되는 당대 조정의 매판성과 자기 보신성, 외세의 점증되는 침입 등을 양교리 농민들과 주인물인 오상민 가족들의 생활을 통해 당대의 시대적인 갈등으로 제시하고 있다. 이 때 동시대의 갈등양상은 계급적인 갈등과 민족적인 갈등이 혼재되어 있는 모습을 띤다. 작가는 이러한 시대적인 갈등을 통해 농민들이 고통받는 모습 및 일정하게 대응하는 양상을 그려줌으로써, 이후 갑오년에 농민전쟁이 발발할 수밖에 없었던 역사적 상황을 제시하고 있다. 이어 제2부에서는 이러한 역사적 상황 속에서 더 이상 견딜 수 없게 된 농민들이 민란을 일으키게 되고, 이것이 동학혁명으로 확산되는 과정을 각 등장인물들의 행위를 통해 서술하고 있다. 이 부분의 서술의 초점은 대립하는 양 계급의 의식과 활동을 '보전하는 개인' 및 '중도적 인물' 등의 설정과 그들의 변화 과정을 통해 선명하게 드러내는 데 있다. 제3부에서는 농민 전쟁의 역사적 패배 과정을 그리고 있는데, 제1부와 제2부에서 서술되었던 양측의 대립이 부정적으로 해소되는 구조를 보이고 있다. 이 부분의 초점은 오상민의 성격 규명에 맞춰지는데, 작가는 농민군의 현실적인 패배로 귀결되는 이 부분에서 오상민이라는 '세계사적 개인'의 모습을 통해 이후의 진정한 역사적 방향성을 보여주고 있다.

주인공 오상민은 이 시대의 전형적 농민 출신으로, 혁명적 가계의 정통성을 지닌 인물이다. 이 인물에게 주어진 시대적 소명은 농민 전쟁의 실패에도 불구하고 지속적인 의미를 지닌다. 오히려 혁명의 실패와 지도자인 전봉준의 죽음을 통해서 그는 자신의 극복 대상으로서의 외세를 명확하게 인지하게 된다. 즉, 그는 이 작품에서 농민 혁명의 전통을 계승하는 한편, 그 이후의 시대적 변화에 대응하려는 주체적인 인물형으로 제시되고 있다. 주인공을 포함한 이 작품의 등장 인물들은 모두 주체성을 가지고 사회현실에 대응하는 능동적인 인간들이다. 그들은 박태원의 기존 소설에서 제시된 어떠한 인물들과도 다른 새로운 인간상으로 제시되고 있다. 즉, 초기 모더니즘 소설에 등장하는 나약한 지식인의 모습이나, 일정한 생활공간에 갇혀서 무의미한 삶을 관습적으로 영위하는 「川邊風景」의 인물들과는 판이하게 구분되며, 나아가 해방 직후의 역사소설 「洪吉童傳」에 등장하는 인물들과도 같이 영웅적 활동을 하는 비범한 개인들과도 전혀 다른 모습을 지니고 있다. 월북 이후의 작품에 등장하는 인물들은 주체적 역사관을 지니고 능동적으로 현실 변혁운동에 참여하고 있는 데에 그 특징이 있다. 그들은 일종의 아이디얼리스트들이다. 그러므로, 자아가 세계의 우위에 놓여 있으며, 불합리한 현실은 언제든지 개선될 수 있다는 신념을 가지고 있다. 그들의 투쟁활동과 현실 대응의 적극적 자세는 막시즘에 입각한 진보적 이데올로기, 즉 세계관에 힘입고 있는 것이다.

이제까지 박태원의 작품 세계를 주요 작품을 대상으로 시점과 제재 및 주제의 변모양상과 작가의 세계관을 중심으로 살펴 보았다. 그의 모든 작품들에서 변화되지 않고 공통적으로 나타나는 특징은 현실과 미래에 대한 긍정적 시각과 밝은 전망을 제시하고 있다는 점을 들 수 있다. 이제까지 살펴본 바를 통해 그가 갖는 문학사적 위상을 정리해 보면 다음과 같다.

박태원은 그의 전 생애를 통해 제재 및 주제와 세계관이 일정한 변화양상을 보이고 있는 작가이다. 그것은 앞에서 살펴본 것처럼 결코 변혁되지 않을 것 같은 한계상황과 그 속에서 살아가야 하는 숙명을 가진 존재에 대한 인식에서, 변모하는 세계와 주체적인 의지를 가지고 현실에 뛰어들어 능동적으로 현실을 바꾸어가는 존재에 대한 인식의 변화로 설명할 수 있다. 이 변화는 단순히 외부 환경의 변화에 따라 이루어진 것이 아니라, 「川邊風景」을 통해 보았듯이 작품의 내적인 계기도 일정한 작용을 한 것으로 드러났다. 따라서 박태원 소설이 모더니즘에서 사회주의 리얼리즘으로의 변모는 시대상황이라는 작품 외적인 요인과 함께 작품 내의 내적 필연성에 따라 일어난 것으로 볼 수 있다.

문학사적 위상으로 보면 박태원은 우리나라 현대문학의 기점에 놓여야 할 작가이다. 「小說家 仇甫氏의 一日」에 대한 분석에서 드러난 것처럼, 이 작품은 1930년대 우리문학사에서 처음으로 현대문학적인 특질을 최초로 제시한 작품으로, 우리문학을 근대문학에서 현대문학으로

끌어올린 대표작이라고 할 수 있다. 이 점은 우리 현대문학의 기점이
모더니즘 문학에서 출발되었음을 나타내며, 이제까지의 문학사 서술에
서 현대문학의 기점을 순수시 운동인 1930년의 ‘시문학파(詩文學派)’에
두고 있는 것은 잘못되었음을 말해준다. 따라서 우리나라 현대문학의
기점은 모더니즘에서 시작되며, 그 기점에 놓인 작가가 박태원이라고
할 수 있다.

7. 맺음말

지금까지 본고는 박태원 소설의 특질을 규명하기 위하여 그의 대표작을 중심으로 고찰해 왔다. 먼저 서술구조를 보면 초기소설에서는 액자소설 형태인 1인칭 부인물 시점이나 외부액자가 없어진 1인칭 주인공 시점이 주로 나타난다. 그러다가 「小說家 仇甫氏의 一日」에 오면 시점은 3인칭 변화하면서 구보라는 반성자—인물이 등장하게 된다. 그러나, 서술자가 축소되거나 없다는 점에서 이 시기까지의 작품들은 동일한 모습을 보인다. 이 때까지의 작품에서 서술자의 역할을 대행하고 있는 것은 일종의 반성자—인물로서의 경험 자아이다. 「川邊風景」에 오면 시점은 외부 시점과 3인칭 관찰자 시점이 주가 되면서 일정한 서술 자아가 나타나고 있다. 이것은 「小說家 仇甫氏의 一日」까지의 소설에서 축소 내지는 거세되었던 서술자가 이 시기에 와서는 어느 정도 회복되고 있다는 것을 의미한다. 광복 이후부터 생몰시까지 발표된 작품들에는 일괄적으로 전지적 작가 시점이 나타나고 있다. 이것은 역사소설 및 리얼리즘 소설로의 작품 경향 변모와 일정한 관계를 가지고 있다. 이제 본고의 각 장에서 분석한 결과를 정리해 보면 다음과 같다.

제2장에서는 「小說家 仇甫氏의 一日」을 분석한 결과, 의식의 흐름 기법을 도입하여 식민지세대 지식인의 내면세계와 정신적 공동 상태를

제시한 것임을 알 수 있었다. 이 작품은 주제 및 제재 그리고 서술의 기법에 있어서 초창기 리얼리스트 작가들과는 판이하게 다른 면모를 보여주고 있다. 이 소설의 특징으로는 서술의 내면화와 서술자의 배제, 반성자-인물의 부각 등을 지적할 수 있다.

제3장에서 분석한 「川邊風景」은 초기 모더니즘 소설과는 달리 도시 세태의 객관적 묘사에 치중한 것임을 알 수 있었다. 1930년대 청계천변의 도시적 생태를 시간적·공간적 배경으로 설정한 이 작품은 그 속에 거주하는 다층적 인물들을 고루 등장시켜 서민층의 애환과 속물 근성, 그리고 근대화 과정에서 야기된 한국 사회의 왜곡된 현실 등을 구체적으로 묘사해 보여주고 있다. 초기 단편소설들과 비교해 볼 때, 이 작품은 서술의 외면화와 서술자의 등장, 외부세계에 대한 객관적 인식 등을 그 특징으로 들 수 있다.

해방 직후의 역사소설 「洪吉童傳」을 다룬 제4장에서는 사회·문화적 조건들의 변화와 함께 이 작가의 작품세계가 어떻게 달라지고 있는가를 알아보기 위해서 먼저 위 작품의 서사구조와 주제 및 제재를 세밀하게 분석해 보았다. 그 결과, 모더니즘에서 출발한 이 작가가 리얼리즘의 세계 인식으로 급격히 선회하고 있음을 알 수 있었다. 위 작품의 서술상황 또한 작가주석적 경향을 띠고 있는데, 이것은 종래의 모더니즘 기법과는 엄격히 구분되는 것으로 풀이된다.

제5장에서는 「갑오 농민 전쟁」을 중심으로 월북 이후의 작품세계를 살펴보았다. 사회주의 리얼리즘의 노선을 선택한 이 작가가 북한 문학의 한 전형을 제시했다는 점에서 이 작품은 주목할 가치가 있다. 그리고, 이러한 변화와 새로운 실험에 의미를 둘 수 있는 것은 그에게 있어서 어느 만큼 내적 필연성을 확보하고 있느냐는 데 있을 것이다. 이를 구체적으로 파악하기 위해서 이 작품의 서사 구조와 서술 기법 및 주제를 심층적으로 분석해 보았다. 그 결과, 시대변혁의 유일한 세력으로

농민의 설정과 민중 중심의 역사관을 제시하고 있었다. 이는 북한의 문예이론에 대한 충실한 반영이기도 하지만, 한편으로 작가의 세계관이 광복 이후 일관되게 변화되고 있음을 말해준다. 따라서 그의 문학세계의 후퇴인지 아니면 지평의 확대인지는 좀더 연구되어야 할 것이지만, 이 작품은 모더니즘의 세계 인식에서 리얼리즘, 그것도 특히 사회주의 리얼리즘의 세계로 탈출한 이 작가의 문학적 도정을 이해하는 데 유익한 단서들을 제공해 주었다.

이상의 논의를 바탕으로 하여 제6장에서는 이 작가의 소설미학과 그 특징을 종합적으로 검토해 보았다. 그리고 작품세계의 변모과정을 일관성있게 추적해 보았다. 이러한 변화의 선은 개인적 자아에서 사회적 자아로 성숙되어 간 이 작가 자신의 정신적 발전 단계에 따라서 세계 인식의 진폭을 넓혀나간 것으로 볼 수 있다. 그리고, 동시기의 사회변화도 그 이행과정에 크게 작용했을 것으로 해석된다. 특히, 광복 이후에 발표된 작품을 보면 세계와 대결하며 시대의 변화를 추구하는 인물들을 통해 역사의식을 획득하고 있었다. 월북 이후의 소설은 계급적·민족적인 갈등을 당대의 전형적인 상황과 인물로 형상화시켜 제시한 것으로서 사회주의 리얼리즘으로의 새로운 지향을 보여주었다. 이러한 그의 세계관 및 문학취향의 변화는 해방과 월북이라는 이 작가의 외적인 상황에만 의존한 것이 아니라 문학 내적인 필연성도 함께 지니고 있었다. 이것은 월북 작가들 가운데서도 이 작가가 지닌 다른 한 측면으로 이해될 수 있다.

이러한 점들에 비추어볼 때, 이 작가의 작품세계에 나타난 여러 단계의 변모 양상은 항상 새로움을 지향한 그의 탐구의식과 실험정신에서 기인한 것임을 알 수 있었다. 모더니즘에서 사회주의 리얼리즘으로 나아간 그의 문학적 도정은 급변하는 시대 상황과 함께 문학적 자기성찰을 계속했던 한 작가의 고뇌와 세계인식의 결과물이었다는 점에서 우리 문학사에 중요한 반성적 자료로 남아있게 될 것이다.

참고문헌

1. 기본자료

『開闢』, 『文章』, 『少年』, 『詩와 小說』, 『新東亞』, 『女性』, 『朝光』.
『朝鮮文壇』, 『朝鮮文學』, 『中央』, 『春秋』, 『現代評論』, 『協同』.
『京鄕新聞』, 『東亞日報』, 『每日申報(新報)』, 『朝鮮日報』, 『朝鮮中央日報』.

朴泰遠, 『小說家 仇甫氏의 一日』(文章社, 1938).
______, 『朴泰遠短篇集』(學藝社, 1939).
______, 『川邊風景』(博文出版社, 1947).
______, 『洪吉童傳』(朝鮮金融組合聯合會, 1947).
______, 『계명산천은 밝아오느냐』(깊은샘, 1989).
______, 『갑오 농민 전쟁』(깊은샘, 1989).

2. 논문 및 저서

姜相熙, 朴泰遠論, 『韓國學報』 58집(一志社, 1990).
姜玲珠, 『韓國 歷史小說의 再認識』(창작과 비평사, 1991)

姜惠媛, 「朴泰遠 小說의 敍述構造 分析」, 이대 대학원 석사논문, 1988.

권영민, 「모더니스트 朴泰遠. 의문의 北行」, 『月刊 京鄕』, 1988. 12.

______ 編著, 『越北文人硏究』(文學思想社, 1989).

金明烈, 「모더니즘의 양면성」, 『世界의 文學』 25집, 1982. 가을호.

金炳旭, 「韓國 現代小說의 時間과 空間 硏究」, 서강대 박사논문, 1988.

______, 崔翔圭 編譯, 『現代 小說의 理論』(大邦出版社, 1984).

김봉진, 「동인소설의 기법과 문체」, 『한양어문연구』 3집, 한양대 한양
　　　어문연구회, 1985.

______, 「김동인의 장편소설 연구(1)」, 『杏堂論集』 2집, 한양대 대학원
　　　원우회, 1987.

______, 「<소설가 구보씨의 일일>의 서술형식과 작가의식」, 『韓國學論
　　　集』 19집, 한양대 한국학연구소, 1991.

金相泰, 『文體의 理論과 解析』(새문사, 1984).

______, 박태원론, 『현대문학』, 1990. 4.

金時泰, 「九人會 硏究」, 『제주대 논문집』 7집, 1975.

______, 『植民地時代의 批評文學』(二友出版社, 1982).

______・朴喆熙 엮음, 『문예비평론』(문학과 비평사, 1988).

金宇鍾, 『韓國現代小說史』(成文閣, 1980).

金允植・김 현, 『韓國文學史』(民音社, 1973).

______, 『韓國近代文學思想史』(한길사, 1984).

______, 『李箱硏究』(文學思想社, 1987).

______・정호웅 엮음, 『한국문학의 리얼리즘과 모더니즘』(民音社, 1989).

______, 「갑오농민전쟁論」, 『동서문학』, 1990. 1.

______, 『한국 현대 현실주의 소설 연구』(文學과 知性社, 1990).

金英淑, 「朴泰遠 小說 硏究」, 서울대 대학원 석사논문, 1988.

金重河, 「朴泰遠論 試攷」, 『世界의 文學』 49집, 1988.가을호.

金鎭爽, 「1930年代 韓國 心理小說 硏究」, 고려대 대학원 박사논문, 1990.

명형대, 「朴泰遠 小說의 空間詩學」, 『겨레문학』 3권3호, 1990년 봄호.

朴慶植, 『日本帝國主義의 朝鮮支配』(청아출판사, 1986).

朴南澈, 「朴泰遠 小說 研究」, 『한양어문연구』 4집, 한양대 한양어문연구
　　회, 1986.

朴美瑗, 「朴泰遠의 <川邊風景> 硏究」, 건국대 대학원 석사논문, 1988.

박종원·유 만, 『조선문학개관 Ⅱ』(인동, 1988).

潘星完, 「루카치의 歷史小說理論과 우리의 歷史小說」, 『외국문학』 3호,
　　1984 겨울호.

白　鐵, 『白鐵文學全集』 권3(新丘文化社, 1968).

사회과학원 문학연구소, 『북한의 문예이론』(인동, 1989).

徐俊燮, 『한국 모더니즘 연구』(일지사, 1988).

愼鏞廈, 『韓國近代史와 社會變動』(文學과 知性社, 1983).

沈賢珠, 「ULYSSES에 나타난 追求의 主題에 관한 研究」, 이대 대학원 석
　　사논문, 1985.

吳世榮, 『文學硏究方法論』(二友出版社, 1988).

______, 「한국 모더니즘 문학의 존재성」, 『예술과 비평』, 1989 봄호.

尹柄魯, 「감각적 표현의 기교주의 문학」, 『聖誕祭』(乙酉文化社, 1988).

李康彦, 「1930年代 모더니즘 小說 研究」, 영남대 대학원 박사논문, 1987.

李基白, 『韓國史新論』(一潮閣, 1984).

李萬烈 엮음, 『韓國史年表』(역민사, 1985).

李美卿, 「<川邊風景>의 映畵的 技法 研究」, 서강대 대학원 석사논문,
　　1990.

李符永, 『分析心理學』(一潮閣, 1988).

李鍾弼, 「Ulysses에 있어서의 Bloom의 의식구조」, 고대 교육대학원 석사
　　논문, 1988.

李注衡, 「1930年代 韓國 長篇小說 研究」, 서울대 대학원 박사논문, 1984.

李在銑, 『韓國短篇小說研究』(一潮閣, 1975).

______, 『한국현대소설사』(홍성사, 1979).

______, 「사회주의 역사소설과 그 한계」, 『문학사상』 200호, 1989. 6.

李鉉淙 編著, 『東洋年表』(探求堂, 1988).

林　和, 『文學의 論理』(學藝社, 1940).

장수익, 「박태원 소설 연구」, 서울대 대학원 석사논문, 1991.

鄭文吉, 『疎外論 研究』(文學과 知性社, 1986).

정현기, 『한국근대소설의 인물유형』(인문당, 1983).

鄭賢淑, 「朴泰遠 小說 研究」, 이대 대학원 박사논문, 1990.

曹南鉉, 『韓國知識人小說研究』(一志社, 1984).

趙東吉, 「小說空間 擴大의 한 樣相」, 『공주사대 논문집』 23집, 1985.

______, 「現實的 題材의 小說化와 그 限界」, 『공주사대 논문집』 25집, 1987.

趙聖淑, 「Ulysses에 있어서 Leopold Bloom의 부정적 현실과 휴머니즘에 의한 그 극복」, 고대 석사논문, 1988.

趙容萬, 『九人會 만들 무렵』(정음사, 1984).

崔玄植, 『甲午東學革命史』(金剛出版社, 1980).

崔惠實, 「<소설가 구보씨의 일일>에 나타나는 '산책자' 연구」, 『관악 어문연구』 13집, 서울대 국문과, 1988.

______, 「모더니즘 소설에 나타난 空間性」, 『韓國現代長篇小說研究』(삼지원, 1989)

______, 『韓國모더니즘小說研究』(民知社, 1992)

韓昌燁, 「<천변풍경>에 나타난 사회상과 작가의식」, 『韓國學論集』 18집, 한양대 한국학연구소, 1990.

한국사회사연구회, 『일제하 한국의 사회계급과 사회 변동』(文學과 知性社, 1988).

______, 『한국의 사회신분과 사회계층』(文學과 知性社, 1990).

玄吉彦, 『玄鎭健小說研究』(二友出版社, 1988).

Abrams, M.H./崔翔圭 옮김, 『文學用語辭典』(大邦出版社, 1985).

Booth, Wayne C./崔翔圭 옮김, 『小說의 修辭學』(새문사, 1985).

Edel, Leon/李鍾鎬 옮김, 『現代心理小說研究』(螢雪出版社, 1990).

Fowler, Roger/金貞信 옮김, 『言語學과 小說』(文學과 知性社, 1985).

Fromm, Erich/金炳翼 옮김, 『건전한 社會』(汎友社, 1978).

Frye, Northrop/임철규 옮김, 『批評의 解剖』(한길사, 1988).

Grebstein, Sheldon N.(ed), Perspectives in Contemporary Criticism(State Univ. of N.Y. Press, 1968).

Hall, Calvin S./崔慧蘭 옮김, 『프로이드心理學 入門』(學一出版社, 1985).

Hall, Calvin S.(외)/崔 鉉 옮김, 『융 심리학 입문』(汎友社, 1989).

Humphrey, Robert/李愚鍵·柳基龍 共譯, 『現代小說과 意識의 흐름』(螢雪出版社, 1984).

Joyce, James/金鍾健 옮김, 『율리시즈』 상·중·하(범우사, 1988).

Kohl, Stephan/여동균 編譯, 『리얼리즘의 歷史와 理論』(한밭출판사, 1983).

Lukàcs, Georg/문학예술연구회 옮김, 『우리시대의 리얼리즘』(인간사, 1986).

__________/이영욱 옮김, 『역사소설론』(거름, 1987).

Mendilow,A.A./崔翔圭 옮김, 『時間과 小說』(大邦出版社, 1983).

Meyerhoff, Hans/金埈五 옮김, 『文學과 時間現象學』(心象社, 1979).

Michel Zéraffa/李東烈 옮김, 『小說과 社會』(文學과 知性社, 1983).

Pappenheim, Fritz/鄭文吉 옮김, 『근대인의 소외』(정음사, 1985).

Rimmon-Kenan,Shlomith/崔翔圭 옮김, 『小說의 詩學』(文學과 知性社, 1985).

Stanzel,F.K./安三煥 옮김, 『小說形式의 基本類型』(探求堂, 1990).

________/김정신 옮김, 『소설의 이론』(문학과 비평사, 1990).

Stevick, Philip(ed), The Theory of the Novel(Collier Macmillan Pubkishers, 1967).

Watt, Ian/전철민 옮김, 『小說의 發生』(열린책들, 1988).

제 2 부

『임진왜란』 연구

1. 머리말

1930년대 모더니즘 소설가로서 활동했던 박태원은 1950년 무렵부터 본격적으로 사실주의 소설가로서 변모하고 있다. 이러한 까닭에 박태원의 문학적 변모과정을 해명하는데 있어서 1940년 이후부터 광복 후 6·25가 일어나기 전까지의 활동은 가장 주목해보아야만 할 시기이다.[1] 그는 1940년에 접어들면서 그 전에 창작소설에 치중했던 데서 벗어나 외국소설, 그 중에서도 중국 소설의 번역에 치중하고 있다. 특히 1941년부터 광복 이전까지 번역하여 발표한 중국 소설작품들을 보면 「신역 삼국지」[2], 「수호전」[3], 「서유기」[4] 등을 들 수 있는데, 이 중에서도 『조광』지에 3년 동안이나 연재했던 「수호전」은 가장 심혈을 기울여 번역한 작품이라고 할 수 있다.[5] 이 작품은 지배계층의 탄압에 대항하

---

1) 김종욱, 「일상성과 역사성의 만남」, 『박태원 소설 연구』, 229쪽, 깊은샘, 1995.

2) 박태원, 『신시대』, 1941. 4.~8.

3) 박태원, 『조광』, 1942. 8.~1944. 12.

4) 박태원, 『신시대』, 1944. 12.

5) 박태원의 외국소설 번역작업에서 가장 분량이 많은 이 작품은 그가 많은 심혈을 기울여서 번역했던 작품이었음을 알 수 있게 한다. 1950년 1월 정음사에서 박태원이 번역한 「수호전」을 상·중·하의 3권의 책으로 출판하였다고는 하나(정영진, 「박태원과 북의 『삼국지』」, 『현대문학』, 1992년

여 서민층이 힘을 결집해가는 내용으로 되어있기 때문에, 주로 사실주의 구현이라는 측면에서 박태원의 역사성 추구와 관련시켜 평가하는 경우6)도 있다. 그러나 이러한 견해는 이 작품이 창작이 아니라 번역이라는 점을 소홀히 여긴 것이라고 할 수 있다. 일반적으로 번역작품은 전체적인 틀에서 보면 작가의 의도를 그대로 충실하게 전달하는 기능으로 끝나기 때문이다.7) 중국 소설의 번역에 치중하던 박태원은 일제 말인 1944년에 접어들어 본격적인 친일문학이라고 할 수 있는 작품 『아세아의 여명』8)과 『국군의 어머니』9)등의 작품을 발표한다. 그리고

7월호 참조), 필자는 아직 확인하지 못했다. 그런데 1998년 깊은샘 출판사에서 박태원 번역이라는 표현을 써서『수호지』1·2·3·4권을 출간하였다. 그런데『조광』에 실린 박태원 번역의 「수호전」과 깊은샘에서 박태원 번역이라는 이름으로 발간한『수호지』를 비교하면 내용전개는 유사하지만, 각 장의 장별 구분과 문체에서 큰 차이를 보이고 있다. 이 점은 깊은샘 판『수호지』가 박태원 번역본이 아님을 시사해주는 중요한 점이다. 번역본에서는 내용 전개가 같을지라도 번역가에 따라 문장 표현의 차이가 상당하게 다르게 나타난다. 따라서 장별 구분이 다르고 문장 표현에서 차이가 난다는 것은 같은 번역자가 아님을 말해준다. 따라서 깊은샘에서 출판한 박태원 번역본이라는 표현은 잘못된 것으로 보인다.

6) 김종욱, 앞의 글, 234~235쪽.

7)『수호지』는 봉건적인 현실에 대한 저항을 다룬 내용 때문에 조선조 시대 때부터 유학자들이 금기시하는 작품 중의 하나로 평가되었었다. 이러한 평가 중에서 대표적인 사실로는 택당 이식이 문집에서『홍길동전』을 『수호지』와 비교하여 이야기하면서『홍길동전』의 지은이 허균을 극렬하게 비판한 사례를 들 수 있을 것이다. 이러한 점에서 번역자의 선택에 따라 이루어지는 작품 선택이나 번역자의 번역태도 등에 따라 부분적으로 번역자의 의도가 담길 수는 있다. 그러나 번역이란 근본적으로 원작자의 의도를 벗어날 수는 없다. 따라서 이 시기 박태원의『수호전』번역은 하나의 생계수단으로 보는 것이 더 정확하다고 할 수 있다(이미향, 「박태원 역사소설의 특징」,『박태원 소설 연구』, 255쪽, 깊은샘, 1995).

8)『조광』1942년 1월에 발표된 이 작품은 1938년에 있었던 역사적인 사실을 소재로 하여 왕조명 일파의 친일적인 행위를 애국적인 행위로 미화하고, 장개석 일파의 활동을 매국적인 행위로 비판하고 있다.

일본 총독부 기관지인 매일신보에 1945년 5월 17일부터 1945년 8월 14일까지 소설 『원구』를 연재하고 있다. 그가 총독부 기관지인 매일신보에 광복 전날까지 소설[10]을 연재하고 있었다는 것은 당대의 시대적인 상황과 민족의 현실에 대한 그의 무감각성을 그대로 보여준 것이고, 당대 현실에 눈 감은 모습이라고 할 수 있다.

박태원은 광복 이후 1950년 6·25 전쟁 중 월북할 때까지 광복 이전과 마찬가지로 활발하게 작품을 발표하고 있다. 그가 광복 이후 발표한 소설들을 보면 주로 우리 역사에서 소재를 취하는 시대물의 형식을 띠고 있으며, 백성들을 착취했던 지배자들에 대한 비판적 내용을 담고 있다. 특히 시대의 저항아인 홍길동 같은 영웅형의 인물을 그린 허균의 『홍길동전』을 패러디하여 장편소설로 발표하거나, 임진왜란의 영웅인 이순신 장군의 행록을 번역하고 이를 소설화하여 작품으로 발표하고 있다. 이러한 영웅적인 인물들을 소설화하여 발표하면서 또 한편으로는 일제치하에서 독립투쟁을 했던 인물들에 대한 간략한 전기를 쓰거나 그들과의 면담을 통해 그 행적을 정리하여 책으로 묶어 발표하고 있다. 이처럼 박태원은 다른 작가들이 상대적으로 작품 발표가 적었던 1940년대에도 25편이 넘는 장·단편과 번역소설을 발표[11]함으로써 가

---

9) 1942년 조광사에서 낸 이 작품은 일본의 역사 전기물로, 일본의 어머니로서 모범이 될만한 군인 어머니 20명의 행적을 통해 1941년에 발발한 태평양전쟁에서 반도의 아들들에게 병정이 될 자격을 주었으니 마땅히 아들들을 전쟁의 희생물로 바치도록 요구하는 내용을 담고 있다.

10) 박태원이 『매일신보』에 연재한 소설 「元寇」는 몽고의 고려 침입과 함께 몽고와 일본과의 관계에 대한 서술이 진행되는 도중에 조국의 광복으로 인해 신문이 폐간되면서 76회(1944년 8월 14일)로 연재가 중단되었다.

11) 1941년부터 1949년 사이 발표된 작품들을 차례대로 나열해보면 다음과 같다.
  ·단편소설 「偸盜」, 『朝光』, 1941. 2.=자화상 제2화.
  ·단편소설 「四季와 男妹」, 『新時代』, 1941. 1.~2.
  ·중편소설 「亞細亞의 黎明」, 『朝光』, 1941. 2.

장 활발하게 활동했던 작가 중의 한 사람으로 꼽히고 있다. 이 시기에 그가 가장 심혈을 기울여 썼던 작품은 장편역사소설『임진왜란』이다. 이 소설은 1년 동안 신문에 연재되어 이 시기에 발표했던 작품 중에서 가장 분량이 많을 뿐만 아니라 모더니즘 소설가로서 이름이 높았던 그가 역사를 어떻게 다루고 있으며, 작품화하고 있는가를 잘 보여주고 있는 작품이기도 하다.

장편 역사소설『임진왜란』은 박태원이 1949년 1월 4일부터 12월 14일까지 1년 동안 서울신문에 연재하였다. 1949년 무렵은 정부가 막 수립된 때로서 국내 정세가 아직 정돈되지 않아 여러 가지로 정국이 혼란

· 단편소설「債家」,『文章』, 1941. 4.=자화상 제3화.
· 단편소설「廻避牌」,『新世紀』, 1941. 4, 연재 중단.
· 번역소설「新譯 三國志」,『新時代』, 1941. 4.~8, 연재 중단.
· 번역소설집『巴里의 怪盜』, 朝光社, 1941. 6.
· 단편소설「財運」,『春秋』, 1941. 8.
· 장편소설「女人盛裝」,『每日新報』, 1941. 8. 1.~1942. 2. 9.
· 번역소설『水滸傳』,『朝光』, 1942. 8.~1944. 12, 연재 중단.
· 야담「枕中記」,『春秋』, 1943. 7.
· 번역소설「西遊記」,『新時代』, 1944. 12, 연재 중단.
· 장편소설「元寇」,『每日新報』, 1945. 5. 17.~8. 14, 연재 중단.
· 소설「掠奪者」,『朝鮮週報』, 1945. 10. 15.~1946. 1. 8, 연재 중단.
· 소설「漢陽城」,『女性文化』, 1945. 12, 연재 중단.
· 단편소설「春甫」,『新文學』, 1946. 7.
· 단편소설「太平盛代」,『경향신문』, 1946. 11. 18.~12. 31.
· 전기기록물『朝鮮獨立殉國烈士傳』, 유문각, 1946. 12.
· 역사이야기「古阜民亂」,『協同』, 1947. 1.
· 전기기록물『若山과 義烈團』, 백양당, 1947. 9.
· 장편소설『洪吉童傳』, 조선금융조합연합회, 1947. 11.
· 번역서 李芬 지음,『李忠武公行錄』, 을유문화사, 1948.
· 역사소설『李舜臣 將軍』, 아협, 1948. 6.
· 단편소설「귀의 悲劇」,『新天地』, 1948. 8.
· 장편소설「壬辰倭亂」,『서울신문』, 1949. 1. 4.~12. 14.
· 역사소설「群像」, 조선일보, 1949. 6. 15.~1950. 2. 2.

스러운 시기였다.[12] 이러한 시기에 발표된 이 작품은 조선조 선조 때 일본의 침공으로 일어난 '임진왜란'이 처음 시작되어 임금인 선조가 의주까지 도피하는 과정까지 구체적으로 묘사되고 있다. 이 작품에서는 주로 임금과 대신들의 행적을 중심으로 하여 혼란스럽고 고통스런 당시 시대상이 구체적으로 표현되고 있는데, 선조가 피신하는 과정에서 겪는 여러 가지 일들을 주로 다루면서 의주에 도착하여 요동으로 건너갈 차비를 하는 과정에서 1부를 끝내고 있다. 이 작품은 추후에 계속 쓴다고 표현했지만[13] 더 이상 발표하지를 못하였다.

박태원은 1949년 1월부터 서울신문에 『임진왜란』을 연재하고 있으면서 6월에 접어들어 동시에 조선일보에 작품 『군상』 연재를 시작하고 있다. 그는 작품 『군상』 연재를 시작하기 전에 작자의 말을 통해 '[……중략……] 한낱 옛이야기가 아니거니와 그 반면에 우리는 또한 의를 위하여는 목숨도 오히려 초개같이 여기는 이들을 우리 주위에 보고 있다. 잘난 놈, 못난 놈, 착한 놈, 악한 놈, 어리석은 놈…… 놈이 아니라 년이라도 좋다 — 우리 인간의 이모저모를 나는 이 작품에서 그려보려 하거니

---

12) 1949년에 일어난 주요 정치사건을 월별로 보면, 2월에는 반민특위가 결성되어 활동을 개시하였고, 3월에는 호남지구 및 지리산, 그리고 제주도 지구 전투사령부가 설치되었다. 5월에는 남로당 국회프락치사건이 적발되었고, 미국무성에서 미군 철수를 발표하였다. (미군은 6월 29일 철수를 완료) 또 이 달에는 시경에서 반민특위를 포위하여 무기를 압수하고 특경대를 강제로 해산시켰다. 6월에는 농지개혁법이 공포되었고, 6월 29일에는 김구 선생님이 피살되었다. 7월에는 반민특위 조사위원이 총사직하였고, 8월에는 장개석 중국총통이 내한하였다. 그리고 9월에는 지리산 공비 3백 명이 광양을 습격하였고, 10월에는 우리나라 공군이 창설되었으며, 남로당 등 133개 정당·단체가 등록 취소되었다. 또 진주에 공비 300명이 내습하였다. 11월에는 태백산 공비가 안동을 습격하였고, 12월에는 첫 징병검사가 실시되었고 대한농민회가 발족하였다(이만열, 『韓國史年表』, 역민사, 1985, 292쪽).
13) 박태원, 「서울신문」, 1949년 12월 14일 작가 후기에서.

와 시대는 한말(韓末)임을 미리 밝혀둔다.'14)고 표현하고 있다. 작품『군상』이 단지 그저 옛날 이야기가 아니라 현재의 삶을 이야기하고자 한다는 표현은 그가 그 당시『임진왜란』을 연재하던 중이라는 점을 생각하면 그의 의식의 일단이 어디에 가 있는가를 말해주고 있다. 이처럼 그가 1945년 광복 이후부터 우리 민족의 역사에 구체적으로 접근하는 모습은 1930년대 모더니즘 소설가로서 이름을 날렸던 그의 행실에서 사실주의 소설가로 변신해기는 과정으로 이해될 수 있는 측면을 지니고 있다.

서기 1592년부터 1598년까지 2차에 걸쳐 우리나라를 일본군이 침략하여 일어난 '임진왜란'은 우리 민족에게 많은 고통을 가져다 주었으며, 수많은 사람들이 죽거나 잡혀갔고 나라마저 거의 빼앗길 뻔한 큰 사건이었다. 임진왜란이 일어날 무렵 우리나라는 훈구대신과 사림세력간의 갈등으로 사화가 일어나고 정쟁이 수없이 일어나서 중앙정치가 혼란에 빠져 있었다. 특히 선조 즉위 이후 사림세력의 득세로 인해 격화된 붕당정치는 나라를 더욱 혼란에 빠뜨렸다. 대신인 이이가 왜적의 침입에 대비하기 위하여 10만 양병설을 주장하였으나 배척 당하고 나라의 국경수비는 허술해져만 갔다. 그 무렵 일본은 유럽 상인들이 왕래하여 상업이 일어나면서 도요토미 히데요시가 등장하여 혼란스런 전국시대를 통일하고 이로 인해 증강된 무력을 행사할 곳을 찾고 있었다. 일본 국내를 통일한 도요토미 히데요시는 각 지역 제후들의 무력을 해외로 내보냄으로써 국내의 안정을 도모하고, 또 해외 주변 여러 나라를 복속시켜 강력한 제국을 만들 수 있다는 망상 아래 조선 침략을 단행하게 된다. 그는 먼저 조선과 수교하여 힘을 합쳐 명나라를 공격하고자 하는 의도를 가지고 조선 왕조에 수신사 파견을 요청했지만 표현의 무례함 때문에 거절당하자 조선침공의 의도를 내비친다. 이에 조선정부는 일본의 상황과 도요토미 히

---

14)「조선일보」, 1949년 6월 6일.

데요시의 의도를 살피기 위하여 통신사로 정사 황윤길, 부사 김성일, 서
장관 허성을 일본으로 보냈으나, 이들 통신사 일행이 일본에 가서 도요
토미 히데요시를 만나고 돌아와서 임금에게 보고한 내용은 일치하지 않
았다. 즉, 정사인 황윤길은 일본이 많은 병선을 준비하고 있고 도요토미
히데요시의 태도를 보니 조선 침공이 확실히 있을 것이라고 했지만, 부
사인 김성일은 일본이 조선을 침입할 태도가 없다고 하여 의견이 일치하
지 않았다. 이는 황윤길이 서인이었고, 김성일은 동인이었기 때문에 서
로 다른 의견을 제시한 것이다. 결국 당시 조정에서 우세한 세력을 유지
하고 있던 동인들은 같은 동인인 김성일의 의견을 지지하였고, 이에 따
라 조정은 일본의 침략에 전혀 대비하지 않게 된 것이다. 그 결과 일본의
침략에 대해 전혀 방비를 하지 않은 상황에서 침략을 당해 속수무책으로
패배 당하고 서울과 평양까지 뺏기면서 임금은 의주로 피난 갔다가 명나
라의 도움과 백성들의 투쟁, 그리고 이순신 장군의 활약으로 7년간의 침
략을 막아내게 된다. 그러나 이처럼 7년간에 걸친 전쟁으로 막대한 물질
적·정신적 고통을 겪었음에도 불구하고 조선왕조 관리들은 정신을 차
리지 못했기 때문에 다시 300년이 지난 1910년에 일본에 또 한번의 치욕
적인 지배를 받게 된 것이다. 이 작품은 이처럼 지배자들이 지난날의 잘
못을 반성하지 않았기 때문에 다시금 일본에게 치욕을 겪게 되었던 역사
를 되풀이하지 않기 위해서 지난날의 시대적 고통을 다시 환기하고 있는
것이다. 역사는 항상 현재의 전사로서 과거의 사실로만 작용하는 것이
아니라 현재의 역사로도 작용하게 된다. 따라서 이 작품은 과거 역사의
난맥상을 구체적으로 그려 보여줌으로써 당대 사회의 난맥상에 대해 질
책하는 의미를 담고 있다.

2. 인물 유형

박태원은 작품『임진왜란』에서는 여러 인물들의 행위를 통해 작가가
내보이고 싶었던 당대 사회의 잘못을 구체적으로 제시하고 있다. 전체
적으로는 조선조 시대 우리 국민들에게 엄청난 피해를 가져다 준 임진
왜란이 일어나게 된 까닭을 당대 관료들의 행위를 중심으로 묘사함으
로써 어쩔 수 없었던 전쟁이 아니라 관료들의 무능과 타락이 불러온 전
쟁임을 부각시키고 있다. 특히 당시 지배자들의 행위와 사회적인 약자
나 하층민들의 행위를 대비적으로 제시하여 지배자들의 잘못된 모습을
더욱 강조하여 부각시키고 있다.

작품『임진왜란』에 등장하는 인물들은 대체로 세 가지 유형으로 분
류할 수 있다. 첫 번째는 긍정적인 인물 유형이다. 이들은 일본의 침략
전쟁에서 자기의 목숨이 위험함에도 불구하고 나라를 위해 희생하는
인물들이다. 이들 인물들은 대부분 이름 없는 하급 관료들이거나 평범
한 백성들이다. 두 번째로는 부정적인 인물 유형을 들 수 있다. 이들은
자기 자신만의 안위를 생각하며 나라나 백성들의 안위는 전혀 생각하
지 않는 인물들이다. 이들 인물들은 대부분 당대 지배계층의 인물들로
이루어져 있다. 세 번째로는 중간자적인 인물 유형이다. 이들은 잘못된
길을 가기도 하지만 따로는 올바르게 행동하기도 하는 등, 그 상황에

따라 변모하는 모습을 보여주고 있는 인물형이다.

1) 긍정적 인물형

　역사소설『임진왜란』에서 긍정적으로 표현되고 있는 인물들은 나라를 위해 자신을 희생하는 인물들이다. 이들은 전쟁 중에 전라좌수사로 임명받아 큰 공훈을 세운 이순신 장군과 동래성을 지키기 위해 고군분투하다가 목숨을 바친 부사 송상현을 제외하고는 대부분 직위가 낮은 장졸들이다. 이들은 자신들보다 지위가 높은 상관들이 도망가기에 바빴음에도 불구하고, 자기 한 목숨 아끼지 않고 나라를 위해 왜군과 싸우다 장렬하게 전사하고 있다. 이 작품의 앞부분에서 긍정적인 인물형으로 치열하게 왜적과 싸움을 벌인 동래성 싸움에서 장렬하게 전사한 동래부사 송상현과 그의 부하들을 제시하고 있다. 송상현과 그의 비장인 송봉수, 양산군수 조영규, 조방장 홍윤관, 교수 노개방 외에 팔천명의 병졸들은 동래성을 지키기 위해 왜군과 치열하게 싸우다가 모두 장렬하게 전사하고 있다. 또 밀양부사 박진도 군사를 끌고 다니면서 분투를 하지만 부정적 인물들의 비협조로 인해 더 이상 왜군을 방어하지 못하고 밀양성으로 후퇴하게 된다. 하지만 그곳에서도 군사가 없어서 결국에는 성을 버리고 산으로 도피한다. 이들 긍적적 인물들은 이순신과 그외 몇몇의 이름을 남긴 관리들을 제외하고는 대부분 이름없이 살다간 미관말직의 병졸들이 대부분이다. 그리고 대장인 이일은 왜군을 피하여 이리저리 도망을 다녔지만, 그의 부하들인 종사관 윤섭이나 방어사 종사관 이경류, 상주판관 권길, 그리고 종사관 교리인 박호 등은 목숨을 아끼지 않고 나라를 위해 싸우다가 죽음을 맞이하는 긍정적인 인물형으로 제시되고 있다. 이처럼 긍정적인 인물형의 제시를 통해 작가

는 우리나라를 지킨 인물들의 이름이 후대에까지 전해지기를 기원하고
있다.

> 이리하여 사월십오일 아침 ─. 마침내 동래성도 왜적의 수중
> 에 들어갔다. 울산군수 이언함이 무릎을 꿇고 항복하여 홀로 추
> 한 이름을 후세에 남겼을 뿐, 비장 송봉수(神將 宋鳳壽)며 양산
> 군수 조영규(梁山郡守 趙英珪)며 조방장 홍윤관(助防將 洪允
> 寬)이며 교수 노개방(敎授 盧蓋邦)이며, 그 밖에 이름도 전하지
> 않는 무수한 장수와 팔천명 군사들이 다 죽고, 부사의 소실 금
> 섬(金蟾)이와 종인 신여로(申與櫓)와, 그리고 시비 금춘(今春)
> 이까지도 다들 저희 주인을 따라 목숨을 나라에 바쳤던 것이다.
> (연재 62회)

나라를 위해 목숨을 바친 사람들에 대한 후손들의 올바른 태도는 그
분들의 이름을 밝혀 오래 기억하도록 하는 길이다. 그들이 나라를 위해
목숨을 바쳤어도 어느 누구 한 사람도 알아주지 않는다면 그들의 죽음
은 그 가치를 잃게 될 것이고, 뒤따르는 사람들도 나오지 않게 될 것이
다. 따라서 역사에 제대로 그 이름을 남기는 일은 후손들에게 올바른
삶의 의미를 심어주는 일이 된다. 이는 역사를 다루는데 있어서 작가의
상상력이 덧붙여진 허구적인 창작보다는 사실에 바탕을 둔 기록이 더
중요함을 나타내는 태도라고 할 수 있다. 이처럼 나라를 위해 자신을
희생한 가치 있는 행위가 기록으로 남겨진다는 것은 그 행위의 정당함
못지 않게 매우 중요한 일이라고 할 수 있다. 박태원은 비록 소설을 통
해서지만 그들의 이름이 제대로 알려지도록 기록 하나하나에 정확을
기하여 표현하고 있다는 점15)은 그 당시까지 우리 역사가 제대로 기록

---

15) 소설 「임진왜란」에서 수시로 작가가 인용사료들을 제시하고 있는 태도
　 는 바로 이 점을 뒷받침해주고 있다.

되어 있지 않을 뿐만 아니라 기록되어 있는 것조차도 올바르게 되어 있지 않은 것으로 보았기 때문이다. 따라서 이러한 표현 자세는 작가 나름대로의 역사관을 드러내 보여주는 행위라고 할 수 있다.

2) 부정적 인물형

역사소설『임진왜란』에서 가장 많이 나타나고 있는 인물 유형이 바로 부정적인 인물 유형이다. 이들 인물형은 무능하거나 비겁하기 때문에 부정적으로 그려지거나 자신의 이익만을 위해서 행동하기 때문에 부정적으로 그려지고 있다. 우선 맨 처음 들 수 있는 인물로는 경상좌수사 박홍이다. 그는 부산첨사의 구원 요청을 받고도 도와줄 생각은 않고 애첩과 재물을 말에 실어 양산으로 먼저 도피시키고 부산해성이 빤히 보이는 좌수영 뒷산에 올라가서 형세만을 관망하다가 부산성이 무너지자 만명의 군사와 튼튼한 성이 있음에도 불구하고 성을 버리고 도망하는 인물이다. 결국에는 군사들도 뿔뿔이 흩어지고 백성들도 도망하느라고 바빠 정작 왜군이 쳐들어오지 않았음에도 빈 성이 되어서 왜군이 무혈입성하도록 도와주고 있다. 또한 왜군이 침략하자 제대로 싸워보지도 않고 도망가다가 왜군에게 붙잡혀 목숨을 구걸한 울산군수 이언함이나 군사를 이끌고 싸우러 갔다가 왜군의 승리 소식을 듣고는 동래에서 도망하여 서산역말에서 형세를 관망하다가 동래성마저 함락되자 또다시 양산으로, 언양으로, 그리고 본진이 있는 울산으로 도망다니는 경상좌병사 이각도 부정적인 인물형이다. 특히 경상좌병사 이각은 그 와중에서도 자신과 자신 가족만을 위해 '뒷구녕으로 저의 애첩과 무명 천여필'을 서울로 떠나보내려다가 병사가 도망갔다는 소문이 나서 성안의 백성들을 동요하게 만들고 있다. 그리고 진주에 있던 경상감

사 김수도 처음에는 부산성과 동래성을 구하려고 군사를 이끌고 가다
가 두 성이 다 함락되었다는 소식을 듣고 각 성읍에 지시하여 제승방략
에 의해서 대구로 집결하라고 이르고는 자신은 영산, 합천으로 도망을
다니고 있다. 앞에서 살펴본 것처럼 이들 부정적인 인물들은 왜군의 침
략에 전혀 대항하지 않고 자신의 안위만을 위해 비겁하게 도망가거나
비열하게 행동한 인물들이다. 또 경상우수사 원균은 왜군이 침공해온
다는 소식을 듣자 겁을 집어먹고 한번 싸워보지도 않고 도망할 생각을
하면서 경상우수사에 있는 70여 척의 배들과 무기들을 다 바다 속에 수
장시켜 폐기하고 있다. 이처럼 부정적인 인물들은 변방의 장수들뿐이
아니다. 나라를 이끌어 가는 임금과 대부분의 대신들도 부정적으로 그
려지고 있다.

나라와 백성을 들어, 그대로 왜적에게 맡겨버리고 내 가족이
온전하기만 도모하여 명나라로 가서 붙어버리는 것이 본래부터
마음 먹어온 자기의 뜻이라고 명언하여 조금도 기탄이 없는 왕
의 태도에 유성룡과 윤두수는 깜짝 놀랐다.
"나라를 버리고 내부를 하시겠다니 될번이나 한 말씀이요."
"상감. 다시는 그런 말씀 맙시오."
왕은 입을 봉하여 말이 없는데, 이항복이 변명하듯 자기말에
다시 주를 단다.
"신의 말씀 하옵는 바는 이제 곧 강을 건너시라는 것이 아니
오라, 앞으로 불행한 일이 있어, 몸을 둘 곳이 없고 발을 붙일
땅이 없는 때에는, 차라리 일시 강을 건너시어 후거(後擧)를 도
모하시는 것도 또한 실책(失策)이 아니리라는 말씀이오."
왕을 향하여서보다도 오히려 윤두수와 유성룡 두 사람을 보
고 하는 말이었다. (연재 122회)

강을 건너 명나라로 가서 내부(內附)한다는 것은 곧 나라와

백성을 버리는 일이다. 왕의 마음에는 자기 한몸의 안전을 도모
하려는 욕심밖에, 나라와 백성이 없었고, 왕에게 내부하기를 권
하는 이항복의 마음에도 왕 일개인의 안전을 도모하는 밖에, 나
라와 백성이 없었다. 나라야 어찌되든, 백성들이야 어찌되든,
오직 왕의 일신만 무사평안하게 할 수 있다면 그것으로 신하된
도리를 다 하는 것이라 굳게 믿는 이항복이다. 이것이 그들의
충성이었다. (연재 264회)

이처럼 이 작품에서는 임금과 대신들을 포함하여 지배자들이 철저하
게 부정적인 인물형으로 그려지고 있다. 나라의 대신들은 대부분 임금
만을 위하거나 아니면 자기 자신만을 아는 인물형들로 제시되고 있으
며, 임금까지도 자신의 안위만을 생각할 뿐 백성들의 고초에 대해서는
전혀 생각하지 않는 인물로 그려지고 있다. 그 대신 그들은 백성들이나
부하 졸병들의 목숨은 아주 하찮게 초개같이 여기는 것으로 그려진다.
그래서 그들은 부하들을 무섭게 닥달하면서 죄 없이 죽이는 일을 자주
벌이거나, 백성들이 여럿이 모여서 불만을 나타낼 때는 두려워 떨다가
도 그들의 기세가 수그러들면 주모자를 몰래 잡아다가 처형하기도 한
다.

모두들 들고 일어나 아우성을 칠 때는 간이 콩만 하여 가지고
벌벌 떨던 대관의 무리들이, 백성이 유성룡의 말을 듣고 순순히
물러가자, 이번에는 기고만장하여 노발대발하였다. 대체 이게 무
슨 꼴이냐는 것이다. 그 벌레만도 못한 백성들놈한테 이런 큰 욕
을 당하다니. 이런 해괴망측할 데가 어디 있느냐는 것이다. 그들
은 평양감사 송언신(宋言愼)을 불러들여, 민란을 진정 못한 일로
준실히 꾸짖었다. 톡톡히 책망을 듣고 밖으로 물러나온 평양감사
는 이번 민란의 창수(倡首)라 지목되는 사람 세 명을 잡아다가
대동문(大同門) 안에서 목을 뎅겅 베어버렸다. (연재 247회)

이처럼 부정적인 인물형들은 왜군이나 자기보다 높은 자들같이 강한 자에게는 비굴하거나 약하게 굴면서, 힘없이 약한 백성들에게는 호랑이같이 무섭고 강하게 나오는 모습으로 그려지고 있다. 또한 탐학과 주색을 탐하는 인물로 그려지기 있기도 하다. 이러한 부정적인 인물들의 형상화를 통해 힘을 가진 자들의 부도덕적이고 이기적인 행위를 구체적으로 제시하여 비판하고 있다. 이들과 대비시켜 힘없는 백성들이나 병졸들이 하찮은 이유로 죽음을 당하는 모습을 제시함으로써 힘 가진 자들이 갖고 있는 의식의 일단을 드러내 보여주고 있다.

이러한 서술을 통해 작가는 부정적인 인물들이 힘없는 백성들은 같은 동포나 심지어는 사람으로까지 인정하지 않는 모습에 대해 성토하고 있다. 그리고 조직화되거나 집단화되지 않은 개별적인 힘은 있는 자들에게 전혀 힘을 발휘하지 못하지만 이들도 함께 뭉쳐 조직화만 된다면 무서운 힘이 될 수 있음을 암시해주고 있다. 아울러 나라를 망친 부정적인 인물들에 대한 정확한 기록도 긍정적인 인물 기록 못지 않게 중요함을 제시하고 있다. 그러한 잘못들을 기록해 놓아야만 잘못된 행동을 함부로 하지 않게 된다는 의미를 담고 있는 것이다.

> 심히 유감된 일이지만, 기록에 의하면, 왕성조방장 박석명(王城助防將 朴錫命) 수탄장 오응정(守灘將 吳應鼎)·마탄수탄장 김응서(馬灘守灘將 金應瑞)의 무리가 모두들 활 한번 쏘아보지 않고 달아나고, 순찰사 이원익(巡察使 李元翼)·방어사 이빈(防禦使 李賓)은 행재(行在)로 물러나고, 평양감사 송언신(平壤監司 宋言愼)과 병사 이윤덕(兵使 李潤德)은 영변본영(寧邊本營)으로 돌아가 버렸다고 적히어 있다. (연재 261회)

이와같이 나라를 잘 방비하라는 임무를 버려 두고 자기자신 일신의 안위만을 위해서 행동했던 인물들은 구체적으로 그 직위와 이름까지

명기하여 역사적인 심판도 또한 받게 되는 것임을 말해주고 있다. 부정적 인물에 대한 작가 자신의 부정적인 평가와 함께 기록을 통해 이를 확인받고자 하는 이러한 서술 방식은 소설의 영역을 넘어서서 기록자의 임무까지 함께 맡고자 하는 작가의 의도를 담고 있다.

3) 중간자적 인물형

앞에 말한 인물 유형 이외에도 중간자적인 인물형에 속하는 인물들이 이 작품에는 많이 등장하고 있다. 이들 인물형들은 주로 상황에 따라 변모하는 인물형이라고 할 수 있는데, 역사적인 인물로는 유성룡이 그러한 인물형의 대표로 그려지고 있다.

> (그때 율곡의 말만 쫓았던들 오늘 우리가 이처럼 애를 태우지 않아도 좋을 것을……. 율곡은 지금 지하에서 내가 이처럼 국방에 노심하는 것을 어떻게 보고 있을 것인고…….)
> 성룡은 고인 앞에 스스로 저의 얼굴이 붉어지는 것을 깨달았다.
> (아니 십 년전도 그만 두고 올 봄에 통신사가 돌아왔을 때부터라도 부지런히 서두르기만 하였어도……, 반드시 병화가 있으리라던 정사의 말을 믿기만 하였어도…….)
> 정사의 말보다도 부사의 말을 옳다고 믿은 것이, 구경 아무 다른 까닭이 있어서가 아니라 모든 사람들이나 한가지로 자기도 투안(偷安)과 고식(姑息)을 일삼는 마음에서 나온 것이라 생각할 때 성룡은 속으로 뉘우침이 컸다. (연재 18회)

> 우리는 유성룡이, 평양이 끝끝내 온전하지 못할 것을 생각하여, 당장을 나가 맞겠다는 구실 아래 홍종록 신경진의 무리를

데리고 창황히 평양성을 벗어나온 것을 알고 있다. (연재 264
회)

앞의 예문에서 살펴볼 수 있듯이 유성룡은 상황에 따라 이중적으로
행동하고 있다. 임진왜란이 일어나기 전에 유성룡은 이이의 십만 양병
설을 반대하였었다. 그래서 이이한테 '다른 사람은 미처 모르겠소. 그
러나 이견(而見-柳成龍의 字)까지 반대할 줄은 과시 뜻밖이었소. 두고
보오. 이제 십 년이 다 못 가서 내 말을 생각해낼 때가 있으리다.'(연재
18회)라는 말까지 듣게 된다. 그리고 당파에 따라 같은 동인인 김성일
의 왜적의 침입이 없을 것이라는 잘못된 견해를 지지하여 외침에 대한
방비를 소홀히 하는데 일조하고 있다. 그러다가 임진왜란이 일어나자
자신의 잘못된 행위를 반성하고 있다. 한편으로 그는 당시 정읍현감으
로 파묻혀 있던 이순신을 발탁16)하여 전라좌도 수군절도사를 제수받도
록 해줌으로써 임진왜란 때 나라의 국난을 헤쳐나가는데 큰 공을 세우
고 있으며, 전쟁 중에 북쪽으로 도피하는 과정에서 임금보다도 더 백성
들의 성원을 받는 인물로 묘사되고 있다. 유성룡은 전쟁 중에 좌의정으
로 있으면서 총사령관격인 도체찰사를 맡아 군무의 전권을 갖고 전쟁
을 수행한다. 이처럼 막강한 권력을 갖고 있으면서도 한편으로 그는 신
립의 교만함을 알고는 마음에 들어하지 않으면서도 임금에게 주청하여
도순변사를 삼게 하여 결국 왜군과의 싸움에서 패배하도록 만들고 있
으며, 또 신립의 주청으로 자신이 아끼던 장수인 김여물을 참모관으로
보내 헛되이 죽도록 만들고 있다. 이처럼 유성룡은 때로는 당파의 이익

---

16) 이 작품에서 유성룡이 이순신을 발탁하게 된 요인으로 서울에서 같은 동
　　리에 사는 관계로 젊었을 때부터 서로 벗하고 지냈음을 들고 있다. 그래
　　서 이순신이 장수 재목임을 일찍부터 알고 있었다고 표현하고 있다(연재
　　19회). 이는 한편으로 이순신에 대한 천거가 객관적이고 공정한 인재 선
　　발이 아니었음을 말해주는 점이기도 하다.

을 위해 잘못된 판단을 하다가도 자신의 잘못을 곧 반성하고 올바르게 나라를 이끌기 위해 노력한다. 또 한편으로는 이순신같은 장군을 발탁하여 전쟁을 승리하도록 하면서도 때로는 우유부단하고 유약하게 행동하여 신립같은 인물을 추천하여 전쟁에서 패배 당하고 뛰어난 인물들을 억울하게 죽게 만드는 행위도 하고 있다. 이처럼 유성룡은 긍정적인 측면과 부정적인 측면을 함께 지니고 있는 인물로 그려지고 있다. 유성룡 이외에도 전쟁 중에 제가 맡은 일을 제대로 하지는 못하지만 그렇다고 방해하지도 않은 인물들은 모두 중간자적인 인물들이라고 할 수 있다. 이들은 시류를 따라 행동하거나 상황에 따라 행동하는 인물들로서 주로 기회주의적인 속성을 보여주고 있다. 또한 자기 나라에서 비참하게 죽음을 당하는 일본 사신 강광(康廣)도 이러한 중간자적인 인물형이라고 할 수 있다. 그는 일본을 위해 행동하면서도 한편으로서는 조선을 위해서도 적극적으로 행동한다. 조선에 사신으로 왔을 때 우리나라가 일본의 공격에 대한 준비가 전혀 이루어지지 않았고 또 지방관리들은 주색에만 빠져있으며, 대신들부터 기녀들까지 목전의 이익에만 집착하는 모습을 보고 역관에게 '너희 나라는 망하느니라. 기강이 그렇듯 문란하고야 아니망하고 어이하랴'(연재 2회)고 하면서 우리나라의 앞날을 걱정했던 그는 결국 일본에 돌아가서 사신노릇을 제대로 하지 못하였다고 하여 풍신수길에게 미움을 받아 일족이 다 죽음을 당하고 있다. 이처럼 그는 자신의 나라인 일본을 위해 일을 하면서도 한편으로는 조선과 선린친선을 위해서 노력하다가 죽음을 당하는 인물로 그려지고 있다. 강광 이외에도 일본국 사신인 평의지도 풍신수길의 심복이면서도 조선과의 화해를 추구하는 인물로 설정되어 있어서 중간자적인 인물형에 속한다고 할 수 있다. 이처럼 중간자적인 인물들은 선악의 개념으로 뚜렷하게 구분되는 인물들보다 당대 사회의 현실과 문제점을 더욱 극명하게 제시할 수가 있다. 특히 유성룡처럼 당대 역사에서 뚜렷한

활동을 보인 인물들을 중간자적인 인물들로 설정한 것은 임진왜란을
당해 고통을 겪은 역사를 선악의 개념에서보다 정책판단의 실수와 인
재 사용의 실패를 통해 규명하고자 하는 작가의 의도 때문이라고 할 수
있다. 이들 입체적인 인물형은 변화속도가 빨라진 근대사회에서 가장
많이 나타나는 인물형이기도 하다.

3. 사건 서술을 통해본 작가의식

박태원은 소설 『임진왜란』에서 사건의 서술을 통해 자신의 세계관과 역사관을 드러내 보여주고 있다. 이 작품을 통해 드러나는 작가의 의도를 간추려 정리해보면 과거 지배층에 대한 비판을 하고 있다는 점과, 역사적 기록을 통해 역사적 진실이 무엇인가를 탐색하고 있다는 점을 들 수 있다. 또한 과거의 역사를 통해 당대 현실문제를 간접적으로 제시함으로써 사실주의 문학에 대한 탐색을 모색하고 있는 점 등도 지적할 수 있다.

1) 삶의 교훈 추구

임진왜란은 우리 나라와 우리 민족에게 있어서 크나큰 고통을 가져다주면서 한편으로는 교훈을 가져다 준 사건이었다. 그러나 우리는 그 교훈을 제대로 인식하지 못했기 때문에 300년이 지나 다시 일본의 침략을 받아 치욕적인 식민지 지배의 상태에 들어가게 되었다. 1945년 연합군에 대한 일본의 항복으로 겨우 나라를 되찾게 된 우리 민족에게 있어서 가장 시급한 것은 이러한 우리의 불행이 왜 일어나게 되었는지에 대한 탐색이라고 할 수 있다. 박태원은 그 이유를 지난 역사의 잘못에서 찾고 있는 것이다. 지난 역사의 잘못을 고치지 못하고 그대로 지냄으로써 또 똑같은 아니 더 심한 고통을 당하게 된 것으로 보고 있는 것이다. 특히 인물들의 잘못된 행위에 따른 사건들을 중심으로 서술함으로써 역사적 인물들에 대한 재평가도 추구하고 있다.

1949년 이 작품이 연재될 당시의 정치적인 상황은 임진왜란이 일어나기 전의 모습과 유사한 형태를 띠고 있었다. 지배층과 피지배층의 갈등과 지배층 내부의 알력과 갈등은 좌우 대립과 자유당과 민주당의 대립이라는 형태를 띠고 정치세계를 혼란스럽게 만들었다. 결국 이러한 혼란과 대립은 6·25라는 남북간의 비극적인 전쟁을 불러 일으켰고, 이 전쟁의 과정과 당시 집권자인 이승만 대통령의 행동은 임진왜란 당시의 대신들이나 선조 임금의 행위와 유사하게 진행되었다. 이처럼 과거의 잘못에 대해 제대로 인식하지 못하면 똑같은 역사가 반복될 수밖에 없다. 역사는 그냥 흘러가는 것이 아니라 반복된다는 사실을 보여주고자 하고 있는 이 작품은 지배자들의 갈등과 무능이 결국에는 국민들의 고통으로 이어지고 나라마저 망쳐지게 됨을 제시하고 있다. 즉, 당대 사회의 무능과 비리, 그리고 혼란상은 그것으로만 끝나는 것이 아니라 곧이어 또 다른 비극을 불러일으키게 됨을 암시하면서 경고하고 있는 것이다.17)

이 작품에서 가장 중점을 두고 있는 부분은 지배층의 이중성과 이기심, 그리고 무능과 타락 등 권력 상층부의 문제점 제시이다. 특히 조선조 지배층이 강자에게는 약하고 약자에게는 강하게 행동하는 이중적인 태도는 작품 여러 곳에서 자주 묘사되고 있다. 이러한 지배계층의 이중

---

17) 1949년 당시의 지배층은 이러한 경고를 어느 누구도 받아들이지 않았고, 결국에는 6·25동란이라는 우리 민족의 비극이 다시 한번 일어나게 된다.

성에서 가장 두드러진 부분은 왜적에게는 쩔쩔매면서 백성들을 착취의
대상으로만 여기는 태도이다.

> 고을마다 부역을 풀었다. 하삼도 백성들이 모두 죽어났다. 이
> 러한 일에는 예나 지금이나 다름이 없다. 부역이랍시고 돈 있고
> 세 있고 간특하고 약삭바른 놈들은 다 빠졌다. 어리석게 끌려나
> 가서 마소처럼 흙을 지고 돌을 날러야 하는 것은 모두가 돈 없
> 고 세없고 순직하고 못생기고 굶주리고 헐벗은 죽다남은 백성
> 들이다. 이틀씩 사흘씩 굶주린 배를 잔뜩 졸라매고 나온 것들이
> 단 반나절을 견디어난달 재주가 없다. 변변히 애구구 소리도 못
> 질러보고 예서 제서 누렇게 뜬 얼굴들이 픽, 픽 쓰러졌다. 한번
> 쓰러지면 다시는 못일어나는 자가 많았다.
> "입때 가만 있다가 갑자기 이건 웬 지랄인구."
> "듣도 못했나. 머지 않아 왜놈이 쳐들어온다네."
> "오오라 따는ㅡ, 그래 정말 왜놈이 쳐들어오면 성안에가 그냥
> 앉어배길 놈이 몇이게. 백리 밖에만 왔대두 백성들은 버려두구
> 남먼저 삼십육계를 부를 것들이 사람만 괘니 못살게 굴지……."
> 원성은 길에 깔렸다. (연재 16회)

그러하건만 당시 위정자(爲政者)로서 누구라 한 사람, 나라
를 멸망 가운데서 구하고 백성을 도탄 속에서 건지려는 자가 없
었다. 철인정치가(哲人政治家)로서 위대한 포부(抱負)와 식견
(識見)을 가지고 나라를 바로 잡아보려 애쓰던 율곡 이이(栗谷
李珥)가 한번 세상을 떠난 뒤, 참말로 나라를 사랑하고 백성을
생각한 이가 조정에는 하나도 없었다. 그들이 주소로 생각하는
것은 오직 제 일신의 부귀요, 제 일문의 영화요, 제 일당의 위권
이었다.

앞서 우리가 두회에 걸쳐 상고한 반년 넘어의 기록을 보더라
도 그곳에는 단 한 사람이라 민생(民生)이나 재정(財政)이나

> 국방(國防)이나 그밖에 일반 사회문제에 대하여 언급한 것이
> 없다. (연재 16회)

지배계층은 자신들의 고통은 아주 크게 생각하면서 백성들의 고통은
하찮게 생각하고 고통에 찬 백성들이 불만을 토로했다고 잡아다가 목
을 베어버리기도 한다. 이들 지배자들은 자신들과 가족들의 안위만을
걱정할 뿐 백성들의 안위나 아픔에는 전혀 관심을 없다. 이러한 관리들
의 행태를 통해 작가는 당대 지배층의 이기심과 학정을 신랄하게 고발
하면서, 이는 결국 나라를 파멸로 이끌고 있음을 보여주고 있다.

임진왜란이 일어날 당시 대신들은 나라나 백성들의 이익이 아니라
파당의 이익을 위해 정책을 결정하곤 했다. 파당의 힘에 의한 무능한
관료 등용과 무능한 인물들이 장수나 대장으로 선임됨으로써 결국에는
나라의 기강마저 무너져갔음을 말해준다. 또한 관직의 임용을 그때그
때 임금 마음대로 교체하거나 삼사의 탄핵만 있으면 바뀌어지는 것으
로 표현하여 그 당시 지휘체계가 무척이나 혼란스러웠음을 나타내고
있다. 심지어 삼사의 탄핵이 있다고 하여 하루만에 영상인 우의정을 바
꾸는 일까지 일어난다. 그 결과 지휘체계의 혼란과 무능하고 잘못된 관
직 임명으로 인해 억울한 죽음들이 양산되고 있다.

능력이 아니라 파당에 따른 관직 임명은 나라의 기강을 무너뜨릴 뿐
만 아니라 앞날의 불행을 예비하고 있기도 하다. 전쟁이 임박했는데도
사냥질에 여념이 없고, 일본의 침략의도를 알려주었지만 그러한 호의
를 베푸는 대마도주의 얼굴을 노려보다가 미친 수작으로 치부하면서
더이상 상대를 하지 않는 부산첨사 정발의 태도(연재 11회)는 당대 관
리들의 무능과 무책임한 모습을 단적으로 대변하고 있다.

이처럼 이 작품에서는 무능한 관리들의 행태를 통해 그 시대의 상황
과 관료들의 모습을 구체적으로 형상화시키고 있다. 이와 함께 무능한

지휘자들의 임명으로 인해 능력있고 뛰어난 젊은 하급 군인들이 소모
품처럼, 또는 아무 의미없이 죽음의 길에 끌려 들어가는 모습을 통해
파벌에 따른 관리들의 임명과 파면으로 민족이 고통을 당하고, 결국 전
쟁에서도 패배 당할 수밖에 없었음을 보여주고 있다. 특히 전쟁의 와중
에서도 자신은 단지 발에 종기가 나서 아프다는 이유로 전장에 나가지
도 않으면서 임금 앞에서 즉흥적으로 전장터에 있는 장군을 참하라고
요구하는 우의정인 유홍이 모습은 이기적이고 탐욕스러우며 무능한 당
시 대신들의 태도를 상징적으로 드러내고 있다.

> "대장의 명령을 쫓지 않는다니, 그런 놈은 마땅히 참하여야지
> 오."
> 체찰사(體察使)로 나가라니까, 발바닥에 종기가 나서 못 떠
> 나겠다고, 자기는 왕의 명령에도 복종하지 않으면서, 우의정 유
> 홍(右議政 兪泓)이가 펄쩍 뛰며 참할 것을 주장하여, 왕은 마침
> 내 선전관을 양주로 내려보냈던 것인데, 그로서 얼마 지나지 않
> 아 이양원의 첩서가 들어올 줄은 과연 꿈에도 생각 못하였다.
> (연재 216회)

여기에서 대장의 명령을 쫓지 않았으니 참해야 하는 대상으로 거론
되는 사람은 부원수 신각이다. 부원수 신각은 한강 수비를 명받은 도원
수 김명원이 왜군의 공격에 겁을 내면서 같이 물러나서 임진각이나 지
키자고 하자 이를 반대한 인물이다. 결국 도원수가 도망가자 군사들도
함께 흩어져버려 부원수 신각과 종사관 심우정은 남은 백 여명 군사로
는 강을 지킬 수가 없어 종사관 심우정은 임진강으로 가고, 부원수 신
각은 이양원을 도와 왜군이 침공한 이래 처음으로 해현싸움에서 왜군
70여명을 베어 죽이는 혁혁한 전공을 세운다. 그러나 이러한 전공이 왕
에게 미쳐 보고되기 전에 도원수 김명원의 지시에 따르지 않았다는 첩

보가 먼저 도착하여 왕은 선전관을 보내 신각을 죽이고 만다. 이처럼 무능한 장수를 대장으로 임명하여 승전을 한 장군을 죽이는 어처구니 없는 일을 벌이게 된 까닭은 능력에 따른 관리 임명이 이루어지지 않았기 때문이다. 관리 임명의 이러한 난맥상 제시는 결국 임진왜란에서의 패전이 적의 공격이 매서웠기 때문이라기보다는 능력에 따른 관리 임용과 파면이 제대로 이루어지지 않았기 때문에 당한 일이었음을 암시하고 있다.

또한 침략의도를 구체적으로 담은 풍신수길의 서신을 받고도 그저 엉뚱한 문제만을 논하는 조정 대신들의 태도도 무능하고 무책임한 관료들의 전형적인 모습이다.

> 왜국사신을 돌려보낸 다음에 그들이 머리를 썩이고 입이 아프게들 논란한 것은 결코 만일의 경우를 생각하여 국방(國防)이라도 든든히 한다든 그러한 문제가 아니라, 오직 이번 일을 『천조(天朝)』에 주문(奏聞)하느냐 어쩌느냐에 관하여서이었다. 『천조』란 그들이 이백년을 지성껏 섬겨나려온 명(明)나라를 가르키는 말이다. (연재 6회)

이렇게 무능하고 무책임한 사람들이 지배층에 앉아서 나라를 이끌어 가게 된 까닭은 파당적 이익에 따라 관료들을 등용했기 때문이다. 또 이 작품에서는 이렇게 무능한 관료의 등용은 유능한 사람들의 관리 등용 기회를 막을 뿐만 아니라 결국에 가서는 유능하고 충성스런 인물들의 목숨까지도 헛되이 쓰여지게 만들고 있음을 보여주고 있다.

결국 이 작품에서는 나라의 정책을 결정하는 대신들이 파당으로 나누어져 다툰 까닭에 나라가 왜적의 침략을 받아 위험에 빠지게 되었다는 작가의 역사인식을 그대로 드러내 보여주고 있다. 또한 이 작품에서

는 긍정적인 인물들과 부정적인 인물들의 공과를 구체적으로 서술해
줌으로써 자신이 놓인 위치에서의 역사적 책임을 분명하게 지도록 서
술하고 있다. 즉, 나라를 위해 목숨을 바친 사람에 대한 업적과 자신과
자신의 가족만을 위하다가 나라를 망친 사람들을 구체적으로 서술하고
있는 점은 이를 통해 후세의 교훈으로 삼고자 하는 작가의 의도를 담고
있다.

2) 역사적 진실 제시

이 작품에서 가장 역점을 두어 서술하고 있는 점은 지난 시대의 역사
적 사실이다. 박태원은 『왕조실록』이나 『승정원 일기』, 『이충무공 행
록』 등과 왜군을 따라 전쟁을 수행한 왜군 종군승 천형의 『서정일기』
까지 그대로 제시하면서 역사적인 진실이 무엇인가를 보여주고자 하고
있다. 즉, 이 작품은 당대 역사에 대한 엄밀한 재구성을 추구하고 있다.
기록자적인 이러한 자세는 그가 초기부터 추구했던 '고현학'의 태도[18]
를 역사에 적용시킨 것이라고 할 수 있다. 특히 한번 서술한 것일지라
도 역사적 사실과 다를 때에는 독자들에게 중대한 과오를 저질렀다고
사죄하면서 정정하고 있다.

> 이 『옥포해전』을 서술함에 있어, 일시 작자의 부주의로 말미
> 암아 중대한 과오를 범하였기로 삼가 정정합니다. 옥포선창에
> 들어와 있던 왜선이 대 · 중 · 소선 합하여 五十二척으로, 그를
> 우리가 모조리 쳐부신 것으로 말하였으나, 사실은 그렇지 않고,
> 적선의 수효는 모두 三十여척이오, 그 중 몇척이 혈로를 뚫어

---

18) 김윤식, 「고현학의 방법론」, 『한국문학의 리얼리즘과 모더니즘』, 민음사,
   1989, 134~141쪽.

도망하고, 우리 수군이 쳐 깨뜨리고 불살라 없앤 것은 도합 二
十六척입니다. (연재 200회)

　이는 작가가 당대의 역사기록을 얼마나 충실하게 반영하고 있는지를
알려주면서, 다른 한편으로는 역사소설이란 정확한 역사기록에 바탕을
두어야 한다는 작가의식을 드러내 보여준다. 역사소설은 과거의 역사
에 대한 허구적인 재구성이다. 즉, 현재화라고 할 수 있다. 역사를 통한
당대 현실의 문제 제시는 당대 현실의 문제점을 상징적으로 그려낼 수
있으면서 과거의 역사를 되돌아보도록 도와줌으로써 직설적인 비판보
다 더 강한 비판적인 효과를 거둘 수가 있다. 소설『임진왜란』에서는
구체적인 기록을 많이 제시하여 역사적 사건인 임진왜란에 대한 진실
을 규명하고자 하는 작가의 의도를 구체적으로 보여주고 있다.
　임진왜란은 나라의 큰 사건이었음에도 불구하고 역사적 사실 규명은
미흡한 실정이다. 당대에도 그러했고 현재까지도 그러한 측면이 있다.
소설『임진왜란』은 이를 작가의 입장에서 다시 한번 역사적 사실을 통
해 역사적 사건에 대한 평가를 내리고자 하고 있는 것이다. 이 작품에
서 무능하고 부패한 인물로 묘사된 원균도 전쟁이 끝난 후에는 이순신
과 같은 공훈을 임금에게서 받았다. 이처럼 무능하고 비겁했던 인물에
게도 뛰어난 작전과 연전연승을 통해 나라를 구한 이순신과 똑같은 평
가를 내리고 있다는 것은 그 당대의 역사적인 평가가 올바르게 이루어
지지 않았음을 말해주고 있다. 따라서 작가는 비록 소설이라는 형식을
통해서지만 역사적인 인물들에 대해 다시 한번 구체적으로 그 행위의
옳고 그름을 따져 평가해주고 있는 것이다. 특히 작가가 과거의 기록을
통해 자신의 서술을 정당화하고 있다는 것은 역사소설에서 작가의 상
상이나 창작보다는 정확한 기록이 더욱 중요하다는 작가의 의식을 나
타낸다. 그리고 작가는 이를 통해 역사적인 진실을 추구하고 있음을 알

수 있다.

일반적으로 당대 사회현실에 대한 비판은 그 시대 사회현실을 구체적으로 그려 나타낼 수도 있지만 역사를 통한 비판이 훨씬 자유스럽고 작가의 의식을 구체적으로 제시할 수 있다. 이 작품에서 선악에 대한 엄밀한 평가와 지배자의 태도에 대한 비판을 통해 제시하고 하는 것은 과거 역사의 문제뿐만 아니라 이러한 진실의 규명을 통한 당대 현실에 대한 문제를 제기하고 있는 것이다.

임진왜란이 일어났던 시대는 나라의 기강이 흩어지고 대신들은 서로 파당을 지어 다투던 시기였다. 따라서 백성들의 고통이나 아픔은 별로 중요하게 여기지 않던 시대였다. 이러한 시기의 왕도정치를 돌아보면서 이 작품은 나라를 이끄는 자의 태도와 한 민족의 단합은 어디에서 오는가를 탐색하고 있다. 즉, 자신의 안위만을 걱정하는 왕과 신하들의 모습을 통해 그러한 태도가 타국의 침략을 불러오게 됨을 말해주면서 이와 함께 무능한 대신들의 헛된 토론과 나라의 갈 길을 잘못 이끌어 가는 모습을 묘사하여 지배층의 잘못을 총체적으로 비판하고 있다. 이와 대비시켜 이순신을 비롯한 몇몇 충신들과 이름없이 사라져간 인물들의 충성된 행위를 통해 그나마 그들의 힘으로 나라의 멸망을 막았던 것임을 드러내 보여주면서 항상 약자의 위치에서 놓여있었던 사람들이 나라를 지탱해주는 근본 지주로서 중요함을 말해주고 있는 것이다. 아울러 나라를 이끄는 사람들이 자신의 안위만을 걱정하고 자신들의 이익만을 위해 행동했을 때 백성들이 들고 일어나 대신들을 패주거나 가마에 돌을 던진 것처럼 올바르게 행동하지 못하면 백성들에게 무시 받게 되고 결국에는 나라마저 없어지게 될 수도 있음을 말하고 있기도 하다. 즉, 지도자들의 올바른 행위만이 나라를 단합하게 만들고 한 민족을 구성하게 됨을 말해주고 있는 것이다.

3) 사실주의 문학 추구

한국의 모더니즘은 문학양식의 혁신과 실험정신에서 문학의 근대성을 추구한 운동이다. 소설에 있어서는 집단적이고 전형화된 인물보다도 개인적이고 분리된 개별화된 인물을 묘사하면서 그 내면세계를 드러내 보여주고 있다. 이들 운동은 일제의 식민지 지배체제 확립기에 서울을 중심으로 하는 도시 거주 지식인 문인들에 의해 추진되었는데, 소설분야에서는 박태원이 대표적인 작가로 활동하였다. 이처럼 박태원은 대표적인 모더니즘 소설가에서 1940년에 접어들면서 조금씩 방향전환을 하고 있다. 특히 광복 이후 우리 역사에 눈을 돌리면서 사실주의 문학으로 그 방향을 전환하고 있다. 사실주의는 객관적이고 구체적인 현실과 동적인 상황을 통해, 그리고 부분적이 아니라 인간의 삶과 사회현실과의 관련성을 통해서 인식하고 형상화하고자 하는 인식태도이며 창작방법19)이라고 할 수 있다. 박태원의 역사소설『임진왜란』은 선조년간에 일어난 임진왜란을 배경으로 그 당대 사회 지배층의 갈등 양상과 문란한 모습을 집권층의 모습을 당시의 기록과 상황을 구체적으로 형상화시켜 제시함으로써 사실주의 경향을 보여주고 있다. 즉, 30년대 거리두기를 하던 모더니즘에서 역사적 소재물에 대한 탐색을 거쳐 현실 참여하기라는 사실주의로 방향전환을 하고 있는 것이다. 이러한 변모과정에서 그 중간점에 놓인 작품이 장편역사소설『임진왜란』이다. 이 작품은 그러한 변모과정 중에 연재되었기 때문에 거리두기와 참여하기의 특성이 혼합되어 있다. 또한 작가 자신의 시대에 대한 분노가 직접적으로 드러나고 있다. 따라서 객관적인 묘사에서 일상적인 참여에 이

---

19) 정호웅, 「한국문학에서의 리얼리즘」,『한국문학의 리얼리즘과 모더니즘』, 민음사, 1989, 11쪽.

르기까지 약간은 혼란스런 작가 개입이 빈번한 이 작품은 그의 변모양
상을 구체적으로 드러내 보여주고 있는 작품이라고 할 수 있다. 또 한
편으로는 광복 이후 우리 사회를 돌아보면서 임진왜란 때의 조선왕조
와 우리 민족 구성원들의 행위에 대해 연관지어 표현하고 있는 작품이
기도 하다.

　박태원이 소설적 소재로서 다룬 임진왜란 발발 이후 일년간은 7년간
의 전쟁 중에서 처음 부분에 해당하는 것으로, 앞으로 전개될 전쟁의
참상에서 극히 일부분을 이루고 있다. 이 작품에서는 일본 사신들의 행
위를 통해 우리나라 관리들의 실정을 제시하면서 일본의 부산 침공으
로 시작되고 있다. 이어 서울 입성과정과 평양 공격까지의 과정을 살펴
가면서 임진왜란 초기의 전체적인 개관을 하고자 하고 있다. 그러나 왜
적의 대항에 무능하고 백성들에게는 탐욕적인 관리들의 모습 묘사와
임금과 대신들의 무능 등을 주로 묘사함으로써 당대의 총체성을 제대
로 드러내지는 못하고 있다. 특히 이 작품에서는 박태원이 거리두기에
서 참여하기로 변모를 시도하면서 보여지는 일관성 부족과 서술상의
혼란이 곳곳에서 보여지는데, 주로 옛 기록에 대한 인용을 자신의 표현
준거로서 제시하면서 당대 현실에서 관료들의 무능과 정책의 미비 등
에 대해 통탄을 하고 있는 부분에서 두드러지게 나타나고 있다. 이 작
품은 발표되던 당시에 조선시대의 지배계급이 외적에 대하여 쥐노릇하
고 있는 장면만이 대부분을 점하고 있다는 비판[20]도 결국 작가의 작중
개입이 빈번하고, 역사기록물을 그대로 인용하는 등 사실주의 소설가
로서의 변모과정에서 보여주는 한계성을 지적하고 있는 것이라고 할
수 있다. 이는 그가 아직 사실주의 작가로서 제대로 자리잡지 못하고
있음을 알려주는 것이기도 하다.

---

20) 김병규, 「구보의 '임진왜란'에 대하여」, 『新天地』 5·6합병호, 1949, 200
　　쪽.

이처럼 소설 『임진왜란』은 부분적으로 사실주의 소설가의 자세를 보여주지만 작가의 참여가 너무 구체적이어서 소설로서의 허구성을 일정 부분 망가뜨리고 있다. 따라서 그가 이 작품을 계속 연재하지 못하고 1부로서 마무리한 것은 그 당시 사실주의 소설가로서 그 자신이 역량의 한계를 인식한 결과로 보인다.

4. 맺음말

　박태원은 1930년대 모더니즘 소설가로 출발한 작가이다. 그는 도시
화가 진행되는 1930년대 도시문명 속의 삶을 구체적으로 그려내 보여
주면서 대표적인 모더니즘 소설가로 평가받았다. 그러다가 그는 1940
년 이후 일본의 우리민족에 대한 탄압이 노골화되자 다른 나라 소설의
번역에 치중하기 시작한다. 영미계 소설 작품들도 번역하였지만 그가
주로 번역했던 소설작품들은 중국 소설작품들이었다. 우리말 사용마저
힘들던 1940년대 상황에서 그는 일제 당국에 협력하지 않을 수 없었고
결국 친일 소설작품까지 쓰게 된다. 현실에서 살아남기 위해서 외국소
설의 번역에 매달리고 친일 소설까지 썼다고는 하지만 한편으로 그는
광복 하루 전까지 총독부 기관지인 매일신보에 소설을 연재할 정도로
당대 현실에 대한 인식에 있어서 무지했었다. 따라서 광복 직후 현실에
대한 자신의 무지를 극복하기 위한 방안으로 그는 시대와 역사에 대해
적극적인 탐색을 추구하게 된다. 주로 광복 이전의 맹목성에 대한 반성
의 일환으로 볼 수 있는 민족적 인물에 대한 일대기나 전기 저술은 그
에게 또 다른 길인 사실주의 문학의 길로 이끌고 있다. 처음 역사적 기
록물을 중심으로 하여 시대의 저항아들에 관심을 보이던 그는 조선조
사회의 문제가 결국 오늘날의 문제가 됨을 인식하면서 차츰 사실주의

경향의 작품을 발표하기 시작하고 있다. 이 시기에 그가 발표한 소설들 중에서 가장 오래 연재했던 작품은 장편 역사소설 『임진왜란』이었다. 따라서 1949년에 발표된 이 작품은 그 당시 그의 창작태도를 분명하게 보여주는 작품이라고 할 수 있다.

소설 『임진왜란』에서는 임진왜란이 일어날 무렵, 우리나라와 일본의 시대상황을 중심으로 주로 지배층의 행위를 통하여 그 시대를 구체적으로 그려 보여주고 있다. 이 작품에서는 특히 지배층의 무능과 타락양상, 그리고 왜군에 대한 무능한 대응 등만이 두드러지게 나타나고 있다. 따라서 당대 서민들의 삶은 구체성을 띠지 못하고 있으며, 단지 단편적으로 지배자에 불만을 표출하는 형태로 드러나고 있어서 서민들의 삶을 총체적으로 제시하지 못하고 있다. 또 한편으로는 지배층들의 무능에 대한 작가의 분노가 그대로 표출되는 등 사실주의 소설로서 많은 결함을 드러내고 있다. 따라서 이 작품은 지난 시대 우리 민족이 겪은 고통의 역사를 그려내고는 있지만 서민들의 삶을 제대로 형상화시키지 못함으로써 당대 우리 민족의 삶에 대한 총체성의 표현에는 미치지 못하고 말았다. 그러나 이 작품은 작가 박태원에게 있어 미적 가공기술의 혁신과 언어의 세련성을 추구하는 모더니즘 태도에서 삶의 총체성을 추구하는 사실주의 작가로 변모해가는 모습을 구체적으로 드러내 보여주는 작품이라고 할 수 있다.

이처럼 소설 『임진왜란』은 지난 삶과 역사에 대한 반성이면서 우리 민족의 문제점을 파악해 보고자 시도해 본 작품이라고 할 수 있다. 그러나 파악했던 여러 가지 문제점은 당대 사회의 문제점이기는 했어도 단순한 대립구도와 지배층의 타락에만 초점을 둠으로써 당대 서민들의 구체적인 삶과 함께 서민들과 지배계층의 갈등관계를 구체적으로 드러내지는 못하고 있다. 따라서 이 작품은 사실주의 문학작품으로서는 한계성을 드러내고 있다. 이제까지 앞에서 살펴본 것처럼 소설 『임진왜

란』은 작가와 거리를 두고 냉정하게 사물을 표현해내던 모더니즘 소설
가가 현실에 바탕을 둔 사실주의 소설가로 변모해가는 과정의 중간점
에서 쓰여진 작품이라고 할 수 있다.(*)

■ 박태원 작품 연보

1) 소설

작품 제목	발표지	발표일	참고 사항
城下의 一夜	東亞日報	1929. 12. 17.~24.	泊太苑
寂滅	東亞日報	1930. 2. 5.~3. 1.	泊太苑
수염	新生	1930. 10.	
行人	新生	1930. 12.	
회개한 죄인	新生	1931. 2.	
옆집 색씨	新家庭	1933. 2.	
사흘 굶은 봄달	新東亞	1933. 4.	
반년간	東亞日報	1933. 6. 15.~8. 20.	
疲勞	衆明	1933. 7.	
누이	新家庭	1933. 8.	
五月의 薰風	朝鮮文學	1933. 10.	
落照	每日申報	1933. 12. 8.~29.	
食客 吳參奉	月刊每申	1934. 6.	
小說家 仇甫氏의 一日	朝鮮中央日報	1934. 8. 1.~9. 19.	
딱한 사람들	中央	1934. 9.	
愛慾	朝鮮日報	1934. 10. 6.~23.	
青春頌	朝鮮中央日報	1935. 2. 7.~5. 18.	연재 중단
길은 어둡고	開闢	1935. 3.	
顚末	朝光	1935. 12.	
舊痕	學燈	1936. 1.	1회 연재
距離	新人文學	1936. 1.	
철책	每日申報	1936. 2. 25.	
悲凉	中央	1936. 3.	
芳蘭莊 主人	詩와 小說	1936. 3.	=星群中의 하나
惡魔	朝光	1936. 3.~4.	
陣痛	女性	1936. 5.	
最後의 億萬長者	朝鮮日報	1936. 6. 25.~30.	
川邊風景	朝光	1936. 8.~10.	
報告	女性	1936. 9.	
鄕愁	女性	1936. 11.	

작품 제목	발표지	발표일	참고 사항
續川邊風景	朝光	1937. 1.～9.	
旅館主人과 女俳優	白光	1937. 6.	
星群	朝光	1937. 11.	
手風琴	女性	1937. 11.	
聖誕祭	女性	1937. 12.	
愚氓	朝鮮日報	1938. 4. 7.～1939. 2. 14.	＝金銀塔
炎天	療養村	1938. 10.	
萬人의 幸福	家庭の友	1939. 4.～6.	＝尹初試의 上京
明朗한 展望	每日新報	1939. 4. 5.～5. 21.	
골목안	文章	1939. 7.	
崔老人傳抄錄	文章(臨時增刊號)	1939. 7.	
美女圖	朝光	1939. 7.～12.	연재 중단
陰雨	文章	1939. 10.～11.	
愛經	文章	1940. 1.～11.	연재 중단
淫雨	朝光	1940. 10.	＝「자화상」 제1화
點景	家庭の友	1940. 11.～1941. 1.	연재 중단
偸盜	朝光	1941. 1.	＝「자화상」 제2화
四季와 男妹	新時代	1941. 1.～2.	
亞細亞의 黎明	朝光	1941. 2.	
債家	文章	1941. 4.	＝「자화상」 제3화
廻避牌	新世紀	1941. 4.	
財運	春秋	1941. 8.	
女人盛裝	每日新報	1941. 8. 1.～1942. 2. 9.	
元寇	每日新報	1945. 5. 17.～8. 14.	연재 중단
掠奪者	朝鮮週報	1945. 10. 15.～1946. 1. 8 (1호～7호)	연재 중단
漢陽城	女性文化	1945. 12.	1회 연재
春甫	新文學	1946. 7.	
太平盛代	京鄕新聞	1946. 11. 18.～12. 31.	
洪吉童傳	朝鮮金融組合聯合會	1947. 11.	단행본
이순신장군	아협	1948. 6.	단행본
귀의 悲劇	新天地	1948. 8.	
壬辰倭亂	서울신문	1949. 1. 4.～12. 14.	
群像	朝鮮日報	1949. 6. 15.～1950. 2. 2.	
계명산천은 밝아오느나	조선문학예술총동맹	1965. 3.	단행본
갑오농민전쟁 제1부	문예출판사	1977. 4.	단행본
갑오농민전쟁 제2부	문예출판사	1980. 4.	단행본

2) 번역 소설

작품 제목	발표지	발표일	참고 사항
바보 이봔(톨스토이 作)	東亞日報	1930. 12. 6.~24.	
屠殺者(헤밍웨이 作)	東亞日報	1931. 7. 19.~31.	夢甫
봄의 播種(오푸리티 作)	東亞日報	1931. 8. 1.~6.	夢甫
쪼세핀(오푸리티 作)	東亞日報	1931. 8. 7.~15.	夢甫
茶 한잔(맨스필드 作)	東亞日報	1931. 12. 5.~10.	夢甫
賣油郎	朝光	1938. 2.	
逆水漢	新世紀	1939. 10.	
新譯 三國誌	新時代	1941. 4.~8.	연재 중단
巴里의 怪盜(프레데릭 作)	朝光社	1941. 6.	단행본
水滸傳	朝光	1942. 8.~1944. 12.	연재 중단
西遊記	新時代	1944. 12.	연재 중단

3) 시

작품 제목	발표지	발표일	참고 사항
누님	朝鮮文壇	1926. 3.	
떠나기 前	新民	1926. 12.	
아들의 불으는 노래	現代評論	1927. 5.	
힘—싀골에서—	現代評論	1927. 5.	
외로움	新生	1929. 12.	泊太苑
窓	東亞日報	1930. 1. 17.	泊太苑
수수꺽기	東亞日報	1930. 1. 19.	泊太苑
失題	東亞日報	1930. 1. 22.	泊太苑
한길	東亞日報	1930. 1. 23.	泊太苑
동모에게	東亞日報	1930. 1. 24.	泊太苑
동모에게	東亞日報	1930. 1. 26.	泊太苑
휘파람	東亞日報	1930. 1. 28.	泊太苑
小曲	東亞日報	1930. 2. 2.	泊太苑
漢詩譯抄	新生	1930. 2.	泊太苑
異國 憶兄	新生	1931. 2.	夢甫
가을 바람	新生	1931. 2.	夢甫
가을 마음	新生	1931. 2.	夢甫
綠陰	新東亞	1933. 6.	
病院	가톨릭 靑年	1935. 2.	

4) 평론·수필·동화 기타

작품 제목	발표지	발표일	참고 사항
달맞이(迎月)	東明	1923. 4.	입선 작품
默想錄을 읽고	東亞日報	1923. 8. 21.~24.	독후감
詩文雜感	朝鮮文壇	1927. 1.	수필
病床雜說	朝鮮文壇	1927. 3.	수필
初夏創作評	東亞日報	1929. 6. 12.~19.	평론
無名指	東亞日報	1929. 11. 10.	꽁트
最後의 侮辱	東亞日報	1929. 11. 12.	꽁트
火曜漫筆	東亞日報	1930. 3. 18.~25.	수필
初夏風景	新生	1930. 6.	수필
일리야쓰(杜翁小話)	新生	1930. 9.	잡문
片信	東亞日報	1930. 9. 26.	수필
세가지 문제(톨스토이 作)	新生	1930. 11.	번역문
아·파데이에프의 소설<壞滅>	東亞日報	1931. 4. 20.	평론
리벤딘스키의 作 소설<一週日>	東亞日報	1931. 4. 27.	평론
하르코프 열린 혁명 작가회의	東亞日報	1931. 5. 6.~10.	번역문
나팔	新生	1931. 6.	수필
永日漫談	新生	1931. 7.	수필
끄라토코프 작 소설 <세멘트>	東亞日報	1931. 7. 6.	서평
放浪兒 쑤리앙	每日申報	1933. 4. 7.~20.	동화
文藝時評	每日申報	1933. 9. 20.~10. 1.	평론
꿈 못꾼 이야기	新東亞	1934. 2.	수필
三月 創作評	朝鮮中央日報	1934. 3. 26.~31.	평론
6월의 우울	中央	1934. 6.	수필
金東仁氏에게	朝鮮中央日報	1934. 6. 24.	잡문
李泰俊 短篇集 <달밤>을 읽고	朝鮮中央日報	1934. 7. 26.~27.	독후감
조선문학 건설회	中央	1934. 8.	잡문
주로 창작에서 본 1934년 조선문단	中央	1934. 12.	평론
創作餘錄－表現/描寫/技巧	朝鮮中央日報	1934. 12. 17.~31.	평론
우리에겐 生活이 업다!	朝鮮中央日報	1935. 1. 2.	호소문
窮巷賣文記	朝鮮中央日報	1935. 1. 18~19.	수필
新春作品을 中心으로－作家, 作品 概觀	朝鮮中央日報	1935. 1. 28.~2. 13.	평론
小說家 仇甫氏의 一日－나의 生活 報告書	朝鮮文壇	1935. 8.	수필
숫곰	每日申報	1935. 10. 27.(상) 1935. 11. 3.(하)	동화
花壇의 가을	每日申報	1935. 10. 30.~11. 6.	수필

작품 제목	발표지	발표일	참고 사항
옆집 중학생	中央	1936. 1.	수필
내 자란 서울서 文學道를 닥다가	朝光	1936. 2.	수필
R 氏와 도야지	詩와 小說	1936. 3.	수필
文學少年의 日記	中央	1936. 4.	수필
季節의 淸遊	中央	1936. 9.	수필
監理敎 總理師 梁杜三氏	朝光	1937. 4.	잡문
裕貞과 나	朝光	1937. 5.	수필
5월의 여인의 코	女性	1937. 5.	수필
雨傘	白光	1937. 5.	수필
故 裕貞君과「葉書」	白光	1937. 5.	수필
李箱의 片貌	朝光	1937. 6.	수필
바닷가의 노래	女性	1937. 8.	수필
一作家의 陳情書	朝鮮日報	1937. 8. 15.	수필
純情을 짓밟은 春子	朝光	1937. 10.	수필
내 藝術에 對한 抗辯	朝鮮日報	1937. 10. 21.～23.	평론
女子의 缺点	朝光	1937. 12.	잡문
에고이스트(愛己而修道)	朝鮮日報	1937. 12. 3.～7.	수필
愛慾의 彼岸(춘원 作)	朝鮮日報	1937. 12. 9.	신간평
五羊皮	野談	1938. 1.	야담
作家短篇自敍傳	三千里文學	1938. 1.	설문대담
요술꾼의 복숭아	少年	1938. 1.	중국 동화
擁爐漫語	朝鮮日報	1938. 1. 18.～26.	수필
孫武子兵法外傳	野談	1938. 2.	야담
聲聞의 魅惑-爐邊夜話	朝光	1938. 2.	수필
우리는 한갓 부끄럽다	朝鮮日報	1938. 2. 8.	독후감
海西記遊	朝鮮日報	1938. 2. 15.～22.	수필
杜十郎	野談	1938. 3.	야담
소년 탐정단	少年	1938. 6.～11.	동화
黃柑子	野談	1938. 7.	야담
芙蓉屛	野談	1938. 8.	야담
亡國調	四海公論	1938. 8.	야담
午睡나 하겟소	朝鮮日報	1938. 8. 14.	수필
바둑이	博文	1938. 11.	수필
餘白을 爲한 雜談	博文	1939. 3.	수필
金起林 兄에게	女性	1939. 5.	수필
畜犬 無用의 辯	文章	1939. 5.	수필
온몸에 오리털이 난 사내	少年	1939. 6.	중국 동화
巷間雜筆	博文	1939. 9.	수필
李光洙 短篇選	博文	1939. 9.	서평

작품 제목	발표지	발표일	참고 사항
雜說	文章	1939. 9.	수필
도사와 배장수	少年	1939. 9.	동화
雜說	文章	1939. 12.	수필
身邊雜記	博文	1939. 12.	수필
結婚 五年의 感想	女性	1939. 12.	수필
新年에 際하야	女性	1939. 12.	수필
就學 以前의 일	文章	1940. 2.	수필
滿員電車	博文	1940. 4.	수필
김후직	少年	1940. 10.	소년 독본
枕中記	春秋	1943. 7.	야담
古阜民亂	協同	1947. 1.	史譚

찾아보기

ㄱ

간접화법 35
「갑오 농민 전쟁」 17, 133, 134, 144
개인적 자아 187
「距離」 17, 23
경험 자아 25, 27, 72
계급의식 126
「계명산천은 밝아오느냐」 16, 17,
    112, 133, 134, 137
고부민란 152
고현학 15, 219
「골목안」 17, 62
공간 몽타쥬 31
공간화의 기법 68, 70
구보 31, 40, 42, 44, 54
『국군의 어머니』 196
「群像」 16, 17, 102, 105, 109, 199
「길은 어둡고」 39, 64, 65
김기진 13
김남천 13
김문집 13
김시태 14
김윤식 16

김현 14
내적 독백 30

ㄴ

내포(內包)된 작가 77
내포작가 35
「누이」 19

ㄷ

도심순례 58

ㄹ

「리순신 장군」 134, 136

ㅁ

「明朗한 展望」 64, 65, 102
모더니즘 19, 187, 222
몽타쥬 기법 29, 31

ㅂ

박종화 13
박태원 11

반성자-인물 26, 28, 29, 35, 37, 40,
            42, 58, 72, 73, 179, 185
「芳蘭莊主人」 38
백철 14
병리현상 42, 56
병치 68, 70
「報告」 64, 65
보전하는 개인들 165, 166, 182
「悲凉」 64, 65

ㅅ

사실주의 222
사회적 자아 187
사회주의 리얼리즘 160, 187
「삼국지연의」 134, 136
서술 자아 72, 178
「西遊記」 103, 195
서준섭 15
「聖誕祭」 17, 62
세계사적 개인 168, 171, 182
「小說家 仇甫氏의 一日」 17, 19, 26,
            175, 178, 183, 185
소외 49, 50, 55
「수염」 19, 178
「水滸傳」 103, 195
시간 몽타쥬 31
시간전위 33
「新譯 三國誌」 103, 195

ㅇ

『아세아의 여명』 196

안막 136
안회남 13
「愛經」 64
「若山과 義烈團」 104
「旅館主人과 女俳優」 63
「女人盛裝」 64, 65
연산군 · 121
연상 기법 29, 30
「炎天」 63
영화 기법 72
오덕순 140
오상민 149, 150, 156, 157, 159
오수동 140, 142, 150, 157
『원구』 197
「尹初試의 上京」 65
「淫雨」 103
이강언 15
이용태 152, 167
이재선 14, 16
이진사 147, 167
「李忠武公行錄」 104
이태준 13
익산민란 144
인물적 서술상황 65, 67, 179
1인칭 서술 상황 25, 65
1인칭 액자 소설 23
1인칭 주인공 시점 23
일심계 158
임술민란 143
「임진 조국 전쟁」 134, 136
「壬辰倭亂」 17, 102, 105, 108, 198,
            222

임치수 140
임화 12, 13

ㅈ

자유간접문체 27, 28
자유간접화법 34, 35
자유연상 30
작가적 서술 상황 66, 67, 179
작가전지적 서술 179
작가주석적 서술 179
「寂滅」 17, 19, 20, 178
「顚末」 19, 23
전봉준 150, 157
전지적 작가 시점 185
「點景」 64
정한순 141, 142, 143
「조국의 깃발」 134, 136
「조국의 품」 134, 136
조병갑 147, 148, 167
「조선독립순국열사전」 104
주석적 서술 122
중도적 인물 162
중도적 인물 163, 167, 182
지배계급 142, 149
직접화법 35
「陣痛」 38, 39, 64, 65

ㅊ

「川邊風景」 17, 61, 66, 80, 177, 179,
        185
최재서 12, 13

최혜실 15
「春甫」 102, 105
충의계 158
침입적 화자 73

ㅋ

카메라의 눈 71

ㅌ

「太平聖代」 102, 105

ㅍ

패러디 112
「疲勞」 17, 19, 23, 178

ㅎ

「漢陽城」 102, 105
한호 136
허균 118, 121, 123
홍길동 114, 117, 121, 122, 125
「洪吉童傳」 17, 102, 105, 111, 124,
        134, 136, 197
화자-인물 72, 77, 87
활빈당 121, 125

◆ 김봉진

한양대 공대 금속공학과 졸업.

한양대 대학원 국문과 석·박사과정 수료.

문학박사. 문학평론가.

현재 한양대 국문과 강사.

계간 문예지 『문예운동』 편집장.

한민족문화학회 회원.

한국비평문학회 회원.

한글문화세계화운동본부 사무총장.

박태원 소설세계

인쇄일 초판 1쇄 2001년 06월 25일
　　　　 2쇄 2015년 06월 05일
발행일 초판 1쇄 2001년 06월 30일
　　　　 2쇄 2015년 06월 15일

지은이 김 봉 진
발행인 정 찬 용
발행처 국학자료원
등록일 1987.12.21, 제17-270호

서울시 강동구 성내동 447-11 현영빌딩 2층
Tel : 442-4623~4 Fax : 442-4625
www.kookhak.co.kr
E- mail : kookhak2001@hanmail.net
ISBN 978-89-8206-606-1, 93810
가 격 12,000원
*저자와의 협의 하에 인지는 생략합니다.